U0444231

本·拉登：忧郁的眼神，游荡的幽灵，美国的噩梦

巴沙尔：风暴席卷中的最后一根桩

伊拉克战争：美国胜负对半开

萨达姆：雄心、铁腕、好战、命丧绞刑架

穆巴拉克：从民族英雄到笼中囚犯

本·阿里：垮于网络战

伊朗核危机：伊朗顽抗，美国棘手，死结难解

卡扎菲：狂人、雄狮、狐狸、翻船阴沟洞

朱增泉

现代战争散文

人民文学出版社

```
图书在版编目(CIP)数据

 朱增泉现代战争散文/朱增泉著.—北京：人民文学出版社,2012
 ISBN 978-7-02-008951-2

 Ⅰ.①朱… Ⅱ.①朱… Ⅲ.①散文集—中国—当代Ⅳ.①I267

 中国版本图书馆CIP数据核字(2012)第012767号
```

责任编辑　包兰英
装帧设计　刘　静
责任校对　马云峰
责任印制　李　博

出版发行　人民文学出版社
社　　址　北京市朝内大街166号
邮政编码　100705
网　　址　http://www.rw-cn.com

印　　刷　三河市鑫金马印装有限公司
经　　销　全国新华书店等

字　　数　180千字
开　　本　787×1092毫米　1/16
印　　张　14.5　插页3
印　　数　1—10000
版　　次　2012年5月北京第1版
印　　次　2012年5月第1次印刷

书　　号　978-7-02-008951-2
定　　价　33.00元

如有印装质量问题，请与本社图书销售中心调换。电话：01065233595

目　录

盘点"二战"

"二战"以来：三个拐点，一位霸主 ……………………… 003

第一个拐点，是"二战"本身；第二个拐点，是冷战终结；第三个拐点，是"9·11"事件。而美国"一超独霸"的心理也从来没有像现在这样强烈，它要把势力浸透到世界的每一个角落，不允许任何国家对它说不。

巨头们：在战争中博弈 ……………………………………… 008

"二战"中的罗斯福、丘吉尔、斯大林等老一代政治家，曾以他们的政治谋略和军事行动，战胜了纳粹，改变了世界。伊拉克战争期间的小布什、布莱尔、希拉克、普京、施罗德等新一代政治家，他们也都想按照各自的意志去影响世界、改变世界。然而，这两代政治家，是两个不同时代政治风云的产物。他们的胸怀、视野、抱负和作为，均不可同日而语，让人生出许多感慨。

彼得堡：沧桑三百年 ………………………………………… 028

俄罗斯的近代史，如果从彼得大帝时代算起，至今已有三百年。三百年来，俄罗斯经历了三个完全不同的时代，而起点都在彼得堡。第一次，彼得大帝从莫斯科前往北方芬兰湾海边建造新都圣彼得堡，翻开了俄罗斯近代史的第一页。第二次，列宁在彼得堡发动震惊世界的十月革命，开辟了社会主义新纪元。第三次，普京从担任彼得堡市外事办主任起步，短短几年便登上俄国权力的顶峰，踏上了俄罗斯复兴之路。那么，普京最终会取得成功吗？

朱可夫：不败的战神 ………………………………………… 041

朱可夫是为战争而生的。人类迄今发生的两次世界大战，他都参加了。斯大林生前从不夸奖人，但对朱可夫却是个例外。他在谈到莫斯科会战的特殊意义时说："朱可夫的名字，作为胜利的象征，将永不分离地同这个战场联系在一起。"但朱可夫一生的命运，却可谓跌宕起伏。

伊拉克战争

伊拉克战争：美国胜负对半开 …………………………… 059

如今，美军终于撤离了伊拉克。但美军发动的伊拉克战争是一场法理莫辨、非议丛生的战争。美国在这场战争中，半是胜绩，半是梦魇。

信息攻心战：美军战法新招术 …………………………… 073

美军打信息化战争，有"硬"的一手，也有"软"的一手。"硬"的一手尽收精确、高效、迅捷之效；"软"的一手则一攻美国公众之心，二攻世界舆论之心，三攻伊拉克军民之心。

伊军：未经抵抗的失败 ······ 084

伊拉克战争，从根本上讲是一场"非对称战争"，美伊双方军事实力悬殊，伊军失败，一点也不"意外"。但是，人们又觉得伊拉克军队不应该败得这么快、这么惨。那么，这个"认知误差"是怎么来的呢？

巴格达：不设防的首都 ······ 095

巴格达陷落得如此快速而"简单"，不仅出乎常人预料，也令中外许多军事家们始料不及。但有一点是可以肯定的，在较长一段时间内，小布什和拉姆斯菲尔德，五角大楼的谋士们，指挥伊拉克战争的美军将领们，都将醉心于他们导演出来的这场"精彩演出"。

萨达姆：雄心、铁腕、好战，命丧绞刑架 ······ 106

自从小布什以胜利者的姿态，在美军航母上宣布伊拉克主要作战行动结束后，萨达姆失踪八个月，是死是活是个谜。美军手里捏着的那副扑克牌通缉令，一张一张往下翻，终于翻到了那张搜寻已久的黑桃A，从地洞中揪出一个活物来。

萨达姆输了，彻底输了。

萨哈夫：铁嘴钢牙，命运不佳 ······ 121

伊拉克战争期间，伊拉克新闻部长萨哈夫赤手空拳，舌战美英。有人说，在伊拉克，这场战争几乎成了"萨哈夫一个人的战争"。面对美英联军的强大攻势，萨哈夫凭借着三寸不烂之舌，奋力抵挡着几十万美英联军的进攻。较量的结果，美英联军用战争征服了一个国家，而萨哈夫却用精彩的语言征服了天下人心。

北非与中东低烈度战争

本·阿里：垮于网络战 ………………………… 135

突尼斯事变的"柔性核弹"是美国维基揭密网站提供的，而引爆这枚"柔性核弹"的"雷管"却是本·阿里及其家族自己制造的。维基揭密网站曝光的本·阿里家族成员严重腐败的内容和细节，是引爆突尼斯街头骚乱的"催化剂"。

穆巴拉克：从民族英雄到笼中囚犯 ………………………… 146

穆巴拉克曾经是埃及的民族英雄，任总统三十年，在国际政治舞台上受到广泛的赞誉和尊敬。但他在进入晚年后开始走下坡路。而将他拖入灭顶之灾的有"三条绳索"，使他在短短十七天"街头战争"中彻底毁灭。

卡扎菲：狂人、雄狮、狐狸，翻船阴沟洞 ………………………… 157

利比亚的卡扎菲，在世界各国领导人中是真正的"另类"，独一无二的"怪人"。美国骂他是"狂人"、"疯狗"、"流氓政权"；利比亚和阿拉伯世界的崇拜者则称他是"沙漠雄狮"、"铁汉"、"非洲勇士"、"革命导师"。

卡扎菲统治利比亚四十二年，政绩斐然，但结局惨烈。

巴沙尔：风暴席卷中的最后一根桩 ………………………… 179

问题一，在西方所谓"阿拉伯之春"这场战乱风暴中，叙利亚总统巴沙尔为何能硬挺到最后，至今不倒？

问题二，既然巴沙尔在叙利亚民众中具有较高的亲和力和支持力,叙利亚为何也会掀起扑不灭的抗议浪潮?

问题三,美国为何坚决要把叙利亚总统巴沙尔赶下台?

问题四,俄罗斯为何要在叙利亚问题上同美国公开博弈?

问题五,阿盟为何跟着美国和西方跑,一直在逼迫巴沙尔下台?

问题六,叙利亚反对派是否已经具备了执掌国家政权的能力?

一出戏落幕,另一出戏开幕

本·拉登:忧郁的眼神,游荡的幽灵,美国的噩梦 …………… 193

本·拉登,始终以他忧郁的眼神望着这个世界,两眼就像冬天结了冰的湖,冷冷的,但他内心却是一座火山。

本·拉登盯上了美国,克林顿时代,他就不断袭击美国的驻外机构;到了小布什时代,他又策划了震惊世界的"9·11"恐怖袭击事件;直到奥巴马就任美国总统后的2011年5月1日,他才被美军海豹突击队击毙。

本·拉登,是美国一场真正的噩梦。

伊朗核危机:伊朗顽抗,美国棘手,死结难解 …………… 208

伊朗核危机越闹越凶,大有"美伊战争"一触即发之势。在美国眼里,伊朗的可怕,在于它可能以"伊斯兰宗教狂热+核武器"来对付美国。伊朗一心要想搞出核武器,这是世人一眼就能看穿的事。但是,目前美国要想制服伊朗,并不是像它想逮住一只钻进鸡窝里的黄鼠狼那么容易。

美国这次想彻底解决"伊朗核问题",难。

盘点"二战"

"二战"以来：三个拐点，一位霸主

第二次世界大战结束至今已经六十七年。六十七年来，世界经历了沧桑巨变，但有些东西仍然未变。纵论世事，还是跳不出一个老题目：战争与和平。

三 个 拐 点

"二战"以来，世界在曲折中发展进步，大致出现了三个拐点。

第一个拐点，是"二战"本身。

"二战"前，世界上战争的力量超过了维护和平的力量。第一次世界大战的废墟还没有清理完毕，相隔短短二十年，又发生了第二次世界大战。一个根本原因，就是二十世纪前半叶世界发展极不平衡，后起的资本主义要与老牌资本主义争夺世界市场，要求重新瓜分世界。它们的利害冲突发展到顶点，就爆发大规模战争，世界广大人民成为战争的牺牲品。但二次大战本身却成为一个转折点。战后，相当长的一段时间内，资本主义的日子不好过。社会主义阵营曾经占得世界半壁江山，世界反帝反殖民运动风起云涌。六十七年间，一大批殖民地半殖民地国家先后争得了民族独立，经济上也或先或后逐渐发展了起来，摆脱了贫穷落后面貌。因此，维护和平、遏制战争的力量得到增强。因此，虽然局部战争从未间断，但世人极度担心的第三次世界大战并未发生，世界长期处于冷战状态。

第二个拐点，是冷战终结。

所谓冷战，就是以美国为首的西方资本主义国家同以苏联为首的社会主义阵营形成长期对峙，后来发展为美苏两霸之间达成"威慑平衡"。然而，冷战形成的表面"平衡"，并不是一种静止状态，坚冰之下有潜流，双方力量的对比一直处在此消彼长的变动之中。冷战的过程，实际上是不断积聚"热战"能量的过程。它突出地反映在美苏两霸长期进行军备竞赛，特别是美苏之间展开的"核竞赛"曾不止一次把世界推到极其危险的边缘。这种"热战"能量的长期积聚，总有一天要以某种形态爆发出来。

二次大战后，面对以苏联为首的社会主义阵营崛起，和一大批殖民地国家纷纷取得独立，以美国为首的西方资本主义世界从自身暴露的矛盾中反思教训，从马克思主义中吸取"营养"，千方百计缓解国内阶级矛盾，全力发展最新科技，刺激经济发展，渐渐缓过气来。而苏联和东欧社会主义国家，却在反法西斯战争取得巨大胜利、社会主义经济建设取得巨大成就之后，渐渐步入误区，犯下了一系列严重错误。东西方经过半个世纪的紧张对峙，最后终于以苏联垮台、东欧剧变的形式爆发了。1991年12月21日苏联崩溃，东欧一大片社会主义国家都在一夜之间改变了颜色，使长期积聚的能量得以释放，第三次世界大战再次"幸免"了。然而，建立了七十四年社会主义制度的苏联在"二战"中没有被德国法西斯打败，却在冷战中毁于一旦，这样的冷战结局，给世界带来的震荡和剧变，又不亚于经历了一次新的"世界大战"。

第三个拐点，是"9·11"事件。

二十世纪末，冷战终结，使二次大战后形成的世界政治版图被彻底打乱。

二十一世纪前夜，世界各国纷纷制定新的发展战略，世界力量开始重新组合,寻找新的平衡机制。这个过程的主要特征,就是世界多数国家主张"多极化",而美国却谋求一超独霸。美国是两次世界大战的最大得益者,也是冷战结局的最大得益者。当今世界,美国的军事力量最强,军事装备最先进,苏联一垮,谁都不是它的对手。现在最喜欢打仗的是美国,美国成了战争力量的主要代表。冷战结束以来,美国竭力推行"单边主义"和"先发制人"战略,不惜用战争开路,扫清阻碍它一超独霸道路上的障碍。前任美国国务卿赖斯,1994年7月在伦敦一个国际讨论会上公开说,"多极世界"是世界发生分裂的恶魔,它在二十世纪导致了两次世界大战,导致了美苏五十年冷战,因此今天在这个世界上再谈"多极世界"并不是什么好事情。她恶狠狠地敲打法、德两国:你们别指望能以"老欧洲"自居争得什么"极"。她竭力鼓吹今天在全球政治中只能有一个"极",美国是"自由、和平与正义之极",因而美国有权对那些它不喜欢的国家发动"先发制人"的打击。

果然,二十一世纪刚刚开始,2001年美国就以反恐为名发动了阿富汗战争。可是,世界上任何矛盾的对立斗争都是有规律的。任何一方走到极端,就会走向反面。这由不得你美国不信,它说来就来。2001年9月11日,发生了震惊世界的恐怖"9·11"袭击事件。这时,美国才真正感觉到,它并不是生活在天堂里,也不是生活在绝对"保险"的铁皮柜里,它生活在充满矛盾的现实世界中。全世界的事美国都想说了算,偏偏有人要往老美后脑勺上敲一棍子。"9·11"这一闷棍真是把老美打蒙了,等它摇摇晃晃脑袋醒过神来,要找"9·11"恐怖袭击的策划者,一时找不着,于是瞄准了支持过恐怖主义的萨达姆。2003年3月20日,美国不顾世界舆论的一片反对,悍然发动了伊拉克战争,三下五除二,把伊拉克萨达姆政权给"灭"了,把萨达姆送上了绞刑架,萨达姆充当了本·拉登的"替死鬼"。

恐怖主义不得人心,全世界一致反对,对美国反恐也都支持。但是,美国推行的是"因祸得福"策略,它利用"反恐"旗号推行新一轮霸权主义,把世界搅得更加不得安宁。

另外,有的人对奥巴马当上美国总统抱有不切实际的幻想,认为这位非洲裔兄弟祖上不富裕,他可能会对全世界不发达国家态度好一点,结果又上当了。美国总统只为美国谋利益,他不是全球慈善总会会长。

一位霸主

纵观"二战"以来的世界大势,从总体上说,无疑是和平力量增强了,世界进步了。但是,战争幽灵仍在全世界到处游荡。

一方面,包括中国在内的世界多数国家,谋求建立一个"多极化"、"多元化"的世界,和平、发展与合作正在成为世界事务的主题,成为时代发展的潮流。记取历史教训,不忘战争灾难,维护世界和平,不仅已经成为全世界人民的一致呼声,也在成为世界多数国家首脑的一种共识。同时,美国"一超独霸"的心理从来没有像现在这样强烈,它要把势力渗透到世界每一个角落,不允许任何国家对它说"不"。

新世纪以来,亚洲大势又如何?

新世纪以来,一个可喜的现象是亚洲正在迅速崛起,但同时亚洲大陆却仍然笼罩着浓重的战争阴影。环视当今世界,老问题,新矛盾,酿造出四大热点问题:局部战争、恐怖主义、地区冲突、核扩散风波。这些热点问题大部分都集中在亚洲。伊拉克战争只是一个"点",亚洲的诸多热点问题却是一个"面"。亚洲在美国全球战略中的分量是显而易见的。"二战"以来,美国在亚洲发动的局部战争次数最多。1950年发动了朝鲜战争,1961年发动了越南战争,1991年发动了海湾战争,2001年发动了阿富汗战争,2003年又发动了伊拉克战争,平均十年要在亚洲打一仗。

全世界都在说,二十一世纪是亚洲的世纪。亚洲正在迅速崛起,但迅速崛起的亚洲正在冒着美国的炮火前进。特别是进入二十一世纪以来,美国在亚洲发动战争的密度明显增加,时间间隔大大缩短,这对亚洲不是一个好兆头。美国对迅速崛起的亚洲,以及对亚、非、欧三大洲结合部地区,早已成为它重点渗透、控制的地区。新世纪头三年,全球爆发的两场战争都在亚洲(2001年爆发的阿富汗战争,2003年爆发的伊拉克战争)。新世纪前夜发生的两伊战争、科威特战争、海湾战争,也都发生在亚洲。只有科索沃战争发生在欧洲。在亚洲这片不宁静的土地上,由于历史的和现实的种种复杂原因,还存在着一处又一处剑拔弩张的态势,这些都是美国的"兴奋剂",它正好利用这些因素把它的军事重心进一步转向亚洲。最近,美国又对中国南海发生了"深厚兴趣",正在向中国周边国家和地区密集布兵。好比下围棋,老美一心想要围住中国这条"大龙"。

美国在亚洲的"前沿军事存在"最多。据有关资料透露,美国海外驻军约有三十七万多人,三分之二在亚洲。在美军新公布的全球军事部署调整计划中,虽然随着美军向信息化、数字化"转型",美军在世界各地的驻军人数将会有所减少,但太平洋上的关岛基地却进行了大规模扩建,以关岛为核心的太平洋"岛链"建设将得到大大加强,这是美国为"围住"中国"大龙"投下的一枚重要棋子。与此同时,美国利用发动反恐战争的机会,早在中亚的吉尔吉斯斯坦、乌兹别克斯坦两国获得了三个新的军事基地。

在新旧世纪交替之际,美国在亚洲打了这么多仗、驻扎了这么多军队、部署了这么多先进武器,正在迅速崛起的亚洲,不是在冒着美国的炮火前进吗?

巨头们:在战争中博弈

一

诺曼底登陆与伊拉克战争有什么关系?

毫无关系。

不,有点关系。

2004年6月6日,适逢诺曼底登陆六十周年纪念日。就在这个纪念日的前几天,小布什在美国空军学院发表讲话说:"反恐战争是二十一世纪的第二次世界大战,我们正在一场风暴中飞翔。"他话音未落,立刻遭来媒体一片嘘声。世界舆论迅速提醒小布什:伊拉克战争根本不能和二次大战相提并论,纪念诺曼底登陆六十周年也和伊拉克战争扯不上边。一位参加过"二战"的美国老兵德马蒂诺,这时也插了一句:二次大战的目标是崇高的,而伊拉克战争更像是一场"鬼鬼祟祟的战争"。几天后,小布什到法国诺曼底海滩去出席纪念大会,虽然也发表了讲话,但他再不敢提伊拉克战争。

不过我倒想说,伊拉克战争与诺曼底登陆还是有点关系,虽然它不是小布什说的那种关系。你看,6月6日那一天,美、英、法、德、俄等十六国元首和政府首脑云集诺曼底。不仅是"为了和平,重温战争"，他们还想借诺曼底登陆六十周年纪念活动之"泥"，抹平自伊拉克战争以来产生的裂痕。诺曼底登陆和毫不相干的伊拉克战争，就这样产生了某种联系。

世界上没有孤立的事件。地球这边一只蝴蝶飞过，地球那边可能引发一场雪崩。一件千万年前的什么文物出土，会使今天的学术界翻江倒海。在诺曼底登陆这座二次大战的回音壁上，被一场充满争议的伊拉克战争撞出一点当年反法西斯战争的历史回声来，倒也并不奇怪。

想当年，二次大战进入决战阶段，苏联对德展开强大反攻，美英在诺曼底登陆开辟第二战场，对德军东西夹击，最终将德国法西斯打败。战后，美英却与苏联迅速反目成仇，对峙了近半个世纪。然后，苏联崩溃，冷战终结，二次大战形成的世界政治版图被打乱、重组，这个过程迄今仍在继续。

世事变迁，沧海桑田，其间充满了前因后果、瓜瓜葛葛、千丝万缕，剪不断，理还乱。

在诺曼底海滩纪念大会的中心会场上，首脑云集，风云际会。它使人联想起二次大战中那些大国政治家们叱咤风云的一幕，悠悠往事，历历在目。"二战"中的罗斯福、丘吉尔、斯大林等老一代政治家，曾以他们的政治谋略和军事行动，战胜了纳粹，改变了世界，留下了遗产。今天的小布什、布莱尔、希拉克、普京、施罗德等新一代政治家，围绕一场充满争议的伊拉克战争，也都显露出了他们各自的心迹，也都在想按照他们各自的意志去影响世界、改变世界。

然而，这两代政治家，是两个不同时代政治风云的产物。他们是"爷爷辈"与"孙子辈"的关系。比较一下这两代政治家的胸怀、视野、抱负和作为，会让人生出许多感慨来。

二

说到诺曼底登陆,不能不说到美国战时总统罗斯福,不能不说到罗斯福在"二战"中的历史作用。

美国真正发迹,是在"二战"。这期间,罗斯福连任四届总统,实际任职十三年,所起的作用十分关键。至少有这样三条:第一,罗斯福充分利用"二战"契机,以军工生产振兴美国经济,大发战争财,使美国成了暴发户。第二,罗斯福促成并主持了"三巨头"会谈,成功地协调了同盟国在反法西斯战争中的立场,与苏联联手打败了希特勒,为最终取得反法西斯战争胜利做出了重要贡献。第三,罗斯福及早提出了建立战后国际新秩序的战略构想,在他提议下成立了联合国,奠定了战后世界政治格局的基本框架。罗斯福在"二战"中的这些谋略和作为,使美国在战后的西方世界开始发挥"领导作用"。

美国崛起,与两次世界大战有着密切关系。两次大战,主战场都在欧洲、亚洲。一个个欧洲老牌强国的前庭后院、坛坛罐罐都被砸得稀巴烂。美国这个新贵却远隔大洋,两边临海,独门独院,安然无恙。"二战"中,美国虽然被日本偷袭了一下珍珠港,但那只是被人砸了一家孤岛小店,鱼池小殃,城门未失,无碍大局。二次大战开始阶段美国并未参战,罗斯福及时吁请国会修改"中立法",允许交战国从美国大量购买武器。日本偷袭珍珠港后,美国正式参战,罗斯福进一步动员美国全部工业力量投入军工生产,达到德国和日本的总和。到1944年,美国军工生产已上升至轴心国的两倍。"二战"期间,美国生产出这么多武器装备,从交战国换回了滚滚财富,发战争财发得昏天黑地。"二战"中,美国向英国提供了五十艘超龄驱逐舰,却换取了西半球八个军事基地,又狠狠地捞到一笔实利。如此这般,美国怎能不暴富、怎能不发迹?

不可否认，在国际政治中，罗斯福是一位富有远见的世界级政治家。纵观罗斯福在"二战"中的政策取向和行为实践，他始终紧紧围绕一个战略目标在努力：美国要站出来当头。

要实现这样的战略大目标，必须在外交事务中有大突破才行。罗斯福从哪里搞重大突破？搞"三巨头"会谈。他的战略思维是：两次大战，都由德国发起，不把德国彻底制服不行。但要彻底制服德国，必须联合其他大国共同对敌。当时法国已经沦陷，无可指望，只能先联合英国。罗斯福频频与丘吉尔会晤，共同签署了《大西洋宪章》，向世界宣告：美英两国将联合起来打败法西斯。这时罗斯福已经看得很清楚，斯大林领导下的苏联，已在对德作战中挺过了最艰难的时期，并且愈战愈强，可以预见战后的苏联将会更强大。因此，罗斯福得出结论，要想最终战胜希特勒，必须同苏联联手，别无选择。

但要和苏联这个"共产主义恶魔"坐到一起，这种转变谈何容易？美国朝野想不通，连罗斯福的儿子埃利特奥也不理解。罗斯福对儿子说："美国将不得不出面领导。"为什么呢？因为"英国在走下坡路，中国仍在十八世纪状态中，俄国猜疑我们，而且使得我们也猜疑它。美国是能在世局中缔造和平的唯一大国。这是一项巨大的职责，我们实现它的唯一办法是面对面地与这样的人会谈。"

罗斯福早已成竹在胸。美国要想站出来"领导"这个世界，就必须在世界反法西斯战争中当好挑头的角色，战后别的国家才能认可美国的"领导地位"。

罗斯福为了实现他的战略目标，付出了巨大耐心。战争期间，他以主要精力协调盟国在反法西斯战争中的立场，运筹战后安排。罗斯福是"三巨头"会谈的主持人、协调者。会谈中，主要靠他来协调三方关系，平衡三方利益。如果不是罗斯福的远见、胸怀和耐心，很难想象，斯大林能和丘吉尔在一系列涉及双方利害关系的重大问题上达成一致意见。"三巨头"会谈取得成功，起到了"搞定战争"、"摆平世界"的作用。

就以诺曼底登陆为例。

早在1941年9月,当时美国尚未参战,斯大林就要求丘吉尔在欧洲开辟第二战场,以减轻苏联压力,对德实施战略夹击。但丘吉尔考虑更多的是英国在北非、南欧的利益,对开辟第二战场很不积极。不久,日本偷袭珍珠港,美国参战。苏联又同美、英两国分别就开辟欧洲第二战场进行磋商,由于丘吉尔反对,仍无结果。

一直拖到1943年11月,在德黑兰举行第一次"三巨头"会谈时,诺曼底登陆(又称"霸王战役")才被正式提上议事日程。丘吉尔仍在会上讨价还价,只同意在地中海搞小规模登陆,不同意在风大浪急的英吉利海峡搞大规模登陆。斯大林对他说,在地中海即使登陆成功,上岸后有阿尔卑斯山脉阻挡,作战部队很难翻越,对德军构不成直接威胁。只有从英吉利海峡登陆,进入法国北部,才能迅速突破德军大西洋防线,穿越法国本土,直击德军要害。但为了照顾丘吉尔情绪,斯大林又说,地中海方向可以搞一个辅助战役,起配合作用,但主要战役必须放在法国北部。丘吉尔固执己见,不同意。罗斯福调解说:"如果进行地中海战役,势必推迟'霸王战役'。我是不想推迟'霸王战役'的。"很显然,罗斯福已站到了斯大林一边。但顽固的丘吉尔寸步不让,第一次讨论未果。

次日再谈。丘吉尔仍不改口,顽固到底。斯大林火了,突然从椅子上站了起来,回转身去对伏罗希洛夫和莫洛托夫说:"我们家里的事情堆积如山,没有必要在这里浪费时间,我看不会有什么结果……"

罗斯福一看,此事再不能议而不决了,马上打圆场道:"很清楚,我们对'霸王战役'重要性的看法完全一致,唯一的问题是什么时候开始。"接着,他果断地否定了丘吉尔的意见,明确表态:"在地中海搞一次战役是危险的,它会分散作战部队,推迟'霸王战役'。我主张不要改变魁北克会议商定的'霸王战役'发动日期,即1944年5月上旬。"至此,诺曼底登陆计划才基本敲定。如果没有罗斯福,诺曼底登陆战役也许最终都搞不起来,至少搞不成这么大规模。要是那样,二次大战的进程和结局说不定会出现另外一些情况。

关于成立联合国的构想,也显示出了罗斯福的远见。在他看来,第一次世界大战结束后成立的"国联",未能在阻止德、日、意侵略扩张行动方面发挥作用,导致一次大战结束后,相隔仅短短二十年,又爆发了二次大战,这是一个教训。为此,在德黑兰举行第一次"三巨头"会谈时,罗斯福就向斯大林透露了建立联合国的构想。他说,战后要成立一个大约由三十五个国家组成的机构,在它上面再建立一个由十来个国家组成的执行委员会,执行委员会上面再建立一个由美、苏、英、中四国组成的小机构,他叫它"四个警察",这个机构有权立即处理对和平的任何威胁和突然事变。

这里有一个细节,罗斯福讲的"四个警察"后来成了联合国五个安理会常任理事国的基础,但罗斯福当时没有提到法国,他对法国很反感。他举例说:"1935年,当意大利进攻埃塞俄比亚时,当时存在的唯一机构就是国联。我曾亲自请求法国封闭苏伊士运河,但是法国把它交给了国联。国联对此发生争论,一事无成。结果意大利军队通过了苏伊士运河,占领了埃塞俄比亚。"他说,如果当时有一个像"四个警察"这样的机构,就有可能下令封闭苏伊士运河。

斯大林一听就明白了,罗斯福是想建立一个美国能发挥主要作用的国际机构。他知道,战后的欧洲和世界,都已离不开美国的影响了。斯大林表态说,可以成立一个欧洲委员会或世界委员会。并说,在欧洲委员会里面也应当有美国。这就是罗斯福在"二战"中为美国奠定的"领导地位"。

逝者如斯。

2004年,恰逢诺曼底登陆六十周年。小布什一心想找到罗斯福在"二战"中那种"世界领袖"的感觉,但他没有找到,他找不到。

常言道,时势造英雄,英雄造时势。二次大战为罗斯福总统提供了一个历史性机遇,为他搭建了一个世界性大舞台,使他演出了精彩一幕。但不要忘了，小布什同样遇到了千载难逢的历史性好机遇，时势也为他搭建了一个世界性大舞台。可惜，小布什"识时务"的本领无法跟罗斯福比，大好机遇被他痛失了，大好舞台被他自己糟蹋了。

小布什遇到的历史性机遇是什么？想想嘛，世纪之交，苏联瓦解了，冷战终结了，剩下美国一强。举目世界，英国、法国实力不济，德国、日本尚未重新获得参赛资格，俄罗斯自顾不暇，中国还在初级阶段，印度睡意蒙眬将醒未醒，没有人能与美国争高低。小布什如果真有远见，真有抱负，真有本事站出来"领导世界新潮流"，那就应该在世人面前拿出点远见卓识来，至少拿出一张草图来，同时拿出一点"世界最强"的大家风范来，对不同文化背景的世界各国人民多表现出一点美国的善意来，让世人对这个世界看到更多希望，对未来增添更大信心。可是没有，人们看到的小布什，小家子气得不行，狭隘得不行。在这个世界上，他似乎谁都容不下，这怎么行？

时势也为小布什搭建了一个世界性大舞台。"9·11"事件后，全世界一个声音支持反恐，没有哪一个国家公开与美国唱反调。请问，美国主张干的事，有哪一件得到过全世界如此广泛一致的支持？没有，史无前例。反恐斗争就是一个世界性大舞台，你小布什好好演出吧。可是不，小布什偏偏要在完全一致的世界反恐舆论中制造出一点不一致来。他刚刚打完阿富汗，又急着要打伊拉克。联合国讨论说，目前尚未找到伊拉克支持恐怖主义的确切证据，不要急，操之过急不好。小布什哪里听得进？你联合国通不过，我可以不理你联合国。他和布莱尔一商量，干！就开战了。反恐是世界性大课题，全世界的人都在翘首以盼，希望能够找到对付恐怖主义的良策，逐步缓解它、化解它、最终解决它。多么好的一笔资源啊，他不会经营。说到底，他没有这个远见，没有这个胸怀，不愿利用反恐这个契机，去解决一些国际间最基本的矛盾，不愿借反恐机会去推动世界进步事业发展，急欲报美国一国之私仇，只想捞取美国一国之私利，哪有不碰钉子的？平日里口口声声国际大家庭，关键时刻却不去调动世界上方方面面的积极性,完全不像干大事、成大业的做派,倒像一副"开小店"的做派,连股份制都不要,只同布莱尔小哥俩合伙,省事,分红时好算账。

再看看当年的罗斯福,他为了在反法西斯战争中充当好西方大国的挑头角色,付出了多少坚忍不拔的努力?举行"三巨头"第二次会谈时,斯大林以自己要指挥战争、难以分身为由,执意不肯离开苏联。那时罗斯福的健康状况已经很差,但为了办成大事,他可以拖着病躯,千里万里坐海轮、坐飞机,前往苏联雅尔塔去参加第二次"三巨头"会谈,坚持与苏联在反法西斯战争中合作到底,并成功协调美、英、苏三方利益,在胜利前夕先把蛋糕切好。

世界是大家的,要办成一两件世界大事,哪能一意孤行?尤其解决世界性难题,哪能容许你图省事?

小布什与罗斯福,胸怀、气度,显然不在一个档次。伊拉克战争打成这样,拖成这样,不是没有原因的。

三

丘吉尔和布莱尔,这"祖""孙"俩处理世界事务的视野和气质,也不在一个档次。

由于太胖将腰带扎到胸口的丘吉尔,同样是一位世界级政治家,他也是"二战"风云中的主要人物之一,也为反法西斯战争胜利做出过重要贡献。丘吉尔性格复杂,却爱憎分明。他早年毕业于军事学院,当过海军大臣、陆军大臣兼空军大臣、财政大臣,两度担任英国首相,还是一位获得过诺贝尔文学奖的作家。人们送给他的头衔很多:纵横捭阖的政治家、左右逢源的外交家、雄辩的天才演说家、出尔反尔的政客……

丘吉尔在"二战"中的表现,值得称道的是他识时务,突出地表现在他对苏联态度的转变上。苏联十月革命成功之初,担任英国陆军大臣的丘吉尔曾是反共急先锋。当时"一战"刚结束,协约国讨论制裁德国,丘吉尔却竭力主张"把德国养大,迫使它同布尔什维克斗"。"一战"后对德国养痈遗患,丘吉尔是有账的。

但在"二战"中,丘吉尔的反法西斯立场很坚定。1941年6月22日苏德战争爆发的当天,已担任首相的丘吉尔立即发表了一篇著名的广播演说,坚决支持苏联反击德国法西斯军队的侵略。

他说:"在过去二十五年中,没有一个人像我这样始终一贯地反对共产主义……但是这一切,在我们眼前展现的情景之下都已黯然失色……我们只有一个宗旨,一个唯一的和不可改变的目标,我们决心要毁灭希特勒……什么都不能改变我们这个决心……我们将给俄国和俄国人民以一切援助……俄国的危难也就是我们的危难……让我们齐心协力打击敌人吧……"

政治家的最大价值体现在哪里?在国内政治中为大多数人谋利益,在国际政治中主持正义,站在推动人类进步事业这一边。无论丘吉尔以往曾经如何反共,但当法西斯危及人类文明时,他却表现出了是非分明的道德观、价值观,反对纳粹、支持苏联。

丘吉尔和罗斯福一样,在重大历史关头,也是敢于搞重大外交突破的人。而且,只要丘吉尔想干一件什么事,他总能为自己找到令人难以驳倒的理由。他留下过一句名言:"没有永久的朋友,也没有永久的敌人,只有永久的利益。"

1942年,丘吉尔主动要求访苏,亲赴战云密布的莫斯科与斯大林会晤,为推迟开辟欧洲第二战场亲自向斯大林作解释。同时,丘吉尔也是为了要去摸清一个底细:如果再推迟开辟欧洲第二战场,苏联承受压力过大,斯大林会不会单独和德国媾和?事关重大,粗心不得,他必须亲自跑一趟。

斯大林很快答复,欢迎他去。此时敌人离莫斯科最近处仅五十公里,丘吉尔想请斯大林到高加索的阿斯特拉罕会晤。斯大林说,不,你要来就来莫斯科。斯大林是"宁可喜欢真正的敌人,也不喜欢假的朋友"的人。丘吉尔要摸斯大林的底,斯大林何尝不在摸丘吉尔的底?丘吉尔顽固,斯大林更强硬。斯大林虽然对丘吉尔一再拖延开辟第二战场很不满,但对他的雄辩口才和固执得很坦率的个性,却表现出了少有的尊重。在欢迎丘吉尔的宴会上,斯大林向丘吉尔讲了一个故事:萧伯纳访苏时,曾向他建议邀请当时的英国首相劳合·乔治访苏。斯大林说:"为什么要邀请他来?他是干涉我们的头子。"萧伯纳夫人立即纠正说:"不对,是丘吉尔使他误入歧途。"丘吉尔一听,马上向斯大林承认说:"我是干涉最活跃的人物。"说完马上问斯大林:"你已经宽恕我了吗?"斯大林一听笑了:"这一切都已过去,过去的事情应该属于上帝。"两人最后一次会谈结束时,已是深夜了,斯大林破例把丘吉尔请到自己的住所去,两人面对面一边喝酒聊天,一边等着莫洛托夫把公报草稿送来,两人共同审阅、签署。

通过面对面接触,丘吉尔对斯大林钢铁般的意志敬佩之至。当时,苏德战争战线漫长,苏联损失巨大、压力巨大、困难巨大,莫斯科郊外五十公里处就有德军,真称得上惊涛骇浪、惊心动魄。斯大林却谈笑自如、稳如泰山。丘吉尔心中的那个疑虑消失得无影无踪。事后,丘吉尔在给罗斯福写信通报与斯大林的会谈情况时称,他与斯大林已经"建立了一种对将来很有益的个人关系"。

够不够世界级政治家,有没有大局观是一个重要标志。在盟军的反法西斯行动中,丘吉尔经常表现出利己主义倾向,但他对反法西斯同盟这个大局的分量是知道的。几年中,他为了协调英、美、苏三大国关系,无数次来往穿梭,做了大量工作。再如,为了认真做好诺曼底登陆战役的准备,斯大林提醒说,应当及早任命一位盟军总司令,只有让同一位总司令来负责战役的准备和战役的实施,这样才能搞得好,切忌中途换人。这是经验之谈。在这个问题上,丘吉尔也是顾大局的。虽然诺曼底登陆战役是在英国集结和展开,但考虑到一旦战役发起,美军参战人数将大大超过英军,丘吉尔立即表态,这个总司令应该由美国人来当,英国人可以当地中海方向的司令。于是,罗斯福知人善任,任命最善于协调关系的艾森豪威尔担任盟军总司令,全盘负责诺曼底登陆战役的准备和实施。顽固的丘吉尔一旦同意实施这次战役,他后来也付出了很大努力。丘吉尔对世界反法西斯战争的胜利有一份功劳,他以反法西斯斗士的形象载入了史册。

不知从什么时候起,只要英国同美国站在一起,英国永远是配角。当今的英国首相布莱尔,在反恐问题上与小布什站在同一立场,这一点不能说他错。但是,在发动伊拉克战争这个问题上,当国际社会意见严重不一致时,却没有看到布莱尔站出来为协调各国立场做过什么工作。相反,他积极为小布什提供一些不实情报,助长小布什撇开联合国推行单边主义,"二布"联手,贸然开战。在布莱尔身上,已经找不到一点丘吉尔雄辩、固执、爱憎分明、不知疲倦、不折不挠的遗风。

诺曼底登陆六十周年纪念活动,按理说布莱尔也是东道主之一。在法国诺曼底海滩举行的纪念大会,布莱尔也跟着英国女王去参加了。他追随小布什在伊拉克辛辛苦苦打了一仗,可是到了隆重纪念诺曼底登陆六十周年的场合,他却像是生怕别人看出他参与了伊拉克战争似的。这说明,打仗也不是可以乱打、瞎打的。像诺曼底登陆这样的仗,名垂史册;而像伊拉克战争这样的仗,却非议丛生。

不过有一件事可以提一下。利比亚的卡扎菲,突然宣布愿意放弃大规模杀伤性武器计划,使他同美、英之间的紧张关系得以缓解。这是美英发动伊拉克战争以来,在反恐斗争方面取得的极少胜利之一。据说,这是由于英国同卡扎菲进行长期艰苦谈判取得的重大突破。如果情况属实,在布莱尔的记分牌上可以给他加一分。

四

这次诺曼底登陆六十周年纪念活动,法国是东道主。法国总统希拉克利用这个机会,大胆邀请俄国总统普京、德国总理施罗德也来出席庆典,此举深有含义,闪耀着异彩。

法国这个国家,军事传统也是很深厚的。想当年,拿破仑横扫欧洲,威风无比。法国在第一次世界大战中还曾打过大胜仗,但随后,这个老迈帝国却每况愈下,屡战屡败,难提当年勇。"二战"中,法国早早败在德国手下,贝当投降,全国沦陷。直到诺曼底登陆战役成功,美英盟军攻入法国,才协助法国光复国土。但法国在"二战"中也有一个最大收获,那就是在抗战过程中缔造了新的民族传统,这一点难能可贵。法国在"二战"中缔造了什么民族传统?那就是在强权面前决不低眉下眼,始终坚持民族独立自主的戴高乐传统。

戴高乐是有骨气的。当时,戴高乐频繁来往于英法之间,千方百计争取英国的帮助,以抵制法国国内的投降倾向,却突然听到贝当出面组阁,准备同德国单独媾和的消息。戴高乐是贝当的老部下,但他决不容忍投降,毅然决然与贝当分道扬镳,不辞而别,重返英国,在伦敦发表了著名的"6·18"广播讲话,号召抵抗。随后,戴高乐在伦敦成立法兰西民族解放委员会领导抵抗运动,为日后解放祖国打下了基础。

可是,美国总统罗斯福对法国、对戴高乐抱有深深的偏见。罗斯福非常瞧不起法国,瞧不起法国人,瞧不起戴高乐。他认为法国人在战争期间表现太差了,简直毫无斗志,不堪一击。罗斯福打定主意,战后不能给法国以大国地位,它没有资格,也不能给戴高乐出人头地的机会。因此,在"三巨头"会谈中,罗斯福一直坚持这样几条:一、盟军一旦进入法国,必须对法国实行军事占领,由盟国军政府对法国进行管理。二、为此,盟军进入法国后,既不同贝当的投降政府打交道,也不同戴高乐的法兰西民族解放委员会打交道,只和地方机构发生必要的联系。三、基于上述考虑,他让盟军总司令艾森豪威尔把戴高乐指挥的法国军团派往意大利作战,不让他在解放法国本土作战中发挥作用。四、将来占领德国后,对德管理机构内没有法国的位置,战后其他国际主要机构中也没有法国的位置。

丘吉尔的看法与罗斯福相反,他希望战后有一个强大的法国出现,以保持欧洲大陆的均势。丘吉尔内心一直在想,只有战后一个强大的法国和英国站在一起,将来才能对抗苏联。为此,他多次表示要依靠戴高乐,依靠法兰西民族解放委员会,让他们来行使法国的民政管理权力。

罗斯福不同意丘吉尔的看法。他当着斯大林的面,嘲笑丘吉尔也不看看法国如今还有什么分量,居然还想把法国重新培养成一个强国。斯大林对法国也没有多少好感,但不像罗斯福那样偏激。

戴高乐对罗斯福如此蔑视法国极为愤慨,展开了坚决斗争。他针锋相对地坚持这样几条:一、法国军团必须参加解放祖国的战役,并且必须由法国军队负责解放巴黎;二、盟军在法国土地上必须完全尊重法国的主权;三、在法国建立政府是法国人民自己的事情,除此之外,不承认其他任何形式的政府存在;四、法国的国际地位必须得到尊重。

担任盟军总司令的艾森豪威尔身临其境,看出了罗斯福法国政策的偏颇,他对戴高乐的立场表示理解和同情。在戴高乐的强烈要求下,1944年8月23日,艾森豪威尔向勒克莱尔指挥的法国第二装甲师下达了命令:向巴黎进军! 戴高乐的车队在装甲师后面全速跟进,随部队同时进入巴黎。第二天,巴黎解放。戴高乐从巴黎解放的第一天开始,就牢牢掌握了新生法国的命运。后来,经过戴高乐据理力争,丘吉尔竭力说项,斯大林表示默认,罗斯福作出让步,法国最终也进入了对德四国管制委员会,后来又成为联合国安理会五个常任理事国之一。

但是,法国从此同美国结下了宿怨。

战后,戴高乐对美国把欧洲盟国当成"小伙伴"使唤的态度十分反感,他响亮地提出了"欧洲是欧洲人的欧洲"的口号,并一怒退出北约,把美军从法国领土上赶走。

战后半个多世纪以来,美国的强权政治愈演愈烈,法国一如既往奉行独立自主政策。平时看不出什么,关键时刻就难免碰出火花。小布什发动伊拉克战争,法国总统希拉克为何带头唱反调?因为你美国太不把别国的主权放在眼里了,总这样下去是不行的。纪念诺曼底登陆六十周年,小布什的毛病又来了,他硬把伊拉克战争与二次大战扯到一起。希拉克不乐意了,他通过自己手下的人转告小布什手下的人:在纪念诺曼底登陆六十周年大会上,法国人不希望听到伊拉克战争这个词。这句话除了"辣"味十足,还有更深一层含义:"二战"都过去六十年了,美国处理世界事务的思维早该更新了。

希拉克总统经过深思熟虑,亮出了精心设计的一招:他邀请俄罗斯总统普京、德国总理施罗德都来出席诺曼底登陆六十周年纪念大会。这是一个惊世之举。希拉克通过这一举动告诉全世界:二次大战中的敌、我、友三方终于汇集一堂,他们面对新的世纪,要共同为旧世纪画一个句号,结束过去,共创未来。

希拉克,大手笔。法国实力不如美国,境界高于美国。

高卢雄鸡,这一声啼得高亢、雄壮。

五

普京总统接到希拉克邀请,想必是别有一番滋味在心头。他会对希拉克心生感激,但不会过于激动。二次大战,苏联遭受损失最大,消灭敌人最多,战胜德国法西斯的功劳也最大。想当年,斯大林的钢铁意志,代表着俄罗斯的民族意志,那是不可战胜的。

过去还有一个不小的别扭:二次大战中,究竟哪一次战役是反法西斯战争的转折点?苏联认为斯大林格勒战役是转折点,西方认为诺曼底登陆战役才是转折点。没有谁出来当裁判,双方都是以我为主,各说各的。过去,布尔什维克的思维向来比较僵化,觉得若是去出席诺曼底登陆纪念活动,那不是等于自我贬低斯大林格勒战役的地位了吗?所以,即使对方有邀请也不能去,何况人家也从来没有邀请过。

俱往矣。

虽然,战争历史可以为俄罗斯这个英雄民族作证,但今日之俄罗斯毕竟已不是昔日之苏联。虽然,普京灵魂中仍然保留有斯大林的某些精神基因,但今日之俄罗斯总统普京,毕竟已不是二次大战中的斯大林。对普京来说,再像斯大林那样端起架子与西方大国首脑们打交道,显然不现实。比较现实的态度是放下架子,走进群体,为俄罗斯找到新的起点。

苏联曾经那么强大,最终垮台、瓦解,教训太深了。普京接手之后,也一直在反思,今后的俄罗斯之路应该怎么走?至少,走进群体,显然是他得出的重要结论之一。为了走进群体,普京自己也在积极创造这样的机会。2003年5月底,俄罗斯隆重纪念圣彼得堡建城三百周年,邀请世界各国首脑都去参加,中、美、英、法、德,东西方大国首脑都去了,搞得隆重热烈。此次希拉克邀请普京前去出席诺曼底登陆六十周年庆典,这两次活动大有异曲同工之妙,普京何乐而不去呢!

根据历史教训,世界上有两种喜欢单打独斗的人,是难以坚持到底的。

一种是防守型的,腰圆膀粗,力能扛鼎,谁想惹他,上来一个撂倒一个,没有对手。但扛不住对手太多,不是一个两个,是一群,扛着棍,举着叉,围着他转,要跟他干。他背靠后墙站着:"来,谁敢上来?"一天两天还可以,一年两年能坚持,十年八年还能咬咬牙,长期对峙,神经得不到片刻松弛,有朝一日,垮了。

另一种是攻击型的,手里操着家伙,满街乱转:"谁敢不老实啊?"整天嚷嚷着要找人打仗,一天不打不过瘾,身上痒得慌。找着打、追着打。都被他打怕了,恨得咬牙切齿:"这家伙太毒啦!"这个说:"搞他！"那个说："搞他！"不跟他正面干，正面干干不过他。想些刁招、毒招，也让他吃点苦头，知道点厉害。忽一日，后脑勺上咣当挨了一棒，两眼一黑，乱冒金星："谁？"一转身，找不到人。连续几次，神经紧张了，躺到床上做噩梦，忽地惊醒坐起来："谁？"没有人。照这样下去，终有一天会得精神分裂症，早晚也会垮下来，因为他太不想让人活了。

写到这里，我忽然想起《水浒传》里有一个故事，说的是鲁智深被发落到大相国寺看菜园，酸枣门外有二三十个破落户泼皮前来寻衅。鲁智深到这里来看菜园，今后主要同这帮人打交道，刚来就撞上了。上来两个带头的，一个叫过街老鼠张三，一个叫青草蛇李四，跪在粪池边向他叩了头不肯起来，想等鲁智深过去扶他们起来时抱住他的腿将他翻进粪池里去，给他一个下马威。鲁智深一眼看破，反被他一脚一个踢进粪池里，两个小子哭爹喊娘叫救命。鲁智深回头一声喝："谁敢跑？跑一个踢一个，都叫下粪池！" 吓得众泼皮目瞪口呆。鲁智深适可而止，喝道："快扶那鸟上来，我便饶你众人。"众人将粪池里的两个救起，臭不可闻，鲁智深骂了一声蠢货，哈哈大笑道："且去菜园池子里洗了来，和你众人说话。"你看看，鲁智深才是高明的政治家，他知道，这时和这些破落户泼皮取得直接沟通，比对他们动武更重要。鲁智深先召集他们开会，喊道："都来廨宇里坐地说话。"会议当然由鲁智深主持，规格也不高，凑合着坐在地上开。他自己先居中盘腿坐定了，指着众人道："你那伙鸟人，休要瞒洒家，你等都是甚么鸟人，来这里戏弄洒家？"鲁智深问得实诚，众泼皮也答得到位，都说，他们祖居在此，平日里靠赌博讨钱为生，这片菜园是他们的饭碗，大相国寺里曾几次使钱，也奈何他们不得。鲁智深也如实相告，他原是河西延安府提辖，只因杀人多了，自愿出家，从五台山来到这里。众人觉得鲁提辖虽然功夫了得，但此人通人性、有人情味，可交。于是买了酒菜瓜果，拿来请他客，一边喝酒，一边看他练拳演武，围着他转了。鲁智深喝到兴致高处，倒拔垂杨柳，众泼皮更对他佩服得五体投地。又几日,鲁智深觉得总吃穷兄弟们的过意不去,自己掏钱,请人进城沽了两三担酒,杀了一口猪、一只羊,回请众人。一来二去,双方关系越发融洽,打成一片了。

　　只是,施耐庵有一个细节没有深入交代:众泼皮指望从菜园里得到的那一小部分经济利益,不知道鲁智深是怎么处理的?这里有个问题是,鲁智深新来乍到,众泼皮为何要与他寻衅作对?因为他们要靠菜园生存,鲁智深来看菜园,等于夺了他们的饭碗,直接威胁到他们的生计。这是关乎生死存亡的矛盾,众泼皮怎能不急?鲁智深的高明处在于,既要制服他们,又要让他们生存得下去。此后,再没见双方为此引起过摩擦,说明双方都把握有度。想必,鲁智深不会不给众泼皮留下一点生计,众泼皮也不至于把菜园折腾得让鲁智深在方丈面前下不了台。

六

　　德国总理施罗德接到希拉克总统的邀请,想来最是百感交集。德国人发动了两次世界大战,一度在世界上名声狼藉。希特勒对人类文明犯下了深重罪孽,世人对德国法西斯深恶痛绝。二次大战,德国战败,怎么处置它都不为过。半个多世纪以来,德国一直抬不起头,这也叫自作自受,它应该好好反省。

　　关于德国,有很多旧话可说。单说一件事:当时"三巨头"讨论战后如何处置德国,罗斯福坚持要对德国"五马分尸",将它切成五块。他甚至还产生过将德国分割成一百零五个省的设想。他的意图就是要通过肢解德国,防止德国军国主义复活。斯大林则认为,对德国肢解是要肢解的,但不应当通过消灭德国的办法来解决德国问题,因为德国是消灭不了的,就像德国消灭不了俄罗斯一样。应当通过使德国非军事化和民主化的办法来防止德国军国主义复活。为此,一定要消灭德国法西斯组织和法西斯军队,对罪恶累累的第三帝国领导人应当交给各国人民审判。无疑,斯大林的认识比罗斯福深刻得多。

又是丘吉尔,他心里不同意罗斯福的方案,但很讲策略,巧妙地将话题轻轻一拨,就被岔开了。他说,现在大家都同意肢解德国,但是实行起来太复杂。究竟如何分割为好,先要对历史、地理、种族、经济等各个方面的现状进行深入调查,还要组织一个专门委员会对上述情况进行复核,复核之后他们自己先要认真研究,然后才能向我们提出正式建议。但是我们的会谈最多只有五六天,时间根本来不及。因此,丘吉尔建议可以简单一点,把德国分成两个部分,普鲁士和奥地利为一部分,巴伐利亚为一部分。

丘吉尔的发言是一杯及时的"冷饮",大家听了之后心里的火气不是那么大了,逐渐降温。经协商,分为苏、美、英三国占领区。后面又出来一个动议,法国也要加入四国对德管制委员会,要另划一块地盘由法国占领。斯大林不同意。几经争执,斯大林表示,只要不减少苏联占领区,他不再表示异议。于是决定从美、英两国占领区中划出一块来,由法国占领。最后,分成四国占领区。

西方大国的首脑都是学解剖学的,他们的拿手好戏是将一些国家肢解,通常是由美国主刀。二次大战后,被他们肢解了多少国家?德国、朝鲜、越南、巴勒斯坦、中国。除了越南和德国已经重新统一,其他被肢解的国家,伤口里都被塞进了纱布条,至今久久无法愈合。

另一件事是关于德国的战争赔偿问题。开始苏联要求赔偿的数额很大,罗斯福和丘吉尔都说,要接受第一次世界大战的教训,战争赔偿开价太高,战败国难以承受,效果反而不好。丘吉尔问道,如果苏联赔偿要求太高,德国发生饥荒怎么办,大家能不管吗?罗斯福也说,他支持苏联的赔偿要求,但以不使德国人挨饿为限度。

丘吉尔提出不要把战败国逼上绝路,这个思想不无价值。可是,想当年中国在鸦片战争中战败后,英国对中国可没有这么大度。甲午战争战败后,日本更是把中国往绝路上逼。况且,德国是侵略者,中国是被侵略。德国尚且能得到最后一点怜悯,他们对中国连最后一点怜悯都不曾给过。想想老牌帝国主义欺负中国的历史,那真是欺负到家了。中国是礼仪之邦、仁义之邦。二次大战,日本侵略中国,中国人民遭受了多么深重的灾难?后来中日建交,中国政府对日本一字未提战争赔款要求。周恩来总理主持中国外交工作长达半个世纪,他的仁义之心胜过西方政治家不知多少倍。

由于德国两次发动世界大战,由于希特勒法西斯灭绝人性的战争罪行,德意志民族背上了沉重的历史包袱。但是,德意志民族毕竟是一个有着坚强意志的民族,他敢于诚恳认罪,低头思过,逐步取得了世人谅解。战后,德国给人的感觉是德意志民族在反思、在觉悟。这样说的主要依据是,战后联邦德国的历任总统、总理,无论他们的国内政见和政策有多么不同,在勇于承认德国战争罪责这一点上却保持一致。他们一个个都站出来向世界承认,纳粹对犹太人所犯的罪行"现在和将来都是德国人的耻辱","是德国历史上最恶劣、最无耻的事件","国家成了有组织犯罪的凶手"。勃兰特总理在华沙犹太人殉难纪念碑前湿漉漉的大理石地面上双膝跪下,代表国家表示悔罪,使世界为之动容。科尔总理在莫斯科纪念反法西斯战争胜利五十周年大会上致词说:"我向死难者们请求宽恕。"

德国在这方面的表现的确比日本好,日本各方面都"小",不大气。

德国以诚恳态度认罪、反思、觉悟,这是会有回报的。第一步,世界会谅解它;第二步,世界会接纳它。此次希拉克总统邀请施罗德总理出席诺曼底登陆六十周年庆典,极具象征意义,这是一个转折、一个过渡。世界已向德国张开双臂:来吧,这孩子做错了事,在外面孤独徘徊很久了,回家吧。

施罗德来到诺曼底,神情凝重地下蹲着向战争死难者献花,并再次对纳粹德国在"二战"中屠杀法国奥拉杜尔村六百多名平民的行为感到"羞愧"。但他已不是单纯自责,而是和大家一起来共同谴责战争。他告诉大家,他在"二战"中失去了父亲,他同样是战争的受害者。然后他说:"最重要的是,这些记忆帮助我们团结在一起,使我们有了共同观点。"什么共同观点?反对战争,维护和平。从施罗德的讲话中,人们开始看到一个新德国的形象。

法德两国之间,差不多有过百年交战史,两国都曾深受战争之累。希拉克总统此次邀请施罗德总理前来出席诺曼底登陆六十周年庆典,还有另一层含意:借此化解两国百年恩仇,共创未来。施罗德说,他此次来出席庆典,"标志着我们最终克服了曾把德国和法国分开的障碍,清楚表明法国和德国希望一起作为欧洲的一部分继续迈步向前"。

欧洲是欧洲人的欧洲,邻居们好好和睦相处吧。

在新的世纪里,战争之路是再不能走了,共同为谋求世界和平与发展多出点力吧。

彼得堡：沧桑三百年

一

彼得堡，是我们中国人的叫法。俄国人自己曾先后叫它圣彼得堡、彼得格勒、列宁格勒，现在又恢复叫圣彼得堡。这些不同名字，反映了这座城市在不同历史时期的不同地位。我过去曾以为彼得堡是用彼得大帝的名字命名的，其实不然。这座城市由彼得大帝亲自指挥建造，也由他用圣徒彼得的名字来命名。圣徒彼得是《圣经》中的人物，是耶稣十二门徒之首。俄罗斯人信奉东正教，《圣经》人物在他们心目中地位很高。1914年圣彼得堡改名为彼得格勒。十月革命后，首都迁回莫斯科，圣彼得堡作为沙俄时代二百多年俄国国都的历史宣告结束。列宁逝世后，为了纪念他，将彼得格勒改名为列宁格勒。苏联解体后，又恢复旧称圣彼得堡。

从莫斯科去彼得堡，有火车，有飞机。我提议坐火车，可以欣赏沿途风光。使馆的同志却告诉我说，铁路两边的森林茂密得很，根本看不出去，还耽误时间，况且如今俄罗斯的火车上也不够安全。

那好吧，坐飞机。一个半小时就到了彼得堡。

以前我看过一本法国人写的《彼得大帝传记》，彼得大帝1703年到这里来建造新都圣彼得堡,1713年下令从莫斯科往这里迁都。当时,法国大使康普勒东从莫斯科坐马车将使馆搬来彼得堡,在路上走了二十四天,经过沼泽地时淹死了八匹马,还损失了部分行李。

匆匆三百年过去,人类文明是进步了。

我们这次在彼得堡逗留了四天,大家兴致勃勃地去看彼得大帝的小木屋,看彼得保罗要塞,看阿芙乐尔号巡洋舰,看冬宫、夏宫,看俄罗斯国立博物馆,看涅瓦河风光,看皇村,看拉多加湖。几天看下来,我得到一个最深刻的印象是:近代以来,每当俄罗斯民族要开辟一个新的历史阶段,便一次又一次地选定彼得堡作为出发地点。

俄罗斯的近代史是从彼得大帝时代算起的,至今三百年。三百年来,俄罗斯经历了三个完全不同的时代,这三个不同时代的起点都在彼得堡。第一次,彼得大帝三百年前到这里来建造新都,从此为沙俄帝国迎来了一个中兴时代,翻开了俄罗斯近代史第一页。第二次,列宁1917年在彼得堡发动了震惊世界的十月革命,开辟了社会主义新纪元。第三次,当今俄罗斯总统普京,从担任彼得堡市外事办公室主任起步,短短几年就登上了俄国权力顶峰,接替叶利钦踏上了俄罗斯复兴之路。

俄罗斯民族好像一位大个子中长跑运动员,一次又一次地参加世界大赛,每次都从彼得堡出发,起跑时都雄心勃勃,往往前半程形势看好,但跑到最后都输了。它每次输掉了比赛都会不服气地说:"重来!"于是,它又回到起点彼得堡,从这里重新起跑,再次投入比赛,去追赶世界。

目前,从彼得堡起步的普京正在路上行进着,他最终会取胜吗?

回观俄罗斯历史,这个民族最大的优点是大气,最大的缺点是迟钝。它能干成大事,但干成大事之后,吃得肥肥的北极熊就会以"大"自居,思想失去"灵感",以不变应万变,日益僵化、保守、固执、霸道,直至可恨。终于一头栽倒,鼻青脸肿,又得从头来过。

二

彼得堡的古迹很多，但最著名、也最简陋的历史古迹是彼得大帝小木屋。

三百年前，彼得大帝来此指挥建造彼得堡期间，曾在这座小木屋里住了整整八年。用我们今天的话说，这座小木屋是搭在建筑工地上的一个"临建"。它搭建于1703年5月28日，这一天现在被确定为彼得堡建城纪念日。

彼得堡是世界历史文化名城，它的历史是从这座小木屋开始的。

俄罗斯的近代史也是从这座小木屋开始的。

小木屋就建在涅瓦河北岸的彼得岛上，位于滨河广场的一片草坪中央，四周用铁护栏围着，周围还有些树木。现在小木屋成了彼得大帝纪念馆。三百年前他到这里来指挥建城时用过的一些工具和生活用品，都陈列在里面。那天，我们去晚了，过了参观时间，小木屋已关闭。我们围着小木屋转了一圈，看了看它的外貌。但我们看到的并不是小木屋本身，而是在小木屋外面加盖的一个屋壳，小木屋被罩在这座房子里面严加保护。四周玻璃窗上的白色窗帘都已拉上，使它增添了一层神秘色彩。

在彼得大帝传记中，对这座小木屋有如下描绘：这是用松木建造的一所小房子，屋顶上盖了一层瓦片状的木板。门很矮，沙皇彼得需要低头才能进去。屋内有一个小厅，挂着一幅欧洲地图、一幅耶稣像。旁边是两个低矮的房间。还有一间工作间，里面有车床、斧头、刨子、锤子、锯子等木匠师傅使用的全套工具。彼得大帝本人是一位获得过满师证书的合格木匠。

俄罗斯人至今崇拜彼得大帝，首先同他的人格魅力有很大关系。他身为至高无上的沙皇，却喜欢亲自动手干活。他在此指挥建城期间,手里拿着一根短短的木棍,整天不知疲倦地从这个工地跑到另一个工地,谁偷懒他就敲打谁的脑袋。谁干的活令他满意,他也会大加赞赏。他经常在路边摊开图纸,随时修改着建城规划或某幢建筑的设计。来到工地,他可以熟练地操起斧头或刨子和木匠一起干活,走到铁匠面前也能抡起铁锤打铁。夜里工地失火,他第一个爬上房顶去指挥救火。

俄罗斯人崇拜他,更重要的原因,是叹服这位沙皇的胆识、魄力和作为。当年,这里是一片濒海沼泽,夏季蚊虫多得扑面钻鼻,秋季洪水泛滥,冬季狂风能将人马刮翻卷走。但彼得大帝横下一条心,要在这里建造一座海港城市,使长期闭塞落后的俄罗斯能够呼吸到外面的新鲜空气。当时,西欧列强都已经过了工业革命,跨入了资本主义发展阶段。但以往的老沙皇们从不迈出俄罗斯国门,认为去访问别的国家显得低三下四,无异于"背叛"。彼得大帝却一反常规,隐姓埋名秘密出国考察学习。他看了荷兰、英国等西欧强国的情况,受到很大刺激。回国后,他挑选了一大批贵族子弟出国学习,同时下决心要在这里打开一个窗口,与西欧各国扩大往来,互相通商,把西方的先进东西吸收进来。他说干就干,在建造彼得堡期间,就下令从荷兰、意大利、瑞士、德国、法国等欧洲各国招募来大批建筑设计师和熟练工匠,把西欧先进的工程技术和优美的建筑艺术都吸收进来。随着彼得堡这座新城的建立,为长久封闭的俄罗斯吹进了一股新风,长期被皇室贵族争权夺利耗尽了精力的沙俄帝国开始振作起来,步入中兴。

彼得大帝在这里建城,目的是要向外扩张。彼得大帝是一位闻到海腥味就异常兴奋的人。他曾说:"如果打不通出海口,我会憋死的。"他要把彼得堡建成攻不破的军事要塞,死死守住从瑞典人手里争夺来的波罗的海出海口,然后从这里出发,去展开更大范围的争夺。为此,他把第一所海军学校就建在自己的小木屋背后,将它放在自己的眼皮底下,他要天天看着它把一批又一批贵族子弟培养成合格的水手和海军军官,发展海军、争夺海洋。他这个强烈念头是经过深思熟虑的。因此,建城刚刚开始,他就命令海军大元帅戈罗万从莫斯科迁到彼得堡来定居,成为这座新城的第一批居民。随后,这里很快就建起了海军总部、港口、造船厂。为了加快建立强大海军,他以一名合格木匠的资格,操起斧头和造船工人们一起干活,和工匠们齐心协力呼着号子竖起一根根桅杆。每一艘新船下水,他们都要狂欢庆祝。陪同人员告诉我说,彼得大帝小木屋背后的纳西莫夫海军学校很有名,已有三百年历史,直到今天仍是俄罗斯最难考取的学校之一。它以教学正规严格闻名,这是彼得大帝时代留下的传统。这是一所初级海军学校,孩子们七岁入学,毕业后转入中、高级海军学校继续深造。

我们沿着彼得大帝小木屋前的涅瓦河河岸前行,不远处就是彼得保罗要塞。这座军事要塞建在四面环水的兔子岛上,面对芬兰湾,扼守着涅瓦河河口。不仅彼得保罗要塞像是浮在水面上的一座石头城,整个彼得堡都像是建在水上的石头城。彼得堡市区由四十二个岛屿组成,市内交织着六十八条河道,河道两岸全都用花岗岩砌了石驳岸。河道上建有大大小小三百八十多座石桥。许多重要建筑的外墙也都是花岗岩墙体。水道和岩石,构成了彼得堡这座城市的整体形象。建造彼得堡究竟用去了多少石头,难以想象。当年建造彼得堡时,由于本地不产石头,彼得大帝下令全俄国的建筑都不准用石头,把石头统统运到这里来,建造彼得堡。凡是开往彼得堡的船只,都必须上缴三十块方石才准许靠岸。所有赶车进彼得堡的马车夫,都必须交纳三块铺路石才准许通过关卡。

水流象征着活泛和通达,石头象征着坚定和顽强。在俄国人心目中,彼得大帝同时具备了这两种品质。他既有顺应时势求变求新的灵活,又有作为一位专制沙皇的坚定意志和果断决心。彼得堡,是彼得大帝用他的意志和灵感锻打出来的一把开启俄罗斯振兴之门的钥匙。

这使我联想到我们中国的康熙大帝。他和彼得大帝是同时代的封建帝王,两人的去世时间只相差三年。他们两人在位期间都很有作为,曾分别使他们统治下的两个封建帝国进入了"盛世"。但是,由于他们赖以称帝的封建专制制度在当时已落后于世界发展潮流,他们统治下的帝国虽能中兴一时,总的发展趋势却无可避免地一步步走向衰落。

沙俄帝国传到末代沙皇尼古拉二世手里,日益激化的社会矛盾已无法缓和,沙俄帝国已是千疮百孔,风雨飘摇。到了二十世纪初,俄国爆发推翻沙皇专制制度的革命也就不可避免了。

三

参观阿芙乐尔号巡洋舰,将我们的思绪带回到了另一个如火如荼的年代。

十月革命"一声炮响",俄罗斯给世界带来了多么强烈的震撼啊!可是,当我跨上这艘在十月革命中发出过"一声炮响"的战舰时,俄罗斯却已放弃了它曾为之奋斗过七十多年的社会主义制度。这一瞬间,我心中感慨莫名。

阿芙乐尔号巡洋舰静静地停泊在纳西莫夫海军学校旁边的河道里,离彼得大帝小木屋左侧不远。它现在既是海军学校的教学舰,也是海军博物馆的一部分。也就是说,阿芙乐尔号巡洋舰已进了博物馆。

出面接待我们的是海军博物馆馆长恰尔诺温,他是一位指挥过潜艇部队的退役海军少将,今天他亲自来为我们中国军方参观团担任讲解。

影片《列宁在十月》中的镜头曾令我久久难忘。革命前夜,一列火车吐着白烟,鸣叫着长长的汽笛声,列宁从流放地回到彼得堡,群众沸腾了。列宁把左手大拇指插进马甲,向前伸直了右手对起义群众发表演说,群情激昂。轰轰烈烈的十月革命就这样胜利了。俄国的面貌在一夜之间被改变了。那时候,彼得堡是一座红星闪耀、震惊世界的光荣城市。

阿芙乐尔号巡洋舰是十月革命的标志。但是,十月革命已不是海军博物馆馆长今天要向我们讲解的主题。他今天讲解的主题是这艘战舰一百多年来的风雨经历。对于这艘战舰在十月革命中的作用,他既没有回避,也没有突出强调,只是作为这艘战舰的经历之一,附带作了介绍。阿芙乐尔号巡洋舰有着非凡经历。它先后经历过两次世界大战,参加过四次海战、三次革命,更换过三十九位船长,获得过两次英雄战舰称号。他说,阿芙乐尔号巡洋舰最早是一艘木制战船,第一次世界大战中曾参加过阻止英法联军进入涅瓦河的海战,并发挥了重要作用。后来,更换成钢铁战舰。不久,就参加了1905年俄日海战。它从彼得堡起锚,驶出波罗的海,经过大西洋,绕过好望角,到达太平洋,与日本军舰交战。当时的舰长叶戈列耶夫在那次海战中牺牲,但俄国海军最终取得了胜利(其实那次海战俄罗斯是战败国)。阿芙乐尔号巡洋舰在那次海战中四处负伤,后来开到菲律宾港口去进行修复。阿芙乐尔号巡洋舰参加的三次革命分别是1905年革命,1917年二月革命、十月革命。它获得的两次英雄战舰称号,第一次是十月革命中炮打冬宫,第二次是"二战"中参加列宁格勒保卫战。他说,在被法西斯德军围困长达三年的列宁格勒保卫战中,阿芙乐尔号巡洋舰上的水兵们将八门舰炮拆卸后搬上岸来,作为岸炮向德军射击。德军飞机前来疯狂轰炸,水兵们全部阵亡。战后,阿芙乐尔号巡洋舰被第二次授予英雄战舰称号。在俄国海军中,这是唯一获得过两次英雄称号的战舰。

恰尔诺温少将最后说,现在看到的这艘阿芙乐尔号巡洋舰,其实也不是十月革命时的那一艘了,它在大修时被一截一截地分解开,按照原来的样子,龙骨和钢板全部脱胎换骨地更新过了。

恰尔诺温站在甲板上向我们作了上述介绍后，建议我们在炮位前拍照留念。这时，我发现甲板上出现了好几拨中国游客，都来参观这艘闻名于世的革命战舰。世界上的事情就是这样，时势变化，常使人觉得有点风水轮流转的味道。过去我们中国人认定，是俄国十月革命"一声炮响"，为我们中国送来了马列主义。并由此得出结论，"走俄国人的路"，"只有社会主义才能救中国"。今天，当俄罗斯人看到拥来这么多富裕起来的中国游人，纷纷竖起大拇指夸奖中国的邓小平，他们的结论却是"只有中国才能救社会主义"。

恰尔诺温顺手从出售纪念章的小摊上取过一枚，别在我的衬衫口袋上，和我站在一起合影。大家照过相，他带领我们下舱去参观。整个船舱改成了一个展厅，陈列着有关这艘战舰的历史文物。在一部老式电台的展柜前，恰尔诺温向我们介绍说，十月革命那一天，按照革命军事委员会的命令，阿芙乐尔号巡洋舰提前开到尼古拉桥边，炮口直指冬宫。二十一点四十五分，大本营向舰上发来电报，通知阿芙乐尔号巡洋舰向冬宫开炮，发起总攻。可是，当时装进炮膛的那发炮弹只有药筒，没有弹丸，是一声空炮，但很响。

我听了他的这一段介绍，内心的感受是复杂的。

问题是，在我们中国人心目中，俄国十月革命"一声炮响"为我们送来了马列主义这句话早已被神圣化了。今天忽然听说它其实只是一声空炮，心里别有一番滋味。在国际共产主义运动历史上，泛政治化曾是各国无产阶级政党的通行做法。当年苏共为了向全世界宣传十月革命的伟大，一切从政治上着眼，它绝对不会去突出宣传那一声炮。可是今天，彻底放弃了社会主义制度的俄罗斯却向人们介绍说，当年阿芙乐尔号巡洋舰其实只是打了一声空炮，这就使人有一种被嘲弄的感觉。

总之，今天的彼得堡，十月革命圣地的历史地位已被大大淡化了，列宁的影响也被大大淡化了。我们想去看看斯莫尔尼宫，那是十月革命期间列宁的指挥机关所在地，也是列宁宣布"一切权力归苏维埃"的地方。可是那儿谢绝参观,它现在是彼得堡市政府办公机关。我们站在马路上对它望了望,导游柳达指了指列宁当年办公室的位置,我并没有弄清究竟是哪一间。后来参观冬宫,经过一个"白色餐厅",导游匆匆介绍说,十月革命时起义水兵冲进冬宫,在这个房间里逮捕了资产阶级临时政府的最后几位成员,革命委员会也在这里开过会。我们正想停下来询问一些有关细节,俄方陪同和导游都已淹没在熙熙攘攘拥向前去的参观人流中了。

十月革命,苏维埃政权,社会主义道路,马列主义意识形态,这些都曾经被认为是俄罗斯民族对世界、对人类的极大贡献,俄罗斯民族也曾为此而无比自豪。可是,这一切,如今都被俄罗斯人自己抛弃了。虽然仍有一部分俄罗斯人在怀念这一切,但已是落花流水唤不回,愁风愁雨满江河。

四

彼得堡接近北极圈,我们正赶上那里的夏季白夜,每天晚上十二点钟太阳还在天上,使我们每天增加了几个小时的游览时间。

在涅瓦河主航道上,俄方陪同人员指着河边一幢漂亮楼房对我们说,那是普京总统在彼得堡的官邸,他每次回彼得堡都住在那里。

普京是彼得堡的骄傲。他出生在彼得堡,从彼得堡踏上政坛,平步青云,当了总统。彼得堡人为此而扬眉吐气,备感光荣和自豪。彼得堡人感觉到,他们这座城市迎来了第三次历史机遇,历史老人又要让彼得堡为俄罗斯做些什么了。

彼得堡与莫斯科的关系,有点像我们中国的上海与北京。但上海从未成为中国的首都,所以它在别的方面都能骄傲,在这方面却缺少底蕴。彼得堡就不同了,它曾做过沙俄帝国二百多年首都,所以它显得更"牛"。彼得堡人毫无顾忌地说:"我们这里是俄国第二首都。"

并传说俄罗斯可能往彼得堡"迁都"。这些,都反映出彼得堡人跃跃欲试的心态。

应该说,普京总统是值得彼得堡人为他骄傲的。从他身上已见不到戈尔巴乔夫的懦弱、叶利钦的粗鲁,而代之以"普京式"的冷峻、务实、主见和果断。他沉着冷静地张罗着俄罗斯的内政外交,即使是处置一些十分棘手的问题,也不乏政治智慧和高超手腕。

以我所见所闻,普京施政的要务之一,是在着力重建俄罗斯精神。

但他采取的办法不是从上面强行灌输,而是顺应民意,因势利导。普京重建的俄罗斯精神是一盘多味汤,其配制"公式"大致是:彼得大帝崇拜+东正教信仰+苏维埃怀旧情结。

彼得大帝崇拜,是苏联解体后用来重新凝聚人心的第一块磁铁。苏联在一夜之间垮掉的不仅是社会主义制度,同时垮掉的还有俄罗斯人的精神支柱。在放弃社会主义制度的第一时间内,躁动中的俄罗斯人自发地、迅速地恢复了对沙皇彼得大帝的崇拜。俄罗斯今天的国旗和国徽,就是沿用的彼得大帝时代的三色旗和双头鹰图案。我们参观彼得保罗教堂时看到,里面安放着自彼得大帝至末代沙皇尼古拉二世的十四具沙皇石棺。唯独彼得大帝的石棺前有一尊他的头像,头像前献了一丛鲜花。这表明,在所有沙皇中,彼得大帝是最受人们崇敬的。随着彼得大帝崇拜急剧升温,被苏维埃政权处决的末代沙皇尼古拉二世也恢复了名誉。彼得保罗教堂内有一具小石棺,比普通棺材小,比骨灰盒大,里面装的就是末代沙皇尼古拉二世的尸骨。他当年是在乌拉尔山以东的叶卡捷琳堡被处决的,苏联解体后,俄罗斯当局将他的尸骨从处决地点挖出来重殓,并于1998年举行了隆重的移灵仪式,将这具小石棺运来彼得堡,安放进了彼得保罗教堂。

东正教信仰与彼得大帝崇拜是相辅相成的。在俄罗斯,只要看看遍布每座城市的那些大大小小的金顶教堂就可知道,东正教信仰在俄罗斯土地上有着怎样久远的传统和深厚的基础。在莫斯科,我们看到苏联垮台后重建的一座"救世主大教堂",这是极具讽刺意味的一件事。列宁领导的布尔什维克曾是世界上第一个高唱着《国际歌》去打碎旧世界的政党,《国际歌》歌词的核心内容就是"从来就没有什么救世主,要创造人类的幸福全靠我们自己",为此要把旧世界"打个落花流水"。莫斯科的这座"救世主大教堂"就是在革命年代被炸毁拆除的。苏联垮台后,"救世主大教堂"被迅速重建,俄罗斯人又恢复了对救世主耶稣的信仰。

在彼得堡,大大小小的教堂有几十座。每一座教堂都被修缮一新。在彼得保罗要塞,我们看到彼得保罗教堂的金顶正在重修,修好后肯定更加金碧辉煌。我们无法知道普京本人的宗教信仰,但普京清楚地知道,一个需要重新凝聚人心、重新振奋精神的民族,迫切需要有一种共同的信仰来维系和支撑。

在社会剧变中精神上"失魂落魄"的俄罗斯人,像一匹回家的老马,轻车熟路地找到了东正教这个精神归宿。

普京的清醒和精明还表现在,他知道社会主义制度毕竟在俄罗斯土地上延续了七十多年,毕竟有几代人为之奋斗和牺牲,苏联解体后仍有相当一部分俄罗斯人难以割断对社会主义时代的精神牵挂。因此,在他重新构建的俄罗斯精神中,也糅进了苏维埃怀旧情结的某些成分。例如,莫斯科红场的列宁墓照旧开放,列宁遗体照旧供人瞻仰,各地的列宁雕像也保留了下来。俄国国内曾一度为改写俄国国歌争论不休,最后由普京拍板,他一锤定音,仍然采用苏联国歌的旋律。普京的这些明智决定,对于维系老一代俄罗斯人的人心,作用非同小可。

这样,在普京构建的俄罗斯精神中,包容着彼得大帝崇拜、东正教信仰和苏维埃怀旧情结三大要素。它是由普京将旧材料熔化后,在他设计的新模具中浇铸出来的一只三足大鼎,它在目前俄罗斯坑洼不平的地面上也能放稳,足可将各类俄罗斯人的信念维系在同一面俄罗斯国旗下。

普京施政的另一项要务,是在千方百计激活俄罗斯经济。

在这方面,彼得堡也是他手中一枚无可替代的重要棋子。彼得堡是一座工业和科技基础十分完备的城市,是全俄工业、科技、教育和文化中心,又是著名的国际旅游城市。全市有四百多个研究机构、二百多个图书馆、一百二十多个博物馆、四十四所国立高等院校,科技潜力巨大。世界各国在彼得堡建立的领事机构多达三十三个。普京要让彼得堡充当振兴俄罗斯的火车头,拉着俄罗斯列车前进。

涅瓦河两岸,许多建筑都被脚手架围了起来,这种景象在市区其他地方也到处可见。一问柳达,我们才恍然大悟。彼得大帝1703年5月28日为小木屋奠基,到2003年5月28日刚好是彼得堡建城三百周年。她说,明年彼得堡将隆重庆祝建城三百周年,目前全市展开的大规模维修工程,都是在为明年的庆祝活动做准备。到时将邀请世界各国来宾参加这一庆祝活动,以进一步扩大彼得堡作为世界历史文化名城的影响,借此推动对外经济文化交流,激活俄罗斯经济。

不可否认,俄罗斯民族是一个具有顽强意志的民族。参观埃尔米塔什博物馆时,我曾在列宾的著名油画《伏尔加河上的纤夫》前驻足,当时我想到了俄罗斯诗人的一句诗:即使走旱路我们也拖着俄罗斯前进。

涅瓦河支流冯丹卡河两岸的一幢幢老房子都建造得十分讲究,每一幢房子都洋溢着浓浓的巴洛克建筑艺术的气息。柳达几乎讲得出每一幢老房子先前的主人,他们都是些著名人物,诸如普希金、屠格涅夫、托尔斯泰、果戈理、沙皇的国防大臣、叶卡捷琳娜女皇的情夫、某某贵族、某某大商人等等。柳达告诉我们说,彼得堡正在启动一项住房改革计划,准备先在郊区盖一批高质量的住宅楼,用来搬迁这些老房子内的居民,还补贴给他们一部分钱。通过这种赎买的方法,把这些老房子置换出来,进行大修。巴维尔插话说,重新装修这些老房子,需要花费相当于新建这些房子五倍的钱。修好后,恢复这些房子的老名字,标价出售给海内外的有钱人,使冯丹卡河两岸恢复成类似沙皇时代的名人居住区,重新涵养出彼得堡的人文效应。

这是彼得堡的一种发展思路。

当前的俄罗斯,社会秩序尚未得到彻底治理,经济依然不很景气,民众仍有怨言。但是,彼得堡这座城市却呈现出一种"闹中取静"的气象,它显得从容不迫,正在从长计议。

也许,这就是普京的风格?

朱可夫：不败的战神

一

我看到的第一座朱可夫青铜雕像，是在莫斯科红场北端出口处外面，基座很高，朱可夫骑在马上，面对着他的俄罗斯祖国，面对着来自世界各国的游人。

我们来到俄罗斯，使馆的同志在为我们安排参观活动时，曾征询我有何具体要求。我说，别的活动悉听安排，我只有一个额外要求，想看一点朱可夫的遗迹，希望能如愿。

那天参观红场，他们特意将我领到北端出口处外面，来观看这座朱可夫雕像。

二十世纪打了两次世界大战，造就了一批世界级名将，朱可夫是出类拔萃的一位。漫漫百年，将帅如林，朱可夫的非凡军事指挥才能，他在反法西斯战争中建立的卓著功勋，无人出其右。

作为军人，我崇敬朱可夫。他有摧不垮的钢铁意志；他有洞察战场复杂形势的深邃目光和敏锐感觉；他有将战场险境、绝境化为胜利的铁腕和奇谋；他有面对斯大林敢于直陈不同意见的胆识和豪气；他有每当关键时刻亲临火线察明敌情的求实作风；他有就地撤换玩忽职守者的严厉治军手段,他是一位真正的"战神"。

军人不崇拜战功盖世的英雄,算什么军人?

朱可夫是为战争而生的。人类迄今发生的两次世界大战,他都参加了。第一次世界大战中,朱可夫参军、参战、负伤,因作战勇敢,并俘获过一名德军军官,曾两次获得乔治勋章。第二次世界大战中,朱可夫先后作为苏军总参谋长、最高统帅部代表、多个方面军的司令员、最高副统帅,参与策划并亲自指挥了耶尔尼亚地区反突击作战、列宁格勒保卫战、莫斯科会战、斯大林格勒会战、库尔斯克会战、乌克兰会战、解放白俄罗斯、攻克柏林等一系列重大战役。他指挥过的战役次数之多、规模之大、战场之宏阔、战斗之激烈残酷、敌我双方战亡人数之众多,在人类战争史上前所未有。朱可夫对最终战胜法西斯德军所发挥的重要作用,没有哪一位将帅能超过他。

斯大林生前是从不夸奖人的,但他对朱可夫却是个例外。在庆祝卫国战争胜利的庆功宴上,斯大林在谈到莫斯科会战的特殊意义时说:"朱可夫的名字,作为胜利的象征,将永不分离地同这个战场联系在一起。"

华西列夫斯基元帅,战时与朱可夫同为斯大林的左右手。他是一位从来不办莽撞事、从来不讲过头话的人,他对朱可夫做出了如下评价:"朱可夫具有卓越的统帅天赋。他生来就是从事军事活动的,而且生来就是从事军事战略活动的。在战胜法西斯德国军队的享有荣誉的苏联统帅中,朱可夫是最杰出的。"

与对德协同作战的艾森豪威尔、蒙哥马利、巴顿等盟军将帅相比,朱可夫也是最杰出的。美国和苏联是冷战时期的死敌,曾在对德作战中与朱可夫有过合作、后来当上了美国总统的艾森豪威尔将军,却一直与朱可夫保持着莫逆之交。他称朱可夫"是一个天才的军人","没有哪一个人对联合国的贡献能够超过朱可夫元帅的了"。并说,今后应设立一项"朱可夫勋章",用以奖励那些在战场上勇敢、坚忍、有远见和必胜决心的军人。美国军事史学家钱尼说,"朱可夫是战场上的胜利的永恒象征"。

朱可夫的影响融进了历史,超越了国界。

二

莫斯科红场外的这座朱可夫雕像,他一身戎装,大檐帽压得很低,使人很难看清他脸部的全部表情。但他微微撅起的又宽又厚的下巴给人以深刻印象,紧闭的双唇透出顽强而坚毅的神情。他胸前挂满勋章,左手控住马缰,右手刚向受阅部队敬过礼,尚未放回到与左手同握马缰的位置,手掌向下平举在腰部前方。这是一个瞬间动作。他并没有坐在马鞍上,而是绷直了双腿站立在马镫上,因而裆部是悬空的,这更显出他顽强不屈的性格。他胯下的那匹战马高大健壮,马脖子强有力地弓起,马头略低,马嘴微张。马的右后腿已悬空提起,正要向前跨步。马尾如一束顺风飘动的火焰,向后平展着。整座雕像,外在的稳健竭力抑制着内在的躁动,雕塑家将这种稳健与躁动的矛盾凝固于一瞬。

这是一代骁将朱可夫走出战争、走向和平的瞬间神态。

这座雕像身后的莫斯科红场,是卫国战争胜利后,朱可夫代表最高统帅斯大林骑马阅兵的地方。这是当年斯大林奖赏给朱可夫的一份无上荣光。

朱可夫是唯一敢对斯大林说"不"的人。莫斯科会战前,担任苏军总参谋长的朱可夫经过分析判断后认为,德军企图在最短时间内首先粉碎苏军中央方面军,而后攻克莫斯科。因此,他竭力建议放弃基辅,抽调三个集团军加强中央方面军。斯大林一听火了:"真是胡说八道……把基辅交给敌人,亏你想得出来!"朱可夫毫不畏惧,回答道:"如果你认为总参谋长只会胡说八道,那么还要他干什么?我请求解除我的总参谋长职务并把我派到前线去。"半小时后,斯大林找朱可夫谈话,通知他已被解除总参谋长职务,将他任命为预备方面军司令员,要他去负责他自己建议的耶尔尼亚地区的反突击作战。斯大林问他:"你什么时候可以动身?"答:"一个小时以后。"一个小时以后,朱可夫动身前往预备方面军就任司令员。他来到前线,经过紧张而周密的准备,指挥部队一举夺取了耶尔尼亚地区反突击作战的胜利。随后的战局发展,证明朱可夫对德军进攻企图的分析判断完全正确。斯大林将他召回莫斯科,把他请到自己家里与他谈话。斯大林对他说了两句话,一句是:"你在耶尔尼亚地区搞得还不错。"另一句是:"你那时是对的。"

斯大林说的是,朱可夫上次关于德军进攻企图的分析判断是对的。几十年后,朱可夫在他的回忆录中又一次谈到他当时能够"料敌如神"的奥秘。他写道,他当时正以十分肯定的口气向斯大林汇报德军的进攻企图,斯大林没有马上表态,他身边有位名叫麦赫利斯的人,竟插话问道:"你是从哪里知道德军将如何行动的?"问得朱可夫哭笑不得。斯大林正在认真听着,便说:"继续讲下去吧。"朱可夫接着说:"我不知道德军的行动计划,但是根据对情况的分析,他们只能这样,而不会有别的做法。"奥秘究竟在哪里呢?朱可夫一语道破说:德军在战略性战役中起主导作用的是他们的装甲、坦克和机械化部队。只要将敌人的这些主战军力频繁调动、变更部署的情况及时摸清摸透,就可以对敌人的进攻企图看得一清二楚,绝不会发生根本性判断错误。这是一位真正的军事家对机械化作战时代战争规律的深刻认识和自如驾驭。而像麦赫利斯这类专会在领袖面前给别人下蛆的小人,连战争的门都还没有摸到。

谈话结束时,斯大林又问朱可夫:"现在想上哪儿?"朱可夫的回答仍然是:"回前线去。"斯大林又问:"回哪个前线?"朱可夫答:"你认为需要的那个前线。"

斯大林便说:"去列宁格勒吧,列宁格勒很困难。"

临别,斯大林主动问朱可夫:"关于敌人下一步的计划和可能性,你有什么看法？"

至此，斯大林对朱可夫的军事指挥才能，对他分析判断战场形势的洞察力，都已深信不疑。

后来，在莫斯科最吃紧的日子里，斯大林打电话到莫斯科前线指挥所问朱可夫："你坚信我们能够守住莫斯科吗？我怀着内心的痛苦在问你这个问题，希望你作为共产党员诚实地回答。"朱可夫回答说："毫无疑问，我们能够守住莫斯科。"在朱可夫指挥莫斯科会战最危急、最紧张激烈的二十几个日日夜夜里，他每昼夜至多能睡两个小时。危急关头一过去，他立刻在指挥所睡"死"了过去。斯大林两次来电话，指挥所的人都回答说："朱可夫在睡觉，谁都无法叫醒他。"

斯大林动情地说："别叫他，让他自己醒吧。"

此后，只要战场上哪个方向形势吃紧，斯大林都会首先想到朱可夫："派朱可夫去吧。"因此，在整个卫国战争期间，朱可夫曾先后担任过八个主要作战方向上的方面军司令员，先后十五次担任最高统帅部代表，在关键时刻、前往关键的作战方向，去指挥作战。

斯大林内心对朱可夫的赞赏深藏不露，他以自己的方式来奖赏朱可夫。朱可夫指挥苏军攻克柏林后，斯大林任命他为驻德苏军总司令、四国对德管制委员会苏方最高长官，并由他主持德国无条件投降签字仪式。1945年6月，斯大林决定在莫斯科红场举行一次胜利阅兵式，庆祝卫国战争取得的伟大胜利。斯大林将朱可夫从柏林召回莫斯科，把他叫到自己别墅去。斯大林微笑着问他，你的骑术是否已经生疏了？朱可夫是骑兵出身，当过骑兵团长、师长、军长，骑术精湛。他回答说："没有，没有生疏。"斯大林这才亮出正题，对他说："是这么回事，你将担任胜利阅兵式的阅兵首长，阅兵总指挥由罗科索夫斯基元帅担任。"朱可夫回答说："谢谢您给我这样的荣誉。但由您来阅兵不是更好嘛，您是最高统帅。"斯大林说："我当阅兵首长太老了。还是你来当吧，你年轻些。"

1945年6月24日，莫斯科红场举行了隆重的胜利阅兵式。阅兵总指挥罗科索夫斯基元帅向朱可夫报告,朱可夫代表最高统帅斯大林充当阅兵首长,检阅了卫国战争中功勋卓著的一支支英雄部队。

军人们和市民们的"乌拉"声山呼海啸般响彻莫斯科上空。

在这一历史瞬间,朱可夫达到了人生的辉煌顶点。那一年,朱可夫还不到五十岁。

红场外的这座朱可夫雕像,就是根据他当年在红场骑马阅兵时的一幅照片塑造的,它真实地记录下了这个辉煌的历史瞬间。

然而,这座将稳健和躁动凝固于一瞬的雕像,却蕴含着一个暗示:战争需要顽强和骁勇,和平却需要平稳和圆通。在随之而来的和平岁月里,朱可夫能够掌握好这种新的平衡术吗?

朱可夫正骑马走向新的考验。

三

我看到的第二座朱可夫青铜雕像,是在离莫斯科一千七百公里之外的乌拉尔军区司令部大楼前。

乌拉尔军区司令部所在地叶卡捷琳堡,苏联时期的名字叫斯维尔德洛夫斯克。它在莫斯科以西一千七百公里处的乌拉尔山下,是乌拉尔地区的中心城市。

我们到这里来参观2002年度俄罗斯防务展。

卫国战争时,乌拉尔地区是苏联的大后方。战后,这里是远离莫斯科政治中心的地方,偏僻而冷落。

这里是第二次世界大战结束后朱可夫的被贬之地。

战后,历史主题迅速发生着转换。在苏联国内,战争已让位于建设;苏联与美英之间,合作已让位于冷战。朱可夫的命运也在转换,但他自己并没有清醒地认识到这一点。波茨坦会议后不久,1946年3月,美国从四国对德管制委员会中召回了艾森豪威尔,英国召回了蒙哥马利。朱可夫也被斯大林召回国内，任命他为苏军陆军总司令。

朱可夫命中注定只能是战场上的一位胜利之神，他不可能成为和平岁月里的一位政治幸运儿。

苏联新闻界、文学艺术界对朱可夫的不适度宣传，有些溢美之词甚至超过了最高统帅斯大林，给他帮了倒忙。美英等西方国家则有意要在苏联领导人中制造矛盾、打入"楔子"，拼命抬高朱可夫的功劳，贬低斯大林在战争中的作用，这不能不引起斯大林的警觉。一个人的幸运和厄运，犹如一座高山和它背后的阴影。高山投下的阴影或长或短，那是随着阳光对山峰照射的角度变化而变化的。朱可夫是一座巍峨高山，斯大林是照耀这座山峰的阳光。当斯大林对朱可夫格外器重、阳光直射到山顶时，这座山峰的阴影便最短；一旦斯大林在感情上与朱可夫逐渐疏远时，犹如阳光偏西而去，投射出这座高山的巨大阴影，而且这阴影越拉越长。

像朱可夫这样一位宁折不弯的刚烈之人，性格中也往往会有某种易受攻击的致命弱点。他指挥作战杀伐决断，在战场上采取的一些果断措施、批评人的过激言词，伤害了一些平庸将领的感情。他在各个作战方向之间东南西北满天飞，往往每到一个作战方位就要拿出挽回危局、克敌制胜的措施来，他通常只能抓住战略战役的关键处下手，对一些细枝末节不可能事事都考虑得那么周到细致，办事方式也不可能那么温柔随和，急切中免不了会有某些失当、失误。他重用过的某些人，有的也没有为他争光。他难以自制的居功自傲情绪，更引来了周围一些人的嫉恨。凡此种种，都埋下了为他招来厄运的一粒粒"种子"，遇到适宜的气温条件，它们都开始"发芽"。有些人凭着他们的灵敏嗅觉，开始对朱可夫采取行动。

朱可夫很快从人生巅峰跌落下来。

1946年7月，朱可夫被免去陆军总司令职务，任命为敖萨德军区司令员。有位戈沃罗夫元帅，战争初期在列宁格勒军区吃了败仗，当时是朱可夫前去控制了危急局面。如今，戈沃罗夫元帅当了苏联武装部队总监察长,他到敖萨德军区来检查工作,实际上是来监察朱可夫的言行。朱可夫压根儿就瞧不起这位败将,怠慢他是很自然的事情。戈沃罗夫搜集到了朱可夫平时流露出的对斯大林的不少不满言论,回去告发了他。

朱可夫再次被贬,被调往大后方乌拉尔军区当司令员。从此,人们再也听不到关于朱可夫的消息,从报刊上再也看不到他的照片。

乌拉尔军区司令部大楼前的这座雕像,朱可夫同样是一身戎装,同样是骑在马上,但人与马的姿势神态,已和莫斯科红场外面的那座雕像完全不同。坐骑是一匹腾空而起的烈马,马头桀骜不驯地扭向左侧,两条悬空提起的前腿,右腿弓成一个强有力的问号,左腿如铁拳般向前直击而出。马身后坐,两条弯曲着地的后腿蓄满了力量,仿佛随时都能连人带马一齐弹射出去。垂向地面的马尾如怒卷的旋风柱般直立着。朱可夫双手控缰,绷直了身子站立在马镫上,前胸紧贴着狂乱的马鬃,下巴撅得更高,嘴唇闭得更紧,一把入鞘的马刀从左侧腰间垂挂到脚腕。

如果说,莫斯科红场的那座朱可夫雕像是力图在稳健与躁动之间保持平衡;那么,乌拉尔军区司令部大楼前的这座朱可夫雕像则已完全冲破了这种平衡,他内心的躁动再也压抑不住,整座雕像充满了剧烈的动感,犹如一股冲天而起的狂飙。

朱可夫心中不服啊!

四

乌拉尔军区司令部大楼和我们落脚的伊谢季宾馆在同一条大街上,相距不远。那天早晨,我和谢方权秘书走出宾馆散步,向东转过两个街口,就转到了乌拉尔军区司令部大楼前。

乌拉尔军区司令部大楼地面以上有四层,地下还有一层,露出了半截窗户。整座大楼的下半截是花岗岩墙体,显得庄严稳重。大楼两侧的花园周围,排列着一个个又粗又矮的铁桩,用一条手臂粗的大铁链连成护栏,使人联想到军舰甲板,联想到波涛汹涌的海洋,联想到狂风巨浪。

朱可夫在这里当司令员的日子,他的内心肯定波涛汹涌。

我们从司令部大楼前返回宾馆时,在路上遇到一位满头白发的老太太,她左手臂弯里挎着一只提包,右手拿着一束刚刚采摘的粉红色鲜花,身子一摇一晃地向司令部大楼方向走去。

那天早饭后,我们参观团全体同志都到朱可夫雕像前去拍照留念。

俄方陪同人员介绍说,这座朱可夫雕像,是叶卡捷琳堡市民为了纪念卫国战争胜利五十周年,于1995年自动捐款建造的。叶卡捷琳堡的市民们认为,朱可夫是卫国战争中最杰出的英雄,他到乌拉尔军区来担任司令员,不管是基于什么原因,都是乌拉尔地区的光荣,乌拉尔人民永远怀念他。这座雕像的基座上镌刻着一段俄文:"乌拉尔人民献给朱可夫元帅。"雕像基座上摆放着八九个塑料花圈,有的花圈是红花,有的花圈是白花。我眼前忽然一亮,在这些塑料花圈上面,台阶的正中位置上有一束粉红色的鲜花。它正是早晨我们在路上遇到的那位白发老太太手里拿着的那束粉红色鲜花。原来,她是一早到这里来向朱可夫雕像献花的。

经历过战争灾难的国度,人民崇拜战争英雄。朱可夫走出了莫斯科,却更深入地走进了人民心里。在叶卡捷琳堡的市民们看来,莫斯科历来对朱可夫不公,莫斯科的那座朱可夫雕像也雕得不好,那匹战马的行走动作看上去很别扭。他们要在叶卡捷琳堡雕出一座能够真实反映朱可夫英雄性格的雕像。必须承认,乌拉尔军区司令部大楼前的这座朱可夫雕像,比莫斯科红场外的那一座生动多了,对朱可夫的性格刻画得"真实"多了。

朱可夫和我们中国的彭德怀元帅一样,出身于贫苦农民家庭,来自生活底层,他和劳动人民有着一种天然的情感联系。真正的英雄都是懂人性、重人情的。我从古今中外一些著名战将身上发现,他们的情感世界中有一种共同的"基因":他们无一例外地深爱着自己的母亲,同情穷人。

我想起了朱可夫回忆录中的几个场景。朱可夫十三岁那年,父亲送他到莫斯科去学皮匠。他写道:"妈妈给我包了两件衬衣、两副包脚布和一条毛巾。还给了我五个鸡蛋和几块饼,让我在路上吃……然后,妈妈对我说:'好吧,儿子,上帝保佑你。'说完,她就忍不住伤心大哭,并把我紧紧地搂抱在怀里。父亲的眼圈也红了,眼泪不住往下淌。"走出村子,朱可夫想起在三棵橡树旁边那块地里和妈妈一起割麦子的情景,他当时把自己的手指割破了,他问妈妈是否还记得。妈妈回答说:"孩子,我记得。当妈妈的对自己孩子的一切,都记得。只是有的孩子不好,他们往往忘记了自己的妈妈。"朱可夫回答说:"妈妈,我绝不会那样!"

朱可夫是孝子。他一生都在为战争奔忙,但只要有机会,他就会回故乡去看望父母和姐姐。卫国战争中,在莫斯科会战前的紧张日子里,西方方面军方向的情况一度很糟,斯大林命令朱可夫前去弄清情况,以便稳定那里的防御。朱可夫乘车前往尤赫诺夫地区,到第一线去查明战场情况。经过朴罗特瓦河时,他想起了自己的童年时代。他坐车经过的地方离他家乡斯特烈耳科夫卡村只有十公里,父亲去世了,但他的母亲、姐姐和她的四个孩子都还住在村子里。他多么想进村去看看他们,但重任在肩,时间紧迫,不能去。他马上又想到,一旦法西斯德军进了村,他们逮到了朱可夫的亲属,肯定会枪毙他们。他在心里着急,无论如何,一定要设法把他们接到莫斯科家里去。三天以后,他派副官冒着危险把母亲、姐姐和她的四个孩子接到了他莫斯科自己家里。两周后,他的家乡真的被德军占领了。朱可夫庆幸及时救出了妈妈、姐姐和姐姐的孩子。

朱可夫在经过莫斯科防御前线一个叫美登的村庄时,看到一位老太太在被炸毁的房屋废墟中寻找着什么。他走上前去问她："老太太,你在找什么?"她抬起头来,用两只睁大的、迷惘的眼睛毫无表情地看了他一下,什么话也不说,继续低头寻找。旁边有人对朱可夫说:"她因为悲伤而发疯了。"前天德国飞机轰炸这个村庄时,她正在井边打水,她的几个孙子在家里。她亲眼看到敌人把炸弹扔在她家房子上,几个孙子都被炸死了。

朱可夫带着极其沉重的心情离开了这个村庄,走向决战决胜前线。

朱可夫一想起那位老太太,就会立刻想起自己的母亲。老太太抬起头来望着他的目光,使他永远难忘。

朱可夫誓死战胜敌人的钢铁意志,就是这样被浓浓的亲情浇灌起来、被深深的对敌仇恨激发起来的。

一个顽强不屈的英雄内心,他的情感之根会在战斗中越扎越深。战争中,英雄同情苦难的人民;和平岁月,人民同情落难的战争英雄。

五

在叶卡捷琳堡,我们有一个意外收获:去看了朱可夫担任乌拉尔军区司令员时的故居。故居在人民大街拐角处的一个院子内,院子被很高的土黄色围墙围着,拐角上有一个碉堡面向大街。

这个朱可夫故居,是当地导游瓦莲娜为我们打听到的。她介绍说,这个院子内原有一座教堂,十月革命后被用做驻军官邸营院,里面盖了一些住宅,沿用至今。我们到达那里时,故居院子的两扇大木门紧闭着。俄方陪同人员上前敲开大门,说明来意。对方回答说,朱可夫故居不对外开放,这个院子是军事禁区,谢绝参观。由于我们的接待方是俄国军工部门,与俄国军方没有直接联系,乌拉尔军区并不知道有一个中国军方参观团要来参观朱可夫故居。

我和俄国军人语言不通,但军人与军人之间自有另一种极易沟通的"语言"。对方严密把守大门的是一位矮胖的、负责营院管理的俄军三级士官,穿着一身迷彩服。我上前和他握了一下手,对他说,我们崇敬俄罗斯民族英雄朱可夫元帅,他永远是你们俄国军人的骄傲。我是一位中国将军,我也姓朱,我和我的同事不远万里来看朱可夫故居,你看你是怎么搞的,你怎么可以不让我们看呢!他一听也笑了,"那好吧,请进!"

双方提前说好,我们只看看故居外貌,房子里面不去。朱可夫故居是一座带廊柱的平房,淡黄色外墙。故居周围种了不少树,树荫浓密。矮胖士官说,这幢房子现在已经不住人了,内部正在整修,已经收集了一些朱可夫元帅的遗物,搞传统教育时供军人们参观,将来准备搞成朱可夫纪念馆对外开放。

半个多世纪里,朱可夫本人和俄罗斯民族都经历了政治风云的复杂变幻,经历了世界时事的巨大变迁,但朱可夫永远是俄罗斯民族的骄傲,更是俄罗斯军人的骄傲。尤其是在俄罗斯军人心目中,朱可夫将永远拥有崇高的地位。这一点,从这位把守营院的俄军士官身上就可以看得很清楚。他从我们身上看到了朱可夫的巨大国际影响,这使他感到无上光荣。所以,他不但让我们进了院子,而且愉快地和我们每个人以朱可夫故居为背景合影留念。

我们眼前的这座淡黄色房子,原本是朱可夫的落难之所,现在正在成为一座精神宝库,俄国军人要从中汲取于艰难中奋起的精神力量。

六

我看到的第三座朱可夫雕像,是在莫斯科俯首山卫国战争胜利纪念馆内。

我们一行从叶卡捷琳堡回到莫斯科后,去参观了俯首山卫国战争胜利广场和胜利纪念馆。俯首山的苏联卫国战争胜利广场和胜利纪念馆,真是大手笔、大气魄,极具震撼力。胜利广场上的纪念碑是一把高耸入云的三棱剑,高达一百四十一点八米,象征卫国战争经历的一千四百一十八个日日夜夜。纪念馆内,卫国战争经历的七大战役,每个战役都有一个单独的展厅,半圆形的幕墙上画着巨幅油画,地面的人物雕塑和墙上的画面布置得浑然一体,再配上灯光和音响,展现出一幅幅宏阔的战争场景,立体感极强。

在综合展览大厅的入口处,我们看到了卫国战争时期苏军将帅们的一尊尊半身雕像,从老一代的铁木辛哥,到斯大林、朱可夫、华西列夫斯基、科涅夫、安东诺夫、缅什科夫、罗科索夫斯基、罗沃洛夫、马利诺夫斯基、托日布欣等,众多著名将帅都在这里。斯大林和朱可夫的半身雕像放在显要位置。从陈列将帅雕像群的展厅往楼上去,整个斜面都被一座宽阔的楼梯占满,通向楼上灯火辉煌的展览大厅。楼梯两边各有一条宽大的装饰带,上面装点着被子弹洞穿的钢盔、步枪、橄榄枝,引导参观者一步步向上登临,犹如从战争灾难的深渊一步步走向胜利的峰巅。

朱可夫和将帅们的雕像群就在这座宽阔的楼梯下面,那里是走向胜利的起点。朱可夫的这尊半身雕像没有戴军帽,胸脯挺拔,神情严肃而平静。

朱可夫的心情得以重新平静下来,那是因为他在斯大林时代终于得到了公正对待。其实,在朱可夫落魄的日子里,真正在明里暗里保护他的,还是斯大林。有些人眼看朱可夫在斯大林那里已经失宠,便落井下石,诬告他"谋反"。他们满以为这样做迎合了斯大林的心思,斯大林却对此嗤之以鼻。斯大林明确告诉这些人,通过四年卫国战争,他对朱可夫的了解甚至比对自己的了解还要深刻,他们应该删掉那些捕风捉影的废话。当时,苏联文艺界创作出了一个反映苏军突破德军奥得河防线、向柏林发起反攻的文艺作品《奥得河上的春天》，竟不提朱可夫的名字。斯大林又一次明确表态说，写奥得河上的春天而不提朱可夫，肯定是不真实的。

在斯大林看来，朱可夫本人的问题只是居功自傲而已，其他骇人听闻的不实之词都强加不到他头上。对于朱可夫这只猛虎，冷他一冷，煞煞他的威风，对他未尝不是一件好事。当然，斯大林不可能把自己的真实用意告诉朱可夫。朱可夫在极度苦闷之中，强烈要求离开军队，以便离开军队中那些和他过不去的人。斯大林坚决压住，不批，将他继续"冷冻"在乌拉尔军区。

到了1950年，朝鲜战争爆发，国际局势风云突变，斯大林及时将朱可夫这只猛虎重新放出樊笼。他下令将朱可夫召回莫斯科出席最高苏维埃会议。在同年举行的苏共第十九次代表大会上，朱可夫被增选为苏共中央候补委员。

斯大林和朱可夫，是两块钢铁，互相一碰，铮铮作响。他们之间谈不上一般意义上的"亲密"，但绝对"相知"。战争期间，朱可夫曾对斯大林有过几次顶撞，斯大林表现得豁达大度，从不计较。斯大林对朱可夫也有过多次严厉批评，甚至当面训斥，但他对朱可夫绝对信任、绝对重用。斯大林的气度，表明他是一位真正的统帅。朱可夫一生经历了那么多磨难，有些坎坷挫折直接与斯大林对他的严厉态度有关，但令朱可夫真正心服的人还是斯大林，他的这个态度至死未变。他在回忆录中写道：我同斯大林一起度过了整个战争时期，曾对斯大林的军事活动进行过详细研究。斯大林精通重大战略问题，他通晓方面军战役和方面军群战役的组织问题，并且熟练地指挥了这些战役。他具有巨大的洞察力，善于抓住战略态势中的主要环节采取对策，实施某个大规模的进攻战役。毫无疑问，他是当之无愧的最高统帅。朱可夫写道，斯大林死后有一种说法，认为斯大林做出军事政治决定时独裁。朱可夫却不同意这种说法。他说，如果向最高统帅汇报的问题具有充分理由，他是很注意听取的。朱可夫自己就不止一次遇到过斯大林放弃个人意见和改变原来决定的情况。并说，由于斯大林要求极为严格，才促使他们做到了许多本来几乎做不到的事情，这一点对夺取战争胜利同样起到了重大作用。

可惜，斯大林于1953年3月逝世后，再没有人能够驾驭住朱可夫这只猛虎，再没有人能够在必要时对他采取保护性措施，朱可夫只能凭着自己的一腔豪情去搏击政治风浪了。因而，他后来遇到更多、更大的政治磨难，也就难以避免了。

在赫鲁晓夫时代，朱可夫的几次政治举动颇受非议。他始则为赫鲁晓夫所利用，继则被赫鲁晓夫之流所废弃，宦海沉浮，大起大落。这又一次证明，军人是政治的工具，而政治永远不可能成为军人手中可以随意把玩的工具。朱可夫在战场上是一位不败的战神，一旦进入政治领域，注定他非倒霉不可。朱可夫的命运，使我每每联想到中国的彭德怀元帅，他们都是令人思情低回的悲剧英雄。

俄罗斯人民永远不会忘记耿直不阿、克敌制胜的朱可夫。他们永远看重的是朱可夫那颗赤诚透明的心，其骨铮铮，其心昭昭，此乃俄罗斯民族之赤子。

当朱可夫被赫鲁晓夫之流打落下马、长期沉寂之后，在1965年苏联举行的庆祝卫国战争胜利二十周年大会上，当念到战争功臣朱可夫的名字时，会场上突然爆发出雷鸣般的掌声和欢呼声，这给当时的当权者内心带来的震撼非同小可。但此时的朱可夫已踏遍青山，心静如水。他静下心来写他的回忆录，此书一经面世，立刻成为行销世界的军事名著。1974年，朱可夫去世。到了1995年，举行卫国战争胜利五十周年庆祝活动时，俄罗斯的社会制度已经发生了根本性变化，但莫斯科、叶卡捷琳堡等地都建起了一座座朱可夫雕像，人民怀念他。

现在，朱可夫超越了政治风浪的云谲波诡，超越了人类两次世界大战的时空变迁，已被定位在俄罗斯历史之中。在莫斯科红场列宁墓北侧的红墙根下，埋葬着朱可夫的骨灰盒，红墙上镶嵌着一方朱可夫的墓碑，墓碑上镌刻着朱可夫的全名和生卒年月：格奥尔基·康斯坦丁诺维奇·朱可夫，1896—1974。

伊拉克战争

伊拉克战争：美国胜负对半开

一

伊拉克战争久久落不下大幕，时至今日，伊拉克境内依然爆炸连连、血肉横飞，伊拉克人民被这场战争拖入了灾难的深渊。但无论如何，这场战争已经到了进行必要总结的时候。

伊拉克战争是一场法理莫辨、非议丛生的战争。对于美国在这场战争中的成败得失，世人立场不同，利害不同，见胜见败各不同，毁之誉之皆有之。这里想从军事层面谈谈一己之见：美军精心谋划的这场信息化战争，究竟打得怎么样？

在军事领域内，新一代战争的产生与发展，总是先有实践、后有理论，然后才是理论与实践相伴成长。海湾战争时，美军虽已初步具备了打信息化战争的装备与手段，但那时它的信息化战争理论尚不完备。因此，美军在海湾战争中，仍然明显地带有"以机械化战争的传统理论指导信息化战争"的痕迹。

海湾战争后，美军全面总结了新的经验。随后，又经过十来年深入研究、探索，构建了一套初步成型的信息化战争理论，并据此对美军的军事战略、作战原则、编制装备、训练方法等，进行了一系列相应改进。此次伊拉克战争,美军的作战思想、具体战法都有了质的飞跃。海湾战争后,美军"将实践上升为理论";到这次伊拉克战争,便是"从理论再回到实践",在它的信息化战争新理论指导下,打了一场"新一代战争"。

这场伊拉克战争,美军在打信息化战争方面又取得了不少新的突破,积累了更多实战经验,但也暴露了诸多问题。更为显眼的是,美军在战场上以全新战法取得的某些骄人战绩,却被美国在战场内外暴露的"情报门"、"虐俘门"等严重问题所造成的恶劣影响极大地抵消了。

对于美军来说,伊拉克战争,半是胜绩,半是梦魇。

二

对于美军打的这场信息化战争,研究其某些成功之处,可以帮助我们认清世界军事变革的发展方向。虽然五花八门的新概念、新提法不少,但归结起来,它的主要"新意",无非反映在以下几个方面。

关于战略原则。

美军打信息化战争,首先强调先发制人。这一条,既是美国的全球军事战略原则,也是美军发动伊拉克战争的战役指导原则,甚至是它战术行动的作战原则。其核心思想就是"迅速占据战场主动"。两军交战,力争主动、力避被动,这是古往今来的一条军事原则,说它新鲜,也并不新鲜。两军遭遇,谁能先敌开火,谁就抢得先手,这是很简明的道理。在毛泽东军事思想中,有时也主张把拳头先收回来、再打出去,诱敌深入,后发制人。但它的实质仍是要寻求或创造一种转换,将全局上的后发制人,转化为局部上的先发制人。

美军打信息化战争的先发制人,同以往传统战争中的先机制敌,存在着"两代战争"的差别。在以往的传统战争中,主观愿望上想要抢得先手,实战中往往会受到许多客观条件的制约。比如,由于战场感知能力有限,无法做到信息先行,难以选准对敌发起攻击的最佳时机、最佳部位、要害目标等等,难免会产生无从下手的困惑。又比如,由于战场投送能力有限、武器射程太近、命中精度太差,即使捕获到了敌人的重要信息,往往难以在瞬间给敌人以致命一击,使战机稍纵即逝,等等。伊拉克战争中,美军的这些"瓶颈"大多已不复存在。它拥有的信息先行、快速反应、精确打击等信息化战争的全套本领,为它实施先发制人的作战原则提供了强大的物质技术基础。更要看到,美军实施先发制人的战略原则,也是美国咄咄逼人地推行霸权主义的表现。美国最新版《国家军事战略》中说得非常明白,"美国必须对那些有可能引起冲突的事态提高警惕,先发制人,并比以往更快地作出反应"。如今,美国比过去更强调"全球到达"、"前沿存在",更重视在全球保持"先发制人的防卫态势"。美国一旦认为谁对它构成了"威胁",它就有"理由"对谁发起先发制人的打击。说穿了,还是"落后就要挨打"。

关于兵力运用。

美军打信息化战争,不再像过去那样强调集中兵力,而是强调功能、能力和效果的组合。美军对"优势"的理解也和过去不同了,它不再强调数量优势,而是强调组合优势。不再主要依靠地面部队攻击制胜,而是依靠"空、海、陆、天、网"联合制胜。在以往的传统战法中,集中兵力是一条基本准则。冷兵器时代,兵力就是战斗力,"韩信将兵,多多益善"。我国解放战争时期,把"每战集中绝对优势兵力"作为十大军事原则之一,即集中两倍、三倍、四倍,甚至五倍、六倍于敌的绝对优势兵力,将敌四面包围,力求全歼。这是毛泽东军事思想的精髓之一,我军靠它打了一个又一个漂亮的歼灭战,创造了辉煌战绩。

在信息化战争中,集中优势兵力已构不成真正的优势。今天的优势主要已不在兵力数量,而在质量。美军认为,现在打的是"立足于能力和效果的战争"。如今,美军强调的是组合优势、全谱优势,这样的优势才足以构成真正的绝对优势。美军强调组合,强调一体化,强调网络中心战,强调联合制胜,贯穿其中的都是发挥组合优势、全谱优势的作战思想。美国最新版《国家军事战略》规定,"运用部队应注重为实现作战目标所能产生的效果,而不是数量上占压倒优势的兵力",作战部队应"具备集中效果的能力"。

这是战争观念的一大转变。海湾战争时,美军参战兵力四十五万人(多国部队总兵力达到六十九万人),伊军号称一百二十万人,美伊双方兵力对比为一比三。但由于双方兵力的技术含量相差悬殊,美军以少打多,把伊军打得毫无还手之力。即便如此,美国的革新派仍然批评传统派动用兵力规模过大,认为他们尚未摆脱传统战法的思维惯性。在伊拉克战争的谋划阶段,围绕兵力使用问题,再次发生了"鲍氏学说"与"拉氏学说"之争。以鲍威尔为代表的军方传统派认为,美军应动用七个重型师对付伊军。此外,为了保护地面进攻主力的后方和翼侧,还应征召一定数量的预备役部队。鲍威尔是老军人,看来在他几十年的作战、训练中,"以优势兵力去战胜敌人"这条军事原则,已在脑子里刻下了深深的烙印,要他彻底转变观念挺难。这表明,在军事领域也和意识形态领域一样,"传统是一种巨大的保守力量"(恩格斯语)。以拉姆斯菲尔德为代表的革新派,脑子里却没有多少条条框框,这些文职官员对新技术的发展,以及当今新的时代特征,似乎更为敏感。他们竭力主张,必须更多地依赖空中打击力量和地面轻型力量。他们认为,如果还像海湾战争那样动用过大规模的地面部队,那就体现不出美军在情报、侦察、监视和空中精确打击能力方面的重大技术进步。再说,规模过大的地面部队也无法实现快速机动。

实战中,"拉氏学说"占了上风。伊拉克战争开战时,美英联军总兵力为二十四万,其中海空兵力为十三万,地面部队为十一万。这表明,海空力量的使用已经超过了地面部队。在联军十一万地面部队中,担任主攻任务的美军第三机步师、第一〇一空降师、第一陆战远征部队和英军第七装甲旅、第三突击旅、第十六空中突击旅,加到一起约六万五千人。而伊军约有三十五万人,全部是地面部队。由于美英十一万地面部队在作战功能、能力、效果的组合上,对三十五万伊军拥有绝对优势,轻而易举把伊军打得溃不成军。

关于目标选择。

美军打信息化战争,强调先打核心目标、要害目标。美军在伊拉克战争中的"震慑"、"斩首"行动,就是这种全新战法的集中体现。这同以往的传统战法相比,是一个极大的变化。传统战法,一般都是先扫清外围,然后攻坚突破,最终攻克核心目标。伊拉克战争中,美军却采取"倒过来打"的办法,先打核心目标、要害目标,先炸巴格达、先炸总统府、先炸萨达姆,盯着打、追着打。尽管美军的"斩首"行动未能一举得逞,但它对伊军的"震慑"作用是显而易见的。好比两个人打架,传统战法是面对面地打,攻击的一方出重拳击打对方胸脯,一拳两拳很难将对方打倒在地。现在的新战法是腾空而起,从头顶上方向对手发起五雷轰顶般的攻击,专往对手脑门上打,只要击中一下,准能将对方击昏倒地。

还须看到,采取先打核心目标、要害目标的全新战法后,一系列传统战争观念都随之发生了变化。例如,歼灭敌人有生力量,已不再成为战斗行动的主要目标。歼敌多少,也不再成为衡量战争胜负的主要指标。占领敌方土地,也不再是一场战争的主要目的。美军发动伊拉克战争,主要目标是推翻萨达姆政权,它通过"震慑"、"斩首"行动已使萨达姆政权迅速垮台,它的战争目标已经实现了,军事上已经"取胜"了。我们至今未见美军公布过它在伊拉克战争中究竟歼灭了多少伊军,对它而言,这一点已无关紧要。

关于火力打击。

美军打信息化战争,精确打击已成为其火力打击的主要手段。海湾战争中,美军使用的精确制导炸弹约占百分之十左右,伊拉克战争中已上升至百分之六十八。火力打击的精确化,使美军的作战效能有了大幅度提高。信息化战争的发展趋势之一,将会使导弹、炸弹、炮弹都长上"眼睛",发射后都能用自己的"眼睛"去寻见目标。在其他条件相等的情况下,谁的精确制导武器多、精确打击能力强,谁就占上风。

关于战役进程。

美军打信息化战争,立足于快速制胜。为此,美军控制战役进程有两个基本概念,一是"快速",二是"决定性",合起来称之为"快速决定性作战行动"。信息化时代,时间、空间概念都发生了变化,地球变"小"了,时间变"短"了。同以往的传统战争相比,信息化战争的战役进程已大大加快,过程已大大缩短。美军强调的"快速",其内涵是"速度绝对快于敌人","尽快实现战役目的"。它实现"快速"的前提条件有两项,一是夺取战场感知优势,时时料敌于先;二是实现网络化实时指挥,确保先敌作出快速反应。

美军强调的"决定性",其内涵是"破坏敌人的聚合力","摧毁敌人的抵抗意志和抵抗能力"。比较一下海湾战争与伊拉克战争的战役发展过程,就能看出美军在控制战役进程上的新变化。海湾战争中,美军空袭三十八天后才发起地面进攻,而阵势很大的"左勾拳"地面进攻只打了一百个小时就结束了。这就使得它的战役阶段与阶段之间极不均衡,且衔接生硬。伊拉克战争中,美军为了进一步加快战役进程、缩短战役过程,采取了"全纵深密切观察敌人"和"全纵深同时打击敌人"的战役行动,将空袭与地面进攻同时展开,不再将它们分成两个战役阶段。美军以这种迅雷不及掩耳的、空地一体的、全纵深的"快速决定性作战行动",一下子打掉了萨达姆的"聚合力",打垮了伊军的"抵抗意志和抵抗能力"。2003年3月20日,美军对伊拉克开始空袭;4月9日,美军地面部队攻占伊拉克首都巴格达;5月1日,小布什在返航的林肯号航母上宣布,对伊拉克的主要军事行动结束。从攻占巴格达到小布什宣布主要军事行动"结束",短短二十一天,美国对伊拉克发动的这场"灭国之战",就"轻而易举"地取胜了。

三

美军在战场上快速取胜,快得出乎世人意料,让许多军事评论家目瞪口呆。一方面,这说明美军在这场信息化战争中确有不少新招,效果不错。但另一方面,也由此形成了一个不大不小的认知陷阱:它极容易使人夸大美军打信息化战争的能力,对它产生盲目迷信,由此陷入"信息战崇拜"的认识误区。

应当清醒地看到,美军胜得"轻而易举",不全是美军打信息化战争的神奇效果,而是至少还有另一半别的原因。

首先,美军这些年打的几场战争,无论是海湾战争、科索沃战争、阿富汗战争,还是这次伊拉克战争,都是实力悬殊的非对称战争。美军取胜完全是正常范围内的事情,它并没有创造什么战争神话。美国的策略是一贯的,对于同它实力相当或不相上下的对手,它是只敢冷战,不敢热战。对于同它实力悬殊的对手,它则热衷于热战、不屑于冷战,动不动就想开打。这就应了兵家熟知的一条军事原则:先打好打之敌。美国用这种打法可以对世界起到极大的心理威慑作用:"看看吧,谁敢不服?"

其次,美军打败伊军,所花的时间不止是二十一天,而是整整十二年:先是老布什于1991年发动了一场海湾战争,打断了萨达姆的肋骨,将他打趴在地。接下来,对伊拉克实施长达十余年的制裁、核查。到2003年,再由小布什发动一场伊拉克战争,才最终把萨达姆彻底扳倒。

在美国这些年打的几仗中,萨达姆算是最强的一个对手,打败他真是费了大劲了。美国运用的是吃柿子法则。一篮柿子,先吃哪一个?把手伸到篮子里一捏,先挑软的吃。生柿子涩嘴,吃不得,怎么办?把它放进草木灰里,焐软了再吃。经过海湾战争,又经过十余年制裁、核查,反复折腾,美国还能焐不软萨达姆这只涩嘴柿子吗?一焐焐了十二年,一直焐到2003年春天,老布什在一旁对小布什使眼色,告诉他柿子已被焐熟了、软了,可以吃了,再不吃烂了,这才终于把萨达姆搞掉。

因此,对于美国之"胜",至少可以有三种不同评价。其一,单从美军打信息化战争的战场效果看,可以说美国是快速取胜。其二,布什父子两代美国总统,先后发动了两场战争,整整花了十二年时间,才最终把萨达姆搞掉,从这一点看又可以说美国是艰难取胜。其三,从美国如今深陷伊拉克泥潭拔不出腿来的尴尬处境看,甚至可以说美国是胜犹未胜。就看是从哪个角度去看、去说了。

因此,美军打的这场信息化战争,又"神"又不"神"。

四

现在,让我们再来剖析一下美军在这场信息化战争中所暴露的诸多问题,它又可以从另一个侧面启示我们对信息化战争保持一份清醒,不至于被它搞得神迷目眩。

一看美军"斩首"神话之破灭。

美军打信息化战争,最具震撼力的全新战法莫过于"斩首"行动了。从理论上说,美军拥有世界一流的信息获取能力、快速反应能力、精确打击能力,这些都是它采用"斩首"战法的物质技术基础。美军如果真的能在"斩首"行动中将锁定的核心目标一举歼灭,那么,它也许真的会创造出一场战争刚刚打响就已结束的"神话"。可是,美军在阿富汗战争和伊拉克战争中,两度吹出"斩首"气泡,都先后破灭了。在阿富汗战争中,它未能将本·拉登"斩首";在伊拉克战争中,它也未能将萨达姆"斩首"。

阿富汗战争结束后,美国为了抓到本·拉登,什么手段都用上了,又是高额悬赏,又是卫星侦察,又是间谍刺探,又是DNA化验,又是对相关国家外交施压、军事威胁。曾有过一条最富刺激性的消息说,小布什其实已经抓住了拉登,但他为了达到连任的目的,要将本·拉登"冷藏"到美国大选投票前夕才会正式公布。天大的鬼话。假如小布什在得克萨斯老家的克劳福德农场里真有这么大一只冰箱,可以将本·拉登像一片冻猪肉似的"冷藏"这么长时间,那才真正叫做活见鬼了。政治家可以耍些权术,却切不可对大众耍阴谋。对大众耍阴谋,不但不能得分,反而会丢分,小布什还不至于昏到这种程度。

但这条消息却在无意中泄露了天机,一心谋求连任的小布什,已把赌注全部押在了"反恐"上。

伊拉克战争中,美军对萨达姆多次采取"斩首"行动,却次次扑空。萨达姆破解美军"斩首"行动之谜,采用的方法也并不复杂。他怀疑是某位知道他行踪的人向美军出卖了情报,为了验证,他又一次乘坐一辆不起眼的车子来到这个人的住所,稍坐片刻便从后门离去。不一会儿,美军的精确制导炸弹就向这座房子打了下来。萨达姆只轻轻说了一句:"宰了他。"就这样,萨达姆在美军的眼皮底下一次又一次地成功逃过了劫难,东躲西藏八个月之久。

但极具讽刺意味的一点是,美军藉以最后抓住萨达姆的可靠情报,并不是来自它打信息化战争的高科技侦察手段,而是来自十分原始的手工作业式的情报分析方法。起先,美军是指望高科技手段在追杀萨达姆行动中"大显神威"的,除了窃听电话,还在萨达姆可能藏身的敏感地段布放了大量声光传感器,不仅有"电子眼",还有专门用来采集萨达姆身上特殊气息的"电子鼻"。这些高科技手段,高则高矣,却统统一无所获。于是,只得动用大量人力,成立了专门负责抓捕萨达姆的"一二一特种部队"、"第二十特遣队"、库尔德人特种部队,组织了大批情报分析专家,从分析萨达姆权力基础入手,将提克里特"五大家族"中所有人员画成图、制成表,然后逐人分析、抓捕、审讯、过筛子,再逐步缩小圈子,圈定重点。最后,从中发现了一位名叫穆斯利特的萨达姆保镖,经过多次严酷审讯,终于将他的嘴撬开,挖到了萨达姆的藏身地点。就这样,美军费尽了九牛二虎之力,才从一个地洞里将萨达姆擒获。美国官员不得不承认,他们是"通过人力情报而不是卫星情报找到萨达姆"的。这件事,倒也促使美军自己多多少少破除了一些一味依赖高精尖装备的迷信,重新懂得"人力情报、语言、图像和技术技能都十分重要"。

"斩首"行动一次次扑空,美军事后有分析、有解释:对"时间敏感目标"的打击效果受影响,主要是"从传感器到射手"的时间间隔仍然太长。

原因之一,说是战场信息量实在太大了,像山洪暴发似的汹涌而来,尽管指挥所旁边的信息中心内有一支庞大的科技人员队伍,在昼夜不停地通过电脑处理这些信息,以最快速度将"时间敏感目标"这类重要信息分拣、核实、上报、批准,又以最快速度传向精确制导武器系统,却至少已相隔了几分钟甚至几小时,这个时间间隔还是太长了。看来,下一步还得搞更多更敏感的传感器、更高速的计算机、更强大的网络、更宽的频带,以进一步缩短从发现目标到发射导弹的时间间隔。美国钱多,搞吧。

原因之二,说是目前美军的大部分精确制导炸弹还只能打固定目标,而且大部分精确打击都是提前周密计划好的,下一步要研究打活动目标。据英军伊战总结透露,自1991年海湾战争以来,美英"已在伊拉克进行了十年情报工作",摸清了伊军的主要弱点和伊拉克境内各类重要目标的坐标位置,"因此在战争初期就能实施精确打击"。美军这种按计划进行的精确打击,都是提前将轰炸目标的坐标点输入到精确制导炸弹的芯片里,发射后用GPS制导它瞄准目标的坐标点打过去,精度很高。可是,遇到萨达姆这样的"活"目标,问题就来了。指挥所刚接到情报说,萨达姆正在某座房子里,一枚精确制导炸弹刚发射,萨达姆却离开了。这枚精确制导炸弹死死盯住那座房子的坐标点打下去,准是准,却成了马后炮。为了解决这个问题,据说下一步要给精确制导炸弹安装数据链,使它能接收信息流。这样,再遇到像萨达姆这样的"活"目标就好办了,导弹可以根据连续接收的信息流随时改变方向,跟上去盯着他的屁股打,不信打不着。美国人是天生的技术崇拜者,他们即使一头撞到了南墙上,也不信世界上会有解决不了的技术问题,有本事就继续搞吧。

原因之三,说是目前的指挥控制机制仍然不太适应打击"时间敏感目标"的要求,要继续改进。早先规定,像袭击萨达姆这样的重要目标,要上报美国高层批准后才能执行。伊拉克战争中,美军已"下放权力",战区指挥官获悉情报后就有权快速作出决策、快速打击"时间敏感目标"。即使这样,萨达姆还是没有打着。于是,他们似乎还想进一步"下放权力"。要是那样,又由谁来保证战场不失控?弄得不好,像科索沃战争中美军随意轰炸中国驻南使馆这类恶性事件,岂不是更容易发生了吗?

二看美军误炸误伤事件之频发。

打信息化战争,各种数据信息是各种先进武器系统的"生命"。一切先进武器的高性能,都是被聪明人事前做"死"的,它们全凭相关的数据信息做出各种动作。设计时就规定它接收到什么数据信息就做出什么动作,并为它规定了"铁的纪律",严防它做出"违规动作"。这样,先进武器往往在某一方面越"灵",在另一方面就越"笨"。战场上一旦出现什么紧急情况、特殊情况,想让它来个"脑筋急转弯",它绝对转不过来。举一个例子,美军的"爱国者"导弹系统,是美军的"撒手锏"装备,海湾战争后经过改进,性能更先进了。但"爱国者"在伊拉克战争中又暴露出一个致命弱点:敌我识别能力差。它的雷达系统只要发现空中目标,不问青红皂白就启动发射系统立刻发射。有一段时间,连续发生"爱国者""自己人打自己人"的事故。一次,美军的"爱国者"导弹击落了一架英军的"旋风"式战斗机,弄得英国军界、政界很不痛快。另一次,美军的一架F—16战斗机正在空中执行战斗任务,飞行员突然发现自己的飞机已被地面雷达锁定目标,千钧一发,F—16的武器系统反应更快,先机开火,一发导弹打下去,摧毁的竟是美军自己的"爱国者"导弹系统的一部雷达,大水冲了龙王庙。又有一次,美国陆军的"爱国者"导弹击落了美国海军的一架F/A—18战斗机,上尉飞行员怀特当场丧命。怎样才能避免这类事故重演呢?据说,下一步要对所有飞机、导弹安装性能更先进、更可靠的敌我识别系统。可是,即使全部更新了敌我识别系统,就能一劳永逸地解决所有问题了吗?不见得。所谓敌我识别系统,无非是一些识别数据的发送和接收关系。一方发现目标,立即发送一组识别数据过去,对方的识别装置反馈一组数据过来,对上了就是自己人,对不上就是敌人,开火。但道高一尺、魔高一丈是一条永远重复的规律。这些识别数据一旦被敌方破译了怎么办,受到敌方干扰又怎么办?

三看美军情报信息之重大失误。

情报信息,是信息化战争之"源"。离开了情报信息这个"起点",指挥控制系统的运行过程就成了无源之水、无的放矢。情报信息正确与否,对信息化战争的成败十分关键。可是,从"9·11"事件到伊拉克战争,美国的情报信息工作一再出现大纰漏、大失误。2004年7月,美国正式公布了长达五百多页的"9·11"事件调查报告。报告显示,由于美国情报机构的重大失误,美国政府至少坐失了十次可能挫败"9·11"恐怖袭击的机会。

美国在伊拉克战争中,又是凭什么样的情报信息去打人家的呢?美国发动伊拉克战争,第一条情报信息就出现了大错误。它煞有介事地说伊拉克拥有"大规模杀伤性武器",子虚乌有。但美国这部庞大的战争机器却凭这样一个虚假情报点火发动了。这就开了一个极其恶劣的先例,它使人们看到,美国仅凭一个虚假情报,就可以对别国发动一场"灭国之战",这个世界还能有多大安全性?

美国的情报信息失误在战役层面产生的负面影响同样很严重。美军为什么选定在2003年3月20日清晨向伊拉克开战?因为它忽然得到一个情报:萨达姆正在某所房子里开会。美军决策层认为这是他们创造战争"奇迹"的天赐良机,于是迫不及待地把他们苦心研究的"斩首"战法一举推向实战。结果,萨达姆没有打着,巴格达却已一片火海,伊拉克在瞬间陷入了灭顶之灾。一个国家的存亡、一位总统的生死,竟然都系于一条虚实难辨的情报信息。这说明,美军打信息化战争,已把越来越大的赌注押在情报信息上。即使获得的是一些真假不清、虚实难辨的情报信息,只要美军认为重要,它就可能据此展开重大战争行动。太轻率了。这使人觉得,美军打信息化战争就像神经紧张地端着一支不关保险的枪,它总感到世界上到处都存在着针对美国的威胁,哪怕黑暗中有一只老鼠蹿过,它也会朝发出响声的地方放一枪。

虐俘事件更是美国情报信息工作存在严重问题的一次大暴露。美军虐俘事件的调查报告显示,它的幕后操纵者是美国情报部门,情报部门的幕后策划者又是五角大楼主官拉姆斯菲尔德。早在阿富汗战争中,拉姆斯菲尔德就批准了一项所谓"特殊获取计划",怂恿美国情报人员"抓你必须抓的人,做你想要做的事",虐俘在那时就开始了。伊拉克战争中,当美军迟迟查不到"大规模杀伤性武器",也抓不到萨达姆,又遭到伊拉克武装组织激烈抵抗,被搞得焦头烂额之时,拉姆斯菲尔德为了摆脱困境,急于得到他想要得到的情报,便将"特殊获取计划"移用于审讯伊拉克战俘,骇人听闻的虐俘事件就这样发生了。拉姆斯菲尔德是美军打信息化战争的倡导者、策划者,他却把情报信息工作建立在全凭他主观意志行事的基础上,对战俘可以逼供,对情报内容可以挑选、更改、编写,虚的可以变成"实"的,假的可以变成"真"的,然后就凭这样的情报信息决定美军的战争行动,这对世界秩序和安宁将会带来什么影响?

四看美军将信息化战争理想化、简单化带来之恶果。

这些年,凡是关注美军向信息化军队"转型"的人,恐怕都会发现,拉姆斯菲尔德的确在其中发挥了举足轻重的作用。然而,再稍稍往深处观察和分析又会发现,拉姆斯菲尔德在全力推进美军"转型"

的同时,他也在以走极端的思维方式,把新一代战争的理念推向理想化、简单化的偏颇境地。一方面,他充分利用其美国国防部长的职权,竭力按他的理想去设计一支新型军队、去打新一代战争,从而迅速把信息化战争的一系列新概念、新战法运用于实战。另一方面,他极其武断地拒绝考虑影响战争胜负的其他各种复杂因素,认为只要按他的主张把仗打胜,就能解决一切问题。

拉姆斯菲尔德这种走极端的思维方式,带来了什么后果呢?一方面,美军的信息化作战行动的确"见效"了;但另一方面,诸如"情报门"、"虐俘门"等一连串严重问题却接踵而至。尤其是伊拉克各派武装组织的激烈抵抗,更成了美军"扑不灭的火焰"。这又一次使人想起了"外科医生和内科医生"这则寓言。拉姆斯菲尔德算得上是一位办事果敢、动作麻利的"外科医生",但他只管将露在皮肤外面的那根刺剪掉,刺进肉里的部分他是不管的。他哪里知道,被他剪掉的只是露在皮肤外的三分之一,留在肉里的却有三分之二,而且伤及的是肌肉深部的血管和神经,很快就会化脓腐烂。

在拉姆斯菲尔德主义的影响下,美军将一场全新的信息化战争打成这种结局,究竟是胜绩,还是败绩?留给世人的,半是思索,半是叹息。

信息攻心战：美军战法新招术

一

美军打信息化战争，有"硬"的一手，也有"软"的一手。"硬"的一手，我在《巴格达的陷落》一文中已有较多描述。"软"的一手，就是大打信息攻心战。在信息化战争的全部理论中，这"软""硬"两手，始终是形影相随、不可或缺、不可分离的。

老美的信息攻心战，大致可分为战略级与战役级两个层次。战略级信息攻心战通常是国家行为，由白宫和五角大楼直接掌控实施。战役级信息攻心战则由美军结合战场上的军事打击一并实施。这两个层次的信息攻心战，有时又是互相贯通、交叉实施的。

攻心战（心理战）古已有之，孙子说的"治气""治心"与"夺气""夺心"（语出《孙子兵法·军争》），恐怕是最早的攻心战理论了。但时代不同了，技术进步了，美国的信息攻心战是依托其强大的信息优势，又充分利用大众传媒渠道实施的攻心战，具有许多新特点。

首先，美国打信息攻心战有一套新理论。

这要从美国军方和学术界最初对信息战这个概念的争论说起。美国人最早讨论信息战是在二十世纪九十年代初，起因是美军在

1991年的海湾战争中采用了大量高新技术，特别是信息技术，使战争面貌发生了根本改变，由此引发了一场新军事革命。那时候，美国人对信息战的说法也是五花八门，综合起来是两大派。

一派是技术制胜论者，他们从借助信息技术大幅度提高指挥控制能力和武器装备的作战效能入手研究信息战。代表这一派观点的彼得·格里尔发表了一篇题为《信息战》的论文，他认为信息战的主要标志就是"先进的侦察技术、高速运算的计算机、复杂的信息网络、高度精确的探测器和制导装置"，预言"二十一世纪早期的年代里，美国武库中最令人恐怖和最重的武器"，将是"信息系统涌出的巨大数据洪流"。

另一派是攻心制胜论者，他们研究的重点是信息可以对人的情感和意志产生直接影响，并由此影响人对战争的决策，并影响战争的胜负。代表这一派观点的乔治·斯坦教授也发表了一篇题为《信息战》的论文，他认为"信息战的目标是人的头脑"，"信息战就是要控制信息领域，利用它去影响人"。这一派特别重视"信息战中一个重要的新因素是全世界范围内的电视和广播新闻"（当时互联网还不发达，现在还应加上互联网）。他们认为这是"构成冲突政治内容的战场外的战斗"，是更高层次的"战略级的信息战"。在这一派中，比斯坦教授更权威的是著名未来学家托夫勒夫妇，他们早在1993年10月出版的《第三次浪潮战争》中就已阐明了同样的理论，书中"舆论导向"一章中列举了"扭曲精神的六个扳手"，它们分别是：控诉敌方暴行；渲染参战的光荣与必要；把对方描绘成没有人性的魔鬼和没有人性的动物；宣称在战争中不和我们站在一起的国家是反对我们的；利用宗教进行有利于我方的宣传；使对方的宣传变成不可相信的宣传。托夫勒夫妇预言："明天的一些最重要的战斗将发生在舆论宣传战场上。"

美国人的思维方式有一个特点，什么事情争论归争论，争论到最后都以实用主义作为检验真理的唯一标准，不管两种说法如何南辕北辙,只要有用,都留下、都采纳。他们兼收并蓄的时候多,简单地肯定一个、否定一个的时候少。五角大楼的谋士们觉得,这两派的观点其实都对,信息战里面既有技术科学,又有人文科学。前者可用于大幅度提高指挥员对战争的指挥控制能力和各类武器装备的杀伤效能。后者可用于把战争意志延伸到战场以外的广阔空间去,通过非军事手段实现军事目的,甚至可以"不战而屈人之兵"。以拉姆斯菲尔德为代表的鹰派人物得出结论认为,信息技术在这两大领域都蕴藏着巨大的战争潜力,这两套本事都大有用武之地,美军都要大力发展和运用。

伊拉克战争中,美军把打信息化战争的这两套本事都使了出来,软硬兼施,双管齐下。"硬"的一手,在战场上尽收精确、高效、迅捷之效。"软"的一手,在宣传舆论上利用各种新闻媒体大显其能,一攻美国公众之心,二攻世界舆论之心,三攻伊拉克军民之心。

二

为何要首攻美国公众之心?

在美国国内,公众舆论始终是个大问题,不能不认真对待。古往今来,无论哪个国家,凡开战都要进行战争动员,"令民与上同意"(孙子语)。对于公众舆论影响力极大的美国来说,这一条尤显重要。因此,托夫勒夫妇列举的六个"精神扳手",既有对外功能,又有对内功能,其攻心对象涵盖了己方、敌方和第三方。小布什决心搞掉萨达姆,需要得到美国公众和国会较高的支持率,否则不好办,这就叫美国政治。日本《每日新闻》有位记者写了一篇谈他采访伊拉克战争切身感受的文章,他认为像美国这样的国家"如果得不到媒体的支持,战争就不可能进行下去"。

回想越南战争后期,美国国内曾掀起过反战浪潮。白宫和五角大楼找到的主要教训有两条,一是战争拖得太久,二是死人太多。越南战争打了十四年,美国伤亡约二十五万人,死亡近六万人,把美国人拖怕了、死怕了。

海湾战争时,鉴于美国公众战争中怕死人的心理障碍尚未消除,他们采取了两方面的措施。一方面,在战法上,为了避免大量伤亡,空袭三十八天之后才展开地面进攻,只打了一百个小时就停下了,不敢再打了,怕再打下去又要死很多人,又要引发新的反战浪潮。这样一来,战争过程的确是大大缩短了,伤亡人数也大大减少了。应当承认,海湾战争是人类进入信息化时代以后的第一场战争(也有人说它是机械化时代的最后一场战争),作战样式的确有了根本性变化,给人以耳目一新之感。另一方面,在宣传上,当时,白宫和五角大楼就抓住机会大力宣传"非接触"、"零伤亡"之类的作战新理论、新观念。其实这在很大程度上是针对越南战争死人太多的教训说的,是说给美国公众听的,是直接对着美国人"厌战"、"怕死人"的公众心理去的。

实际上,海湾战争说是"非接触",最后还是接触了;说是"零伤亡",最后还是死了一些人。

美军事后发觉,所谓"非接触"和"零伤亡",成了他们套在自己头上的两道紧箍咒,作战行动受到了很大限制。对此,五角大楼和美军高层指挥官们内心有些后悔,但又不便明说。

"9·11"事件是一个转机。美国公众对恐怖主义同仇敌忾,反恐宣传浪潮席卷全球。在这股强烈的"复仇"心理支配下,美国公众对战争中死人的心理承受能力有所回升。因此,打阿富汗战争时,美军对"非接触"和"零伤亡"的调子就不那么高了。

伊拉克战争,美国把托夫勒夫妇的六个"精神扳手"都从工具箱里拿了出来,全派上了用场。开战前和开战后,美国对内宣传牢牢抓住了几条:一、萨达姆是恐怖主义后台,打他就是打击恐怖主义;二、伊拉克有"大规模杀伤性武器",只有彻底打败伊拉克,才能彻底销毁

"大规模杀伤性武器",从根本上消除对美国的威胁;三、开战后,处处展示美军的强大实力,刺激美国公众"傲视世界"的自豪感。本来还有第四条,要在电视屏幕上展示伊拉克民众手捧鲜花夹道欢迎美军的镜头,可是这一幕并没有出现。但四条中已拿下了三条,美国公众心理已被这些"精神扳手"拧到了恰当刻度,"令民与上同意"的目的基本上达到了。这时,美国公众对战争中死人的问题已不像以往那样敏感了,觉得战争中伤亡一些人是可以接受的。所以,这次国务卿鲍威尔向美国公众明确表态说,战争毕竟是战争,伤亡在所难免。鲍威尔是老军人,他心里明白,过去宣传"零伤亡"其实是说了一句过头话,这次正好找到台阶,把调子降下来。美国公众对他的观点也默认了。应该说,美国这次对内宣传搞得比较成功。民意调查显示,有百分之六七十的美国公众认为小布什的开战决定是正确的,对他的支持率从战前的百分之五十五飙升至百分之六十七。

信息时代,借助无处不到、无孔不入的信息渠道,精心设计、制作或选择相关信息作为"精神扳手",把公众心理拧到适当刻度,以洪流般的视听冲击力去诱导公众之心随媒体的脉搏而跳动,这就是战略级信息攻心战的基本特征。

三

"摆平"了美国国内舆论,还得"摆平"世界舆论。面对世界舆论,美国摆开了战略级信息攻心战的大战场,它要用张扬美国战争意志的传媒信息去覆盖全球。这就是"构成冲突政治内容的战场外的战斗"。

在今天这样的信息化时代,将战争意志扩展到战场以外去,实现超越战场的战略目的,这是战略级信息攻心战的要义所在。一次局部战争的军事战场是一个"点",围绕这场局部战争在广阔空间内展开的宣传战、攻心战却是一个"面"。信息化战争的最高境界,就是要追求这种"点""面"综合效益的最大值。

老布什于1991年1月至2月打完海湾战争后,为了再次向伊拉克开战,美国针对世界舆论的战略级信息攻心战早已开始了。2002年,美国就新设立了一个直属白宫领导的"战略影响办公室",伊拉克战争爆发前更名为"全球宣传办公室"。它制订了一整套全方位展开信息攻心战的周密计划,反反复复向全世界宣传"萨达姆是暴君"、"伊拉克支持恐怖主义分子"、"伊拉克是邪恶轴心"、"伊拉克有大规模杀伤性武器"等等。

可是,美国要明火执仗用武力去吃掉一个主权国家,在世界舆论面前仍然遇到了极大阻力。为此,在伊拉克战争中,白宫和五角大楼的战争策划者们根据"信息战就是要控制信息领域,以便利用它去影响人"这一理论,对战地新闻报道作了超乎寻常的安排,允许约五百五十名记者(其中美国记者约四百名)对美英联军进行"嵌入式"采访。让这些记者登上小鹰号航母,或插入美英联军的某支作战部队,随军行动,报道伊战全过程。很显然,美国看准了信息化时代新闻传媒的巨大影响力,它要让这支庞大的记者队伍充当强大的"精神扳手",去影响世人视听,扭转世界舆论。

这次全世界"热播"伊拉克战争,在很大程度上也是由白宫和五角大楼通过这类大动作一手导演出来的。美国希望大家都来免费观看这场战争。看什么?看美军精确制导武器的厉害,看美国军事实力之强大,看美英联军进攻之神速,看伊拉克军队之不堪一击,看萨达姆之可悲下场,等等。在这股强大的"战场信息流"背后,蕴含着美国想要表达的战争意志:"谁还不服气?请看伊拉克!""谁敢与美国作对?请看萨达姆!"

美军现在每打一场战争,都要抛出一些新名词。这次抛出的是"斩首"与"震慑"。"斩首"是要斩萨达姆之首,"震慑"却是除了"震慑"伊军,还要"震慑"世界,这是美国战略级信息攻心战的战略企图所在。

据媒体消息说,美国国内每天晚上有百分之八十六的公众都在通过电视了解伊拉克战争。全世界每晚收看伊拉克战争电视转播的观众更是多达十几亿乃至几十亿。它完全证实了托夫勒夫妇和斯坦教授十多年前的预言:"明天的一些最重要的战斗将发生在舆论宣传战场上。"

美国针对世界舆论发动的信息攻心战,总导演是美国国防部长拉姆斯菲尔德,操作手是美军中央司令部新闻发布官布鲁克斯准将。美军中央司令部前线指挥所开设在卡塔尔首都多哈郊外的赛利耶兵营,下设美军前线新闻中心。布鲁克斯准将每天要在新闻中心召开一次新闻发布会,伊拉克新闻部长萨哈夫在巴格达也要每天召开一次新闻发布会,两人唱对台戏,展开新闻对攻战。开战后的头十几天,两人势均力敌。萨哈夫一夫当关,万夫莫开,天天妙语对敌,一出"空城计"唱得精彩纷呈。但巴格达陷落前夕,赤手空拳的萨哈夫终于抵挡不住,拍马而退,神秘消失。至此,只剩下布鲁克斯准将一个人唱独角戏,美军完全控制了战场信息发布权,以一家之言左右世界视听。

美军打信息化战争,"硬"的一手关键在于夺取战场控制权,"软"的一手关键在于夺取舆论控制权。美军为了控制舆论,各种手段都用上了。他们事先把美国国内一些"听话"的记者召至科威特沙漠中进行战地新闻报道培训,使之成为"骨干",为庞大的记者交响乐队领唱。在美军赛利耶新闻中心,记者席的座次既不按到达先后排列,也不按国别字母排列,而是按美军的战争意志排列。最靠近新闻官讲台的两把椅子,一把是美联社的,另一把是英国小兄弟路透社的。第一排有二十把椅子,德国电视台的记者提前将本台的座签贴在了第一排的椅子上,但这位记者一掉屁股,他贴好的座签已被移至二排,因为德国此次是反战国之一。有的媒体记者的提问比较尖锐,从此再也得不到提问的机会了。美国有位著名战地记者彼得·阿内特,过去因报道越南战争获得过普利策新闻奖,这次由于接受了伊拉克电视台采访,说了一些与美军战争意志不相符的话,立刻遭到美国NBC

电视台解雇。卡塔尔的半岛电视台播放了伊拉克审讯美军俘虏的图像后，美军新闻发言人明确警告说："我们对贵台播放美军士兵受审的图像表示失望，希望其他媒体不要仿效。"没过几天，半岛电视台驻巴格达记者站遭美军导弹袭击，一名记者被炸死。各国媒体中也有一些不同声音对美军不利，攻入巴格达市内的美军坦克悍然向各国记者云集的巴勒斯坦饭店开炮，用炮口同记者们对话，路透社和西班牙电视台各有一名记者丧生。这一严重事件遭到国际新闻工作者联合会和各国记者强烈抗议，但在美军强大的战争机器面前，这类抗议声微弱得不值一提。对此，连一位英国记者都看不过去了，他说，"美国只有在合适的时候才尊重国际法"。

美国的舆论宣传说是"软"的一手，到了关键时刻却很"硬"。像美军以强大实力夺取"制空权"、"制海权"一样，美国也在新闻场合蛮横地夺取"制舆论权"，以便用张扬美国战争意志的信息洪流源源不断地冲刷众说纷纭的世界舆论。

四

直接针对伊拉克军民的信息攻心战，是配合战场上的军事打击一道实施的，这是一种"软硬兼施"式的作战方法。

伊拉克战争中，美军的军事行动有一个突出特点，就是最大限度地追求军事打击的心理效应。无论是"斩首"行动，还是"震慑"行动，其战役企图都是为了"震慑"伊军，打垮伊军的精神支柱，迅速瓦解其战斗意志。这是蕴含在军事打击中的攻心战成分。除此之外，美军还有信息攻心战的全套专业本领。

伊拉克战争是2003年3月20日凌晨以"斩首"行动打响的，而在开战前的几天内，美军已对伊军将领们实施了一轮无声无息的心理轰炸。伊拉克战争爆发前两天，3月18日的英国《泰晤士报》就已登出一篇题为《先是邮件,后是导弹》的报道,第一句话就说:"美国对伊拉克的轰炸已经开始。"什么轰炸?心理轰炸。用的是什么炸弹?电子邮件、住宅电话、传真、传呼、手机短信息。《泰晤士报》的报道是这样描述的:"华盛顿将伊拉克高级指挥官作为目标,以高度的精确性和越来越高的频率向他们发送电子邮件、传真甚至呼叫他们个人的移动电话来向他们施加压力,敦促他们背叛或反抗萨达姆·侯赛因总统。"

美军实施这种心理轰炸,同样是仰仗它所拥有的强大信息技术优势,"在空中和太空一系列不同寻常的电子窃听平台的帮助下,美国人能够通过伊拉克主要军事指挥官的移动电话和电子邮件与他们交流"。这篇报道说,"据官方消息,这些谈话的反馈内容十分积极且令人振奋,它们表明,即使如共和国卫队这样的所谓精锐部队,也准备不战而降"。美国军方"已经了解(伊军)指挥官中有哪些将进行战斗,而哪些会很快倒戈"。这篇报道最后以威慑的口气说,在未来几天内,这种心理轰炸将让位于高度精确的导弹闪电战,它将是"战争史上打击最精确、最致命的空战的第一夜"。

美国蓄意通过英国媒体透露出这条来自美国的"官方消息",本身就是一颗超级心理炸弹,它足以离间萨达姆及其军队高官,在他们中间制造出猜疑、不信任等等恶劣气氛,引起种种思想混乱。

这篇报道透露出了一个重要的新动向:进入信息化时代后,无论军事打击还是攻心战术,都在走向"精确化"。军事战场已进入了精确打击时代,心理战领域也同样进入了精确攻心时代。过去心理战领域的大面积散发传单、广播喊话等办法,也和战场上的狂轰滥炸等"粗放型战争"的老办法一样,都将逐渐过时,代之而起的将是"精确型战争"的一套全新的攻心战办法。伊拉克战争中,美军虽然仍沿用了散发传单、广播喊话等老法,但它更注重的办法已是针对伊军将领中的一个个具体对象,有针对性地对他们逐个进行精确的心理轰炸,将一枚枚心理炸弹通过个人化的信息管道,直接导入攻心对象的内心。托夫勒夫妇在《第三次浪潮战争》中说:"有时对战争新闻进行适当的'编造',同摧毁敌人的坦克部队一样重要。"开战后,美军迅速对伊军展开了第二轮攻势强大的心理轰炸,这一轮使用的心理炸弹是一连串蓄意编造的假消息。"斩首"行动刚结束,立刻飞出一条消息说"萨达姆已经受伤","正在输血"。另一条消息说"萨达姆长子乌代已在一次内讧中负伤"。还有一条消息更惊人,"美军正在与伊军高级将领举行投降谈判"。在南线的巴士拉,有一条消息说"伊军第五十一师八千名官兵在师长、副师长带领下向美英联军集体投降"。另一条消息说"伊军十一师官兵在幼发拉底河附近与美军交火后投降",如此等等。至于对某些电视画面进行剪辑加工,更不在话下。人们随后从其他媒体的报道中陆续发现,美方抢先发布的上述消息,许多都靠不住。伊军五十一师师长迅速接受半岛电视台采访,否认投降之事。萨达姆4月5日又出现在巴格达街头。可是,美军蓄意编造的这些假消息一经出笼,立刻会使伊军官兵产生心理震荡,美军的攻心目的已经达到。即使伊拉克方面事后对某些假消息予以澄清或纠正,其负面效应却已无法挽回。

伊拉克战争中,美军还投入了专业的心理战部队。由美空军第一九三特种作战大队和美陆军第四心理战大队组成的心理战特遣队,从空中和地面对伊军实施了强大的心理攻势。心理战飞机除向伊拉克境内散发了几百万份传单外,还不停地从空中向伊拉克军民播放"倒萨"广播和电视节目。美军空投到伊军阵地和居民点的收音机只有一个频道,一打开就能听到美军心理战飞机上的广播,别的频道收听不到。美军心理战飞机上送出的电视信号,可以插入伊拉克电视台正在播放的电视频道播出。美陆军心理战特遣队员大多精通阿拉伯语,掌握有伊军指挥官的个人详细信息及联络方法,不仅可以向他们发送电子邮件,还可设法直接拨通他们的住宅电话与之交谈,有时甚至背着钱袋直接找上门去收买。有消息说(事后从美军前线总指挥汤米·弗兰克斯将军口中得到证实),不少巴格达伊军指挥官事前已被美军心理战特遣队员用金钱收买,他们有的"因病请假",有的自动回家,有的暗中帮助美军。由此可见,美军的信息攻心战连"金弹"、"银弹"都用上了。对于美军来说,这是一笔非常合算的买卖,打一发巡航导弹的代价超过一百万美元,"买断"一名伊军共和国卫队指挥官肯定用不了这么高的价格。就像中国古代军事家尉缭子所说的那样,美军此次不惜采取一切可以想象得到的手段,"使敌气失而师散,虽形全而不为之用",萨达姆对伊军的指挥控制已被彻底打掉。守卫巴格达的共和国卫队为何不战而溃,重要答案已经找到。战后,有的美军将领公开承认,从某种意义上讲,此次美军的攻心战效果超过了精确制导炸弹。

美军对伊拉克民众的攻心战,战前以威慑为主,战中以分化为主,战后以拉拢为主。战前威慑主要是利用伊拉克老百姓对海湾战争的"后怕"心理,宣传美军的强大、精确制导炸弹的威力等等,使他们感到自己国家根本没有能力打赢战争,彻底涣散伊拉克全民抗战的意志和决心。战中分化就是集中宣传萨达姆的种种"暴行",突出宣传美军是"解放者"而不是"占领军",从而软化伊拉克老百姓的敌对心理。美军公布的五十五张扑克牌通缉令,是分化策略的最后一个创造性杰作,它将萨达姆政权的核心成员从伊拉克官员和伊军军官队伍中分离了出来。被印在扑克牌上的五十五人天天被人捏在手里,对他们无疑是一枚杀伤力极大的心理炸弹,而对伊拉克其他官员则是一次心理解脱,可谓一箭双雕。战后拉拢就是给予人道主义援助、及时释放战俘、尽力恢复社会秩序、解除对伊制裁、重建伊拉克经济等等。战后的美国占领者将会竭力装扮出一副"立地成佛"的形象来的,它在战场上的全套本领,则又要藏到下一次该出手的时候再出手了。

伊军：未经抵抗的失败

一

伊拉克战争是一场非对称战争，美伊双方军事实力之悬殊，不可同日而语。伊军的失败，一点也不意外。可是，人们又觉得伊拉克军队不应该败得这么快、这么惨。

这个"认知误差"是怎么来的呢？一方面，人们对美军打信息化战争的实力和全新战法还认识不足。在此之前，大家对朝鲜战争、越南战争比较熟悉，觉得那时候的美军也不过如此。海湾战争，又觉得美军狂轰滥炸而已，它的"左勾拳"刚出手就停住了，地面进攻只打了一百个小时，说明不了太大问题。美军攻下阿富汗，更觉得塔利班军队本来就不是什么正规军，美军吃掉它也不算什么太大的本事。总而言之，对美军这只真老虎、铁老虎藐视有余，重视不足。另一方面，人们对伊拉克军队骨子里的痼疾也没有看透，总觉得按照伊军的实力，它应该能够抗一阵老美的，不至于打得如此窝囊，如此不堪一击。人们哪里知道，伊军骨子里的实际情况，同人们以往对它的印象相去甚远。

不错，伊拉克曾经是一个地区性军事强国，它曾经咄咄逼人、逞强好战，与伊朗一打就是八年，又恃强凌弱，悍然入侵科威特，让邻国畏惧，令世人侧目。但自从海湾战争战败以来，伊拉克已是危楼一座，这次又来一阵不叫"沙漠风暴"的风暴，眼看它嘎啦啦倏忽间就倒塌了。

美军打伊军，采取的是"三步法"：第一步，在1991年海湾战争中将伊军肋骨打断；第二步，通过十年制裁，将伊军核生化牙齿敲掉；第三步，2003年伊拉克战争开战前又利用"核查"将伊军手脚捆住，不让它得到战争准备的时间，然后突然开战，将伊军按倒在地，像打死狗似的打它。如此这般，还能指望伊军打出什么名堂？

二

1991年的海湾战争，对伊拉克造成的"外伤"加"内伤"，不是十年八年就能医治得好的。

"战败"这个词，无论对哪个国家都是一个十分可怕的字眼。在一场举国迎敌的战争中战败，即使尚未灭国，也好比一个壮汉被一顿重拳打倒在地，轻则身受重伤，重则气息奄奄。如果能得到长时间的医治和将息，幸免一死，还能慢慢坐起来自己吃饭，那就值得庆幸了。可是当他摇摇晃晃身子还没有完全站直，对方又立刻给他一顿重拳，他还能吃得消吗？战争要比这复杂，但道理就这么简单。

战败之伤伤的是一个国家的元气，这是极难恢复的。历史上的战败之国，往往几十年甚至上百年都直不起腰来，有的干脆从历史上永远消失了。指望伊拉克短短十来年就能医治好海湾战争留给它的战败之伤、之痛，没有的事。至少，只要萨达姆政权不倒台，美国就绝对不肯为伊拉克提供一粒医治战争创伤的"速效止痛丸"。

伊拉克在海湾战争中受了哪些"外伤"和"内伤"？

海湾战争，首当其冲遭到毁灭性打击的，当然是伊拉克军队。海海湾战争前,伊拉克总兵力达到一百二十万人(包括临时动员的预备役人员),拥有坦克约五千五百辆、装甲车约七千辆、大口径火炮约三千门、作战飞机约八百架。战败后,伊军总兵力锐减至三十八万人,仅存坦克约两千辆(且多为老旧型号)、大口径火炮约两千五百门、作战飞机约三百架。伊拉克全境五百五十个大中型军事目标、三十一个核生化相关设施,以及大部分机场、雷达、导弹发射系统、指挥通信设施,均被摧毁。据评估,战后伊军所剩军力已不足百分之五十。美国发动海湾战争,目标之一是要"砸烂"萨达姆的军队,这个目标基本实现了。战败十年多来,由于禁运、制裁,伊军的武器装备不但未能更新换代,而且连维修的零配件都无法得到,军力怎能恢复?即使有所恢复,又能恢复到什么程度?答案并不难找。

任何一支军队,都是靠本国的经济来支撑的。一场海湾战争,伊拉克的经济也遭到了毁灭性打击。它的基础设施百分之四十毁于海湾战争,以石油产业为龙头的工业生产陷于瘫痪,失业人口多达三百万,战争损失高达一千二百亿至两千亿美元。联合国的调查报告称,海湾战争使伊拉克经济回到了"工业化前时代"。国际绿色和平组织的调查报告更具体:伊拉克的通讯设施、炼油设施、交通设施均被摧毁百分之七十左右。发电厂全部遭到轰炸,其中百分之五十以上被摧毁。巴士拉地区的桥梁几乎全部被炸毁,幼发拉底河上的三十六座桥梁被炸毁三十三座。民用住宅炸毁约九千幢。战败后,伊拉克的经济和人民生活陷入了极端困难的境地,拿什么来为伊拉克军队"疗伤止痛"?战争毕竟不是游戏,战争更不是玩笑。萨达姆打两伊战争打了八年还不过瘾,又悍然出兵入侵科威特,看看吧,换来什么结果。

比"外伤"更难医治的是"内伤"。

萨达姆悍然出兵吞并科威特,在国际上道义尽失。国际舆论一致谴责,安理会连连通过决议,责令其速速退兵。萨达姆却死硬到底:"如果美国以为联合国最近一次投票会使我吓得发抖,那它就错了。"他以为,他这样出头硬抗老美,会在国际上赢得一片喝彩,其实大错特错。他出兵吞并一个主权国家,为天下公理所不容,国际舆论谴责之声愈加强烈。面对美国的"沙漠盾牌"计划,萨达姆甚至扬言:"打吧,打一千年也不撤!"天下从来没有靠说大话赢得战争的便宜事,"沙漠风暴"终于劈头盖脸地向萨达姆刮了过来,多达二十八个国家的军队参加了"沙漠风暴"行动。还有许多国家虽然没有参加"沙漠风暴",但也像躲瘟神似的躲着伊拉克,萨达姆在国际上已是"举目无亲",连一个公开的同情者都找不到了。一个国家的国际声誉,是一笔极其重要的战略资源,萨达姆却把它当儿戏了。

伊拉克国内的民心也涣散了。穷兵黩武,从来不是一个国家的福音。孙子说,"夫久兵而国利者,未之有也"。八年两伊战争打下来,伊拉克人民已是不堪重负。海湾战争又遭惨败,国家更是满目疮痍,经济凋敝,民生流离,前途渺茫。"久暴师则国用不足。夫钝兵、挫锐、屈力、殚货,则诸侯乘其弊而起,虽有智者,不能善其后矣。"久战即可如此窘迫,何况战败?孙子说的这些话,活生生画出了萨达姆的遭遇。伊拉克国内虽无"诸侯",却有什叶派穆斯林和库尔德人同萨达姆作对。战败之后,压抑已久的不满终于爆发了。先是南部、中部地区发生什叶派穆斯林起义,接着是北部三省库尔德人起兵。不久,甚至连萨达姆的两个女婿也背叛了他。这时的萨达姆,已成众叛亲离之君。

海湾战争战败之后,伊军的军心斗志也严重涣散了。伊军一向是萨达姆手中最大的资本,但海湾战争一败,军队的状况也成了他的一块心病。战后,在伊军撤退后的科威特阵地上发现了一本伊拉克士兵的日记,它具体真切地反映出伊军官兵的思想状况。他们对萨达姆当局的宣传产生了极大的怀疑,发觉入侵科威特根本上是一场错误的战争,"这是每个人都懊悔的战争","整个世界都在反对我们"。日记中反映,大批伊拉克士兵"不辞而别"了。海湾战争中,美军用巡航导弹和精确制导炸弹轰炸重要目标,而用B—52轰炸机对伊军阵地实施"地毯式轰炸",一片一片地覆盖。通常三架B—52为一组编队出动,在九千米高空平飞投弹,一个轮次轰炸,形成宽一公里、长三公里的高密度落弹区,掀起的浓烟烈火、滚滚沙尘遮天蔽日,其杀伤力加震撼力,使许多伊军官兵的战斗意志被炸垮了。一次,美军一架无人侦察机从伊军某阵地上空飞过,伊军几百名士兵从工事内拥出,居然向这架无人侦察机挥舞白旗投降,无人侦察机上的摄像机将这个场面进行了实时传送。伊军官兵在海湾战争中落下的这种心理恐惧症被带进这次伊拉克战争,它会产生什么样的结果,可想而知。

"战败"这粒苦药,一旦吞下肚去,极难消化。一个国家无论大小,在一场重要战争中被打趴在地,从此一蹶不振,这在古今中外的战争史上不绝其例。就在伊拉克所在的西亚这片土地上,历史上从古巴比伦帝国,到阿拉伯帝国,再到奥斯曼帝国,你来我往,交战不止。其间有多少争强好战的国家,由于一朝战败而走向了衰亡。萨达姆政权的灭亡,又在这片土地上增添了一个最新例子。

分析战败现象,我又想起了中国历史上的赵国。赵武灵王推行"胡服骑射"之后,赵国的军事实力在山东六国中曾是最强的,唯有它能"西抗强秦"。但在决定秦、赵两国谁主沉浮的长平之战中,赵国被秦国打败。长平一败,赵国当时虽未灭国,但国力已经耗尽,军队主力已被全歼,"四十余万尽杀之"。赵国北面的弱小燕国,过去一直受赵国的欺负,长平之战过去五六年之后,燕王派相国栗腹到赵国去打探虚实。栗腹到赵国境内一看,战败后的一片凄凉景象仍然历历在目,大批战争孤儿尚未长大成人。他回去向燕王报告说:"赵氏壮者皆死长平,其孤未壮,可伐也。"于是燕王"举兵伐赵"。虽然燕国吃不掉赵国,但赵国不久就被秦国灭掉了。

伊拉克在海湾战争中战败后,虽然被它欺负的南方小国科威特无力"举兵伐伊",但在这次伊拉克战争中,萨达姆政权终于被美国灭掉了。

三

　　从战败到灭国,从来只差一步之遥。

　　海湾战争战败之后,萨达姆还没有喘过气来,美国立刻又给他端上来一道大菜:闷罐子炖肉。什么意思?曰:十年制裁。十年制裁下来,一罐上好的"伊拉克牛肉"已被焖得烂熟,味道好极了。

　　美国用慢火炖这罐"伊拉克牛肉"时,是往罐子里加进了各种作料的。除了忘记放糖,别的都放了,麻的、辣的、苦的、毒的,都有了。而且一味一味的味道都很足,叫你萨达姆慢慢消受吧。都是先由联合国开出方子,由美国来下药。

　　一曰"禁运"。美国敦促联合国作出决议,禁止世界各国与伊拉克发生经济贸易往来,困死它、憋死它。加入对伊禁运制裁的国家多达一百一十个。禁运制裁在海湾战争爆发前就开始了,伊拉克战败后不仅没有取消,反而进一步加强。可以想象,那些年,萨达姆过的是什么日子。小偷的日子,瘪三的日子。只能偷偷摸摸搞点贸易往来,生怕被发现后加倍惩罚。只能在国际上乞讨"人道主义援助",低三下四、威风扫地,苦了。一切军事装备、军用物资或可用于军事目的的物资和设备,都在禁运之首。十年禁运,对伊军的影响是显而易见的。

　　二曰"赔款"。不仅要给科威特战争赔偿,而且要对所有因伊拉克入侵科威特而遭受损失的外国政府、国民和公司给予赔偿。不仅要赔偿直接损失,还要赔偿"环境损害"和"自然资源损耗"。不要急,还有。销毁伊拉克的核生化武器和射程超过一百五十公里的导弹要花钱,这笔钱由伊拉克自己掏。战后要重新划定伊拉克和科威特国界,这笔费用也由伊拉克承担。联合国对伊拉克北部库尔德人给予了人道主义援助,对不起,向伊拉克政府收费。这些都是联合国的决议,掏钱吧。没有钱?查账。查到伊拉克有十亿美金被冻结在国外银行里,没收,先拿来抵账。再拿不出现钱了?好办,用伊拉克石油出口收入来抵偿战争赔款和相关费用。历史上的战败国,都是这样赔款掏钱的,你萨达姆也不用叫屈。这叫什么?这叫战败的代价。伊拉克牙缝里的钱都被刮走了,哪里还有钱用来恢复军队?

三曰"禁飞"。在伊拉克南部划定一个"禁飞区",保护南方什叶派穆斯林;在伊拉克北部划定一个"禁飞区",保护北方库尔德人。伊拉克的部队和飞机不得进入"禁飞区"。萨达姆开始不买账,什么"禁飞区",都是伊拉克自己的领土领空,不让进偏进。老美先是警告他:老老实实地把部队从"禁飞区"撤出去,否则绝对不会有你萨达姆好果子吃。萨达姆又是死硬,不撤。好啊,炸!几年内,美军对伊拉克实施了十多次"外科手术"式打击,只要发觉伊拉克境内哪儿有一点异常动静,炸弹立刻就来了。到底把伊军炸出了"禁飞区"。这叫什么?这叫屈服、屈辱。

四曰"拔牙"。你萨达姆不是西亚的一只虎吗?美国下决心要"虎口拔牙"了,要把萨达姆嘴里的"核生化牙齿"拔掉。联合国有决议,先派核查小组进去严查,翻箱倒柜地查,兜底查,查它个底朝天。除了严查核生化武器,美国也想顺便熟悉一下伊拉克境内的地形地物什么的,再翻翻伊拉克究竟有多少家底,以便心里有数,知道以后该怎么收拾它。一次,联合国武器核查小组得到伊拉克叛逃科学家提供的情报,直奔伊拉克劳工部大楼,查到几箱子绝密材料。里面有负责研制核武器的有关人员档案、从西方购买相关设备的清单、核武器工程设施的具体地点,等等。核查小组居功至伟,美国心花怒放。据报道,查出的浓缩铀原材料"足够生产四十枚广岛级原子弹",统统被没收,运出伊拉克[①]。查到与研制核武器相关的研究所、实验室、工厂、仓库、基地几十个,统统勒令摧毁、拆除。参与核工程的科学家名

---

① 但查到的这些东西都不是"武器",媒体的这类报道也有夸大。后来,联合国武器小组负责人布利克斯说,美英两国为了对伊拉克开战,故意破坏他领导的核查工作,对有关"证据"夸大其词,甚至将伪造的"购铀"情报作为开战"理由",这是"非常、非常站不住脚"的。

单被一一记录在案。查获的生化毒剂、化学弹头、射程一百五十公里以上的导弹统统销毁。"拔牙"拔得萨达姆满嘴鲜血淋淋,他被拔掉的何止是一颗牙,满口牙都被敲得差不多了。这叫什么?这叫"没有牙啃"。

战败之痛,是剧痛、巨痛、长痛。伊拉克承受战败之痛的过程,就是美国要焖烂这罐"伊拉克牛肉"的过程。

四

最后,让我们回到伊拉克战争的战场上,直接从伊军的作战行动中看看它的败因。先要设定一个上限:我们在这里分析的,不是说伊军应该在这场战争中取胜而它为何没有取胜。伊军无论如何做不到这一点,我们不分析这个。我们要分析的是伊军在这场亡国之战中,为何没有打出一点殊死抗战的壮烈场面来,没有打出一点屡败屡战的悲壮色彩来,也没有打出一点虽败犹荣的巴比伦精神来?

兹择其大要而浅析之。

伊军的战备工作极不充分,打了一场"无准备之仗"。毛泽东军事理论中有著名的"十大军事原则",其中一条就是"不打无准备之仗,不打无把握之仗"。对于伊军来说,"把握"二字已无从谈起,就说"准备"二字吧。想想吧,直到开战前的最后一刻,联合国武器核查小组还在伊拉克核查呢,核查的内容大多与伊军有关,不知道哪一天查到哪个单位,整天东藏西躲,穷于应付,伊军哪里有时间集中精力作好迎战准备?在美军的作战指导原则中,恰恰有一条"在敌方作好充分战斗准备之前尽快与之交战"。美军地面部队为何急着要向巴格达推进?这也是重要原因之一,它决不让伊军得到准备的时间。人们从电视镜头里、战地记者的文章里都能看到,美军攻占巴格达后,大街上居然见不到伊军一个像样的街垒,看不到一点伊军组织城市防御的痕迹,伊军打的是什么首都保卫战啊!巴格达是最重要的战略目标,是伊军整个防御的核心,可是巴格达连最基本的城市防御部署都没有,靠萨哈夫一个人在前台唱了一出"空城计"。那些天,全世界的目光都投向了巴格达,都在等着观看伊军上演一出精彩激烈的"斯大林格勒保卫战"式的巴格达保卫战呢,对不起,让各位大失所望了,退票吧。伊军这种无准备状态,暴露出来的是一个国家、一支军队无药可救的败象,很可怕。问题出在当局,出在上层,出在萨达姆。人们不禁要问,如果压根儿就不想打这一仗,那么开战前为何不尽最大努力从外交上去求和避战呢?如果是铁了心决一死战,那么又为何不全民动员作好战争准备呢?这是两种必然的选择,二者必居其一。可是,人们看到的伊军实际情况,这两条哪一边都不沾,岂不怪哉!这只能说明,萨达姆的心境已是破罐子破摔,既不肯退让,也无心备战,对国家和人民采取了极不负责的态度。萨达姆政权,该灭亡了!

伊军军心不固,更是一条致命的败因。经历过海湾战争的许多伊军官兵,已被美军打怕,余悸未消。这一次,萨达姆又是"不知军之不可以进,而谓之进",更令"三军既惑且疑"。官兵们都知道这一仗肯定打不赢,硬打无异于送死,但为什么还要打?心里不明白。这种精神状态,怎能迎敌?战争动员也没有好好搞,也来不及搞了。打仗是要死人的,故"气可鼓,而不可泄"。军心动摇,肯定一击即溃,这没有什么好怀疑的。看吧,刚一开战,就有一个消息传出来,防守巴士拉的伊军第五十一师集体投降。还有消息说,有的伊军官兵为了向美军投降,竟开枪打死前去参战的阿拉伯志愿者。更有望风而逃,"脱下军装自动解散回家"的。看过海湾战争,再看这次伊拉克战争,伊拉克军队的战斗意志力是比较差的,经不起打硬仗、打恶仗的折腾。过去很多人把伊军说得如何如何,言过其实,远不是那么回事。

伊军的作战思想也严重落后僵化。国外有的评论一针见血地指出,伊军的作战思想还是学的前苏军的那一套,已明显落后,但这只是外因。还有内因,恐怕与萨达姆长期专制有关,伊军各级指挥员毫无创造性。仅举一例,3月26日共和国卫队曾利用沙尘暴组织了一次反突击,选定的攻击目标是左路孤军突进到卡尔巴拉地区的美军第七装甲骑兵团。按照以往苏军的机械化作战理论,反突击作战是防御一方从被动中争得主动的重要战法之一。伊军选择孤军深入的美军第七装甲骑兵团实施分割围歼,应该说是抓到了一个难得的歼敌机会,本来是很想露一手的。但伊军忘了,它照搬的是旧理论,面对的却是新一代战争。整个战场从前沿到纵深都在美军的"信息笼罩"之下,伊军的一举一动美军都能及时发现并作出快速反应。可是,伊军反突击主力居然动用上千台车辆从巴格达浩浩荡荡向卡尔巴拉方向开去,另一路浩浩荡荡向库特方向开去。在没有任何空中掩护的情况下,这种浩浩荡荡分头出击的战法,不是给美军的空中打击当活靶子吗?结果,不但没有吃掉敌人,两路部队都被美军在半路上炸瘫,很快就无声无息、无影无踪。同一天,伊军还在北线发射了五十一枚导弹打击美军空降部队。这等于同时伸出三个拳头打人,由此不难看出伊军统帅部已经"抓瞎",不知道该把防御战役的重心放在哪里才好。国外的评论不说伊军说俄军:"伊拉克战争给俄军上了一堂军事课。"相信俄军将领们看了也会感触良多。

　　伊军的武器装备严重落后更不必说了。伊军原有的那点武器装备,在海湾战争中已被美军打得缺胳膊断腿。武器装备全面落后的"代差",在无情的战场检验下暴露无遗。当然,伊军手里也不是一件先进装备都没有,但伊军士兵素质低,有了先进装备也不会用。海湾战争中就有这样的笑话:伊军士兵不会操作坦克上的激光瞄准仪,干脆将它拆掉,改用老式光学瞄准镜。入侵科威特时,伊军曾从科军手里截获过美制"霍克"防空导弹,但伊军官兵围着它转、看,不知道怎么操作,一点用场都没有派上。

　　除了上述种种败因,新闻宣传的单向透明,也使伊军在世人面前毫无"露脸"的机会。新闻宣传本身就是信息化战争的重要内容之一，美军仰仗它的信息优势，大张旗鼓地宣传美军的作战行动，全力封锁、覆盖、淡化对美军不利的各种消息。因此，交战双方的战斗表现在新闻报道上极不对称。人们根本看不到伊军顽强抗敌的正面报道，这方面的电视画面一点都没有。但尽管如此，人们还是能够从大量新闻报道的字里行间，判断出伊军有的部队、有些战斗打得不错。哀军之败，也不排除某些局部战斗可以出彩。伊军打得最好的是南方战区。乌姆盖斯尔、巴士拉、纳西里耶、纳杰夫等地均有"激烈战斗"。乌姆盖斯尔是伊拉克南方的深水港，美英联军攻了一个星期才攻下。巴士拉是伊拉克南方重要门户、全国第二大城市，伊军坚守二十余天城池未失。尤其是纳西里耶保卫战，打得相当不错。纳西里耶在巴格达以南约三百公里，位于南北公路干线和幼发拉底河交汇处，是南方通往首都巴格达的咽喉要冲，战略地位十分重要。在美英联军发起地面进攻后的最初十多天内，不断有美伊双方在纳西里耶激烈交战的消息传出。3月24日，纳西里耶的伊拉克守军打了一次漂亮仗，击毁美军装甲车数辆，歼敌一部。在那次战斗中，美军自己通报阵亡十人、伤二人、失踪一人，伊方通报的数字比这大得多。不要小看这个数字。即使按美军自己通报的伤亡数，截至4月6日，伊军在纳西里耶歼灭美军的数量，占到美军在伊拉克战争中全部伤亡数的三分之一。有的外电评论说："从伊拉克军队在纳西里耶抵抗美军的现实看，伊军还是有相当战斗力的。"须知，在信息化战争中，尤其是在美伊双方武器装备相差悬殊的情况下，像纳西里耶这样一个首都外围战略要点，能为滞迟敌人进攻速度争得十余天时间，已是难能可贵了。可惜，我们能见到的关于纳西里耶保卫战的详细报道太少了。

巴格达：不设防的首都

一

巴格达陷落得如此快速而"简单"，不仅出乎常人预料，也令中外许多军事家们始料不及。在今后较长一段时间内，小布什和拉姆斯菲尔德，五角大楼的谋士们，指挥伊拉克战争的美军将领们，都将醉心于他们用新军事思想导演出来的这场"精彩演出"。

我们的问题仍然是：如何从军事上看懂它。

信息化战争的完备形态是数字化战争。拉姆斯菲尔德竭力推行的"数字化战争"新理论，用美国人自己的话来概括，就是要"将缓慢而庞大的军队转变成一支轻便但迅速而精确的部队"。

虽然由于借道土耳其受阻，也由于战局发展太快，美军第一支数字化部队第四机步师没有来得及在伊拉克战争中得到全面检验，但来源于"数字化战争"理论的"精干、精确、快速"的作战指导思想，却在伊拉克战争中得到了比较充分的贯彻。美军依仗强大的制信息权，在作战行动中特别强调"抓住要点，直取要害"，自始至终把"打首都、打首脑、打中枢"作为战役重心，作为贯穿全部作战行动的焦点。

伊拉克的要害：巴格达。

巴格达的要害：萨达姆。

萨达姆的要害：控制力。

归纳：打巴格达，打萨达姆。

五角大楼和美军将领们正是根据这样一个作战思路来导演伊拉克战争的，更是按照这样一个作战思路来攻打巴格达的。

二

巴格达迅速陷落，老美心中那份得意自不必说。在一旁作壁上观的俄国将领们，却看在眼里，酸在心里。这些昔日美军的老对手们在吞下这粒酸葡萄之后，也不得不承认"美军在伊拉克演练了全新战法"。英国联合特遣部队司令、空军中将布赖恩·伯里奇也不无醋意地说，美军攻打巴格达的战术，其实同他指挥的英军在巴士拉采用的"撼树"战术差不多。也就是说，萨达姆政权是一棵树，美军的战法是使劲摇动它的树干，使树上的果子纷纷落地。一树果子，一只一只去摘多么费事，使劲摇动树干使满树果子纷纷落地，又快又省事。美军这种新战法的精义就是"抓住要点，直取要害"，不在枝节问题上纠缠。伯里奇最后换成赞扬的口吻道："美军向巴格达的进攻不同寻常，历史学家和其他方面的学者将要花几年的时间对它进行研究，而且也将成为军校学员的必学战例。"

伊拉克之"树"就是萨达姆，巴格达之战就是要伐倒这棵"树"。

信息化条件下的这种新战法，超越了传统作战的思维模式，将"循序渐进"的程序倒置过来，以"点穴"、"穿刺"等作战行动，先攻要害，后及其余。它强调，初战就要对敌实施"决定性打击"，以收"敲其一点，震其全局"之效。伊拉克战争中，美军贯彻这个全新作战指导思想非常坚决，自始至终，一以贯之，绝不动摇。

先看空袭——首炸巴格达，首炸萨达姆。一开战，它奏出的第一声就是这场战争主题曲的最强音：闪电式突袭巴格达。突袭名称："斩首"行动。突袭目标：萨达姆居所。突袭武器：巡航导弹、F—117隐形轰炸机、精确制导炸弹。突袭企图：一举炸死萨达姆。假如这次"斩首"行动能够达到预期目的，那么，美军将在战争史上开创一个"奇迹"：一场战争刚刚开始，便已宣告结束。小布什为伊拉克战争规定的目标有三项：推翻萨达姆政权、解除伊拉克武装、销毁大规模杀伤性武器。这三条，核心是搞掉萨达姆。如果能将萨达姆一举炸死，那就"毕其功于一炸"，其余两条也就迎刃而解了。可是萨达姆命大，侥幸逃过了美军对他实施的第一次"斩首"行动，又在电视上公开露面。萨达姆的这一"挑衅"行为，直逗得美军心恨牙痒，运用空中、地面、卫星、特工等各种手段，紧锣密鼓地搜寻他的行踪。4月7日，忽然有一个情报传到美军中央司令部：萨达姆又在一所房子内召集高官们开会。中央司令部立刻派出一架B—52轰炸机，向这所房子投下四枚重磅炸弹。可是萨达姆这只老狐狸太狡猾了，他让凶猛无比的美国猎鹰又一次扑空。不过，萨达姆此次挨炸之后，终于"神秘消失"了。从4月7日挨炸之后巴格达战局迅速发生变化的情况来看，萨达姆至少已失去了对伊军的指挥控制能力。这样，美军穷追猛炸萨达姆的主要目的也算基本上达到了。

再看地面进攻——且战且进，日夜兼程，把进攻矛头直指巴格达。地面进攻是3月21日开始的，美军从南部越过科伊边界，英军在法奥半岛登陆上岸，先在乌姆盖斯尔、法奥一线发起攻击，尔后沿着巴士拉——纳西里耶——巴格达这条由南向北的进攻轴线，兵分两路，向北推进。但美英联军不是步步为营式地逐点推进，而是坚决贯彻"直取巴格达，穷追猛打萨达姆"的作战企图，不管沿途各个要点打得下打不下，统统先作"扼要处理"，主要兵力坚定不移地向北快速前插。右路美陆战一师还没等攻下南方重镇巴士拉，便将这块硬骨头甩给了英军第七装甲旅，它自己则绕城而过，迅速向北推进。左路的美军第三机步师越过科伊边界后，其先头部队以每小时四十公里的速度向北挺进，不到一天已突进二百公里，很快插到了纳西里耶一线。伊军在纳西里耶的抵抗很顽强，战斗打得很激烈。但同样，美军只留下海军陆战队继续攻打纳西里耶，第三机步师主力则抽身北去，继续挺进巴格达。

其间，由于乌姆盖斯尔、巴士拉、纳西里耶等地的伊军抵抗比较顽强，战斗较为激烈，又遇上沙尘暴，美国补给一时跟不上，美军前线指挥官中曾一度出现过"暂停进攻"的呼声，以便"进行休整、重新部署和等待增援"。有些人希望等待装备最先进的第四机步师到达后再继续进攻。但是，五角大楼和美军高层决意要把"直取要害"的作战指导思想贯彻到底。小布什在与国防部长拉姆斯菲尔德、参联会主席迈尔斯、前线总指挥弗兰克斯等人磋商后明确表示："不能停顿"，要"继续把注意力集中在攻打巴格达上"。中国古人说："夫战，勇也，一鼓作气，再而衰，三而竭。"战争没有休止符。不能停，不能等，接着打。美军第三机步师、陆战一师，以及稍后从西线加入战斗的第一〇一空中突击师，也包括英军的部分兵力，都"不停顿"地直插到了巴格达。插得最快的第三机步师所属第七装甲骑兵团，三天内穿越七百公里沙漠地带，跨越幼发拉底河，插至距巴格达七十余公里的卡尔巴拉地区，出尽了风头。

美军向巴格达推进速度之快，让有些国外媒体已找不到规范的军事用语来形容，连连惊呼："美军狂奔巴格达！"

三

美军的巴格达攻城战，完全不同于传统意义上的攻城战，它采取的是"万军阵中直取萨达姆首级"的战法。没有以绝对优势兵力将巴格达四面包围，没有实施长时间围困来"围以待变"，也没有发生残酷惨烈的巷战，只在萨达姆国际机场打了稍许像样的一仗，为攻城部队开辟了一条空中通道,以便于运送作战物资和伤员,也便于后续部队装备人员可以从空中走廊直接进入巴格达市区。

巴格达攻城战,好比一场形式新颖的大型演出,大幕一拉开,连主持人都不用,报幕、序曲统统免了,三下五除二,直接进入了主题,几辆美军坦克已经开到了巴格达市中心。又一眨眼工夫,美军已经占领了萨达姆总统府。全剧几乎没有"高潮",简约得只有一句台词:寻找萨达姆,逮捕萨达姆,炸死萨达姆!

请看巴格达攻城战的主要经过:

4月4日,美军占领巴格达萨达姆国际机场;

4月5日,美军第三机步师攻进巴格达市内"心脏地带";

4月6日,美军开进巴格达市区;

4月7日,美军在萨达姆官邸内升起美国国旗,萨达姆总统府成了美军指挥中心;

4月8日,美国国防部长拉姆斯菲尔德宣布萨达姆已失去对伊拉克的控制;

4月9日,美军坦克开进巴格达中心广场,美军士兵爬上坦克,升上托架,将钢索套上萨达姆铜像脖子,然后坦克发动,轰然一声将萨达姆铜像拽倒,围观的巴格达市民有的欢呼、有的哭泣。

4月10日,伊拉克驻联合国大使杜里面对蜂拥而上围堵逼问的新闻记者,向世界宣布道:"游戏结束了!"

短短六天,倏忽之间,巴格达陷落了,萨达姆及其高官们"集体消失"了,伊拉克政权"消亡"了。

"其亡也忽焉"。

四

至少有两个问题是无论如何必须回答的：一、美军为什么能够这么"狂"？二、伊拉克为什么败得这么惨？

这里先回答第一个问题。第二个问题将放到后面专门谈。

美军为什么能够这么"狂"？

简言之，美军靠的是打信息化战争的实力和技术。有了打信息化战争的实力和技术，它就敢于在战场上呼风唤雨，毫无顾忌，横行无阻，"欺人太甚"。对此，伊军毫无办法，因为这是一场非对称战争。

美国的军人和非军人，都对中国的《孙子兵法》佩服得五体投地。他们对孙子"不战而屈人之兵"这句话，更是奉若圣谕。但东方文化追求的"境界"和西方文化注重的"实用"之间，永远隔着一层难以捅破的纸。在孙子看来，百战百胜的将领，勇则勇矣，功莫大矣，但从"谋"的角度讲，或者说从东方人的军事文化视角看，其实并没有达到最高境界。不过，东西方军事文化之间的这种差异，并不妨碍今天的美国将领们对《孙子兵法》的"活学活用"。伊拉克战争中，美军将孙子的"不战而屈人之兵"学说成功地转换成了"巧战而屈人之兵"的实用战例。

孙子说："上兵伐谋……其下攻城"，故"攻城之法，不得已"。意思是说，最高明的办法是"不战而屈人之兵"，攻城战是下下策，是实在没有办法的办法。美军有了打信息化战争的实力和技术，便要从"没有办法的办法"中找出新的办法来。

美军找到了什么新办法呢？猛一看，美军这次攻打巴格达的攻城战法，竟是从中国另一本古代兵书中一字不差地抄袭来的。《三十六计》中写得明明白白："第十八计，擒贼擒王。"它源自杜甫《前出塞》中的一句诗："射人先射马，擒贼先擒王。"在东方文化中，诗的最高境界和军事斗争的最高境界是相通的。此"擒贼擒王"之计,全文只有两句话,共十八字,兹照录如下:"摧其坚,夺其魁,以解其体。龙战于野,其道穷也。"一曰"摧其坚",美军将伊拉克共和国卫队炸得落花流水;二曰"夺其魁",美军穷追猛炸萨达姆;三曰"以解其体",美军将伊军共和国卫队打得不战而溃,将萨达姆政权高官们打得"神秘消失";四曰"龙战于野,其道穷也",伊军已被美军打成"斩首"之"龙",其"道"怎能不"穷"?

当然,这段饶有兴味的插话,并不能代替我们对美军打信息化战争能力的分析。

美军有哪几手比较厉害?

一曰"知"。孙子曰,"知彼知己,百战不殆"(《孙子兵法·谋攻》),他将"知"放在兵法要义的第一位。知,知道。将"知"译成现代军事用语就是"信息"。凡能悟透军事奥秘的人,往往都是从问题的本源处着眼,一步一步往前想问题。美国前国防部长佩里是斯坦福大学工程学院教授出身、技术制胜论的代表人物之一,他在谈到信息化战争时曾说:"信息技术解决了士兵们几个世纪以来一直要解决的问题,这就是:在下一座山的后面有什么?"可不是吗,古往今来,作战的士兵们一直希望能看到敌方更多的情况。古代的瞭望台,后来的望远镜,再后来的高空侦察机,今天的侦察卫星,不都是为了达到这一目的吗?它反映了这样一条基本原理:对敌方的情况知道得越多,战场的主动权就越大,胜利的把握也越大。过去林彪讲过一句话,当战场上枪声大作,双方都被火力压得抬不起头来的时候,谁敢先直起腰来看清对方情况,谁就能占得主动,把仗打胜。上了战场被"蒙在鼓里"的人,等着挨揍吧,脑袋掉了还不知道怎么掉的。美军的新军事革命,第一位的目标就是要构建信息优势,夺取信息制高点,以取得战场上的制信息权。我们不能不承认,如今美军已拥有超一流的"战场感知能力"。此次巴格达攻城战,美军在太空中有几十颗卫星在转,头顶上有各种侦察机在不停地飞,地面上还有特工在到处钻,把伊军的情况看得一清二楚。美军自己能看到,叫伊军看不到;美军自己能听见,叫伊军听不见。萨达姆刚一动弹,巡航导弹说来就来了。麦地那师刚要反突击,就被一阵狂轰滥炸就地炸瘫。

二曰"高"。军事上自古以来讲究"高"、追求"高"。坚守"高地",夺取"制高点",拥有"高技术"。双方交战叫"比高低",决出胜负叫"见高低"。谁"高"谁主动。意大利军事理论家、"制空权"首倡者杜黑,早在第一次世界大战时就曾预言"空中战场将成为决定性战场",他的这一理论正在得到越来越多的实战证明。美军空军空间司令部司令兰斯·洛德上将,最近不无得意地发表了一篇文章《美国努力保持在军事太空中的绝对优势》,他认为这个领域是美军占领的"绝对高地"。"善攻者,动于九天之上。"(《孙子兵法·形篇》)。美军从太空"看"伊军,一览无余,什么都看到了。美军从空中打伊军,好比老鹰抓小鸡,攻击的主动权始终都在老鹰手里。这就叫"天壤之别",军事上称"代差"。美军打的是高技术战争,美伊武器装备差了不止一代。美军地面部队为何敢于长驱直入,直插巴格达?因为美军对伊军的布防情况看得很清楚,伊军的防御体系哪里兵力多、哪里兵力少、哪里该猛炸、哪里能通过,它基本上都有数。美军坦克冲进巴格达市中心,为何如入无人之境?因为美军把伊军隐藏在清真寺内的一辆辆坦克都侦察出来了,该炸的都炸得差不多了,它知道伊军不会有多大抵抗能力了。

三曰"炸"。有一条最基本、最重要的军事原则叫做"保存自己,消灭敌人"。"保存"与"消灭"之间,关键在火力。想尽办法躲避敌人的火力,尽最大可能发扬自己的火力。美军攻打巴格达火力之猛、之准,不仅足以"震慑"伊军,而且足以"炸瘫"、"炸散"伊军。战前普遍认为,布防在巴格达外围的伊拉克共和国卫队战斗力很强。正因为它战斗力强,才成为美军的重点轰炸目标。巡航导弹和精确制导炸弹猛烈轰炸之后,再用阿帕奇武装直升机对地面剩余目标进行补充打击。据美军对伊拉克共和国卫队轰炸效果的评估分析,经过多轮猛烈轰炸之后,其所剩战斗力已不到百分之二十,八百辆坦克只剩下十八辆,五百门大炮只剩下约五十门,有的师"甚至已经组织不起一个营"的兵力。麦地那师、巴格达师、尼布甲尼撒师等"王牌"部队,都是这样被歼灭的。死的死了,伤的伤了,被炸昏的醒过来也乱了、散了,投降的投降了,逃命的四处逃命去了。战场上一旦失去组织指挥,情况可想而知,瓦解、溃散、变节、逃亡,兵败如山倒啊!4月7日,伊拉克电视台和电台宣读了萨达姆的一个声明,命令失散的伊拉克士兵就地加入伊军其他部队继续战斗。内行人一听,坏了,这是个"不祥之兆"。它至少说明三点:一是伊军部队都被打散了,剩下些散兵游勇了;二是萨达姆的指挥系统已被打掉了,他只能借助电视台和电台"喊话"了;三是伊拉克大势已去矣,巴格达陷落指日可待了!同日,另一条消息说,伊拉克宣布自即日起对巴格达实施宵禁,说是"以便调动部队,抵抗联军"。这条消息的味道更不对了,如果伊军早几天宣布宵禁,人们反倒不会产生任何疑问,到了这个时候才突然宣布宵禁,说明事情已经不妙,伊拉克高官们要准备他们自己的"后事"了。果不然,他们就此"集体消失"了。

四曰"精"。"韩信将兵,多多益善",那是冷兵器时代的观点,那时人海战术还有点用处。现在信息化时代,治军打仗追求一个"精"字。这里说的"精",主要是指美军精确制导炸弹之"精"。自古以来,无论什么武器、什么火力,都以命中目标为唯一目的,以追求命中精度和命中率为至高要求。可以这样说,在信息化战争中,各种电子装备可以使作战部队做到"看得远、早发现、先开火",这些固然都是优势,但所有这些优势最终都必须落实到"打得准"这一点上,才能使这些先进装备都转化为"杀伤力",最终把优势转化成胜势。因此,美军这些年大力发展精确制导技术,大量使用精确制导炸弹。天上有全球卫星导航定位系统(GPS),飞机、坦克上装有瞄准制导雷达,炸弹、炮弹头上装有导引头,卫星制导、雷达制导、红外制导、激光制导,各种手段配合使用,一炸一个准,杀伤力成倍提高。为什么在1991年的海湾战争中,美军空袭三十八天后才发动地面进攻,而在这次伊拉克战争中美军将空袭和地面进攻几乎同时开始？原因之一,海湾战争时美军使用的精确制导炸弹还不到百分之十,这次已经上升到百分之六十八,有的分析资料说是上升到了百分之七十至百分之八十,轰炸效果大大提高了。

五曰"诈"。这里说的"诈"与"兵不厌诈"之"诈"稍有不同。"兵不厌诈"之"诈",主要是以己方"示假隐真"的欺骗行动去迷惑敌方。这里说的"诈",是指美军此次对伊军大打心理战、攻心战。战前,中央情报局派出许多特工;战中,美军空投下特种部队。他们潜入巴格达窃听、刺探、策反、核实并指示目标。有一条消息说,战斗一打响,美军立刻给伊拉克的将领和要害人物发送大量电子邮件和手机短信,大做"个别工作",进行策反心理战。越来越多的消息透露,巴格达守军败得如此迅速,同伊军高层和共和国卫队中有人投敌叛变有关。美军还充分利用传单、电视、广播等手段,向伊军士兵和巴格达市民大量播送"倒萨"内容,大力宣传美军的精确制导炸弹如何如何厉害。我们从电视里可以发现,有些镜头是提前把摄像机对准了目标,立刻就有一颗精确制导炸弹落下来,正中目标。美军中央司令部新闻发布官布鲁克斯准将,每天都要发布一批检验轰炸效果的卫星照片,一边是轰炸前的照片,另一边是轰炸后的照片,两相对照,一目了然。一来二去,伊军的军心就这么被动摇了。

六曰"网"。美军最高、最新的一手,是将上述种种能力都联成"网"。各种技术手段的联网、融合,是它们单个能力的倍增器。美军布下的这个"网",名字叫做"C^4ISR系统"。四个"C"分别是command(指挥)、control(控制)、communication(通信)、computer(计算机),后面是information(情报)、surveillance(监视)、reconnaissance(侦察)。古人说布下"天罗地网",有点那个意思。现在,美军又在研究要往"C^4ISR系统"中再嵌入一个"K",将它进一步发展成"C^4KISR系统"。"K"是英文"kill"(杀伤)的词头。这一步一旦实现,那就实现了从决策指挥直到杀伤兵器的全程联网。不过,据说伊拉克战争中美军的数据链也暴露了不少问题,需要改进。但美军打信息化战争的这一套最高手段,将"打一仗,进一步"是肯定无疑的。

如此这般,伊军怎能不败?巴格达怎能不失?萨达姆怎能不倒?伊拉克怎能不亡?不仅巴格达之战的结局并不意外,而且伊拉克战争的结局也是早就确定了的。当然,美军有其长,必有其短。伊军没有能力制其短,不等于美军的所有对手都不懂得在作战中避其所长,攻其所短。

看懂伊拉克战争,看出美军打信息化战争的一些门道,看清巴格达陷落之"谜",这不叫"长别人威风,灭自己志气",而叫"知己知彼",这是古今兵法第一要义。

毛泽东有一句名言,好久没有人讲了,我今天倒是想起来了。他说,美帝国主义是纸老虎,但它首先是真老虎,它是要吃人的。因此,战略上要藐视它,战术上要重视它,但首先要重视它。至少,不要小看它。

萨达姆：雄心、铁腕、好战，命丧绞刑架

一

2003年12月13日，美军在一个地窖内抓到萨达姆，全世界都"喔"了一声。伊拉克战争结束八个月来，美军手里捏着那副扑克牌通缉令，一张一张往下翻，终于翻到了那张搜寻已久的黑桃A，从地洞中揪出一个活物来。小布什定睛一看，真的就是胡子拉碴的萨达姆，他大腿一拍笑起来："哈哈，我赢了！"

是的，萨达姆输了，彻底输了。

自从2003年4月9日巴格达陷落后，萨达姆在美军鼻子底下遁身藏匿长达八个月，给世人留下了一个不大不小的悬念。这一回，他把留给世人的最后一个悬念也输掉了。你看，萨达姆被美军从地洞里活生生揪出来按倒在地的那一刻，那才真正叫做猛虎落难不如狗。曾几何时，他还是一位何等枭悍的主儿，如今当了美军俘虏，满脸一副抑抑憋憋的狼狈相。美军军医把他当做瘟神似的，戴着手套要对他验明正身，叫他把嘴张开就张开，将压舌板伸进他嘴里左左右右乱拨弄，将一束小电筒的黄光直射到他的嗓子眼里，看喉看腮看牙口，管他恶心不恶心。要是过去，谁敢！萨达姆到了这一刻，也只得

"认命"啦。他的两个儿子乌代和库赛都被美军打死了,他勇敢的小孙子十四岁的穆斯塔法也被美军打死了,祖孙三代全都搭上了,连本带利全都输光了。他纵有血海深仇,咬碎钢牙想跟老美继续玩命,可除了往美国大兵脸上吐过一口唾沫,遭来一顿拳脚,他再也玩不出什么名堂了。

萨达姆曾经是个人物。在伊拉克国内,他曾经是将这个一盘散沙似的国家"整合成形"的铁腕人物;在中东和海湾地区,他曾经是一跺脚就让邻国感到地动山摇的强硬人物;在国际舞台上,他曾经是呼一方风雨便可牵出大国外交乱局的风云人物。尤其在世纪之交,世界上如果没有了萨达姆,没有了这样一位强硬角色,梗直了脖子去同布什父子上演了海湾战争、伊拉克战争两出连本对手戏,说不定世纪之交的世界时局就不会这么热闹可观了。在世纪之交这台热热闹闹的大戏里,萨达姆这位人物的出现,是有某种典型意义的。

萨达姆是一本书。在今后若干岁月里,人们还将不断翻阅萨达姆这本书,从中引出一个个发人深思的话题来。萨达姆其人,说他简单也简单,说他复杂的确很复杂。昔日之萨达姆,横刀立马,傲视中东,不屑老美,目空世界。构成萨达姆性格的主要成分有三要素:雄心、铁腕和好战。他以雄心立身,以铁腕治国,以好战对外。世人闻其言,察其行,观其败,叹其悲。有人觉得,萨达姆被美军抓获的一刹那没有一枪崩了自己,真不够意思。此乃匹夫之见,大可不必那么偏激。虽然萨达姆说过"面对敌人把子弹打光,将最后一颗留给自己"之类的话,但让萨达姆留住一个脑袋,回想回想他做过的这些事情,重新思考思考伊拉克和阿拉伯世界的前途命运,不是更好吗?萨达姆被审判后倘若仍能留住一条老命,说不定有朝一日他真的会写出一本什么书来给世人看看,也未可知。

呜呼,萨达姆!

二

不妨先从萨达姆的雄心说起。

萨达姆的雄心是从哪里来的呢？是伊拉克的辉煌历史赋予这位"伊拉克之子"的。两河流域，是人类文明的摇篮。美索不达米亚、巴比伦、阿拉伯帝国，都曾经是伊拉克这片土地上的辉煌历史。萨达姆曾无比自豪地说："世界上最古老的文明是美索不达米亚文明，这是毫无疑问的。"萨达姆有个外号叫"巴比伦雄狮"，他的雄心就是要重铸伊拉克的历史辉煌，充当阿拉伯盟主。他在台上呼风唤雨之时，曾有一位西方记者问过他，是否梦想成为像新巴比伦国王尼布甲尼撒和阿拉伯民族英雄萨拉丁那样的人，他直言不讳道："真主作证，我确实梦想并希望如此。"

为此，萨达姆明确表示，"伊拉克将继续把自己的历史作为榜样"。萨达姆对伊拉克的辉煌历史是怀有深情的，他这种感情是发自内心的，装是装不出来的。他上台以后，在全国修复和保护的历史古迹多达一万多处。在此次战乱中遭到洗劫的伊拉克国家博物馆，可排进世界十大博物馆的行列，里面收藏的两河流域古代文物之丰富，在世界上首屈一指。

萨达姆对伊拉克历史上的英雄人物的竭力效仿，到了亦步亦趋的程度。他仰慕历史上新巴比伦国王尼布甲尼撒的赫赫威名，将共和国卫队的王牌师之一命名为"尼布甲尼撒师"。当年，尼布甲尼撒除了军事上的辉煌胜利，还曾重修巴比伦城，并在城墙上刻下他的一段语录："我，尼布甲尼撒，热爱建设甚于热爱战争。武神命我修建此城，巴比伦的后人将缅怀我的功绩。"萨达姆当政后，也立即拨出巨款重修巴比伦城，同样在城墙上刻下了一段颂扬他自己的话："这些围墙在伊拉克共和国总统萨达姆·侯赛因执政时期重建，巴比伦城不会湮没无闻,千秋万代,岁月作证。"但可惜,对于尼布甲尼撒说的"热爱建设甚于热爱战争"这句名言,萨达姆却并没有认真理解和消化吸收。萨达姆十分崇拜的阿拉伯民族英雄萨拉丁,也出生在提克里特,是他的老乡。萨拉丁曾率领阿拉伯联军转战中东,在抗击欧洲十字军东征的战斗中取得辉煌胜利,在埃及开创了阿尤布王朝,并将叙利亚、美索不达米亚北部、也门、巴勒斯坦等国家和地区统一在他的旗帜下。萨拉丁不仅敢于在必要时采取军事手段达到目的,而且十分注重通过外交手腕解决问题。又可惜,萨达姆对萨拉丁的精神遗产同样未能全面继承。

萨达姆有雄心、有抱负,但他的远见、韬略、计谋,以及他与强大对手艰苦周旋的持久耐心和耐力等,都远未达到他心目中仰慕的历史英雄的高度。

对于如何继承历史遗产,有一个问题萨达姆似乎一直没有弄得十分明白:伊拉克的辉煌历史,对他来说虽然是一笔雄厚的资本,但并不是一笔可供他随意购物付账的现款。他好像一位背着沉重包袱赶路的商人,一路上急需开销现钱,虽然包袱里有的是沉甸甸的金块,却没有人肯为他兑现,使他处处受窘。换句话说,萨达姆对伊拉克的辉煌历史念念不能忘怀,而对伊拉克在当今世界上的低下地位则耿耿于怀。他太想出人头地了,愈受窘、愈不甘,于是跺脚要狠,要来几手硬的给全世界瞧瞧。他曾经公开表示过,他并不在乎人们今天说他些什么,而在乎五百年后人们将如何评价他。他这席话,"经典"地表达了萨达姆的雄心。

萨达姆企图靠他的强横逞能创造历史。他好比挑着一副一头重、一头轻的担子,斜着横着要走他的称雄之路。一只篮子里放的是伊拉克的辉煌历史,分量很重;另一只篮子里准备放进五百年以后的自己,刚上路时它还是空的,必须一边走路一边往里捡石头,慢慢增加它的重量。他心里想的是,什么时候两只篮子里的重量平衡了,他就大功告成了。可是,萨达姆也不好好想一想,在当今世界上,哪里能轮到他来斜着横着走称雄之路？他悍然出兵侵占科威特,自以为捡到了一块分量不轻的好石头,可是还没有等他把这块石头放进篮子里,就被老美狠狠一脚踹在屁股上,跌了个大跟斗,偷鸡不着蚀把米,吃的亏大了。

说到底,萨达姆未能迈过如何继承历史遗产这道坎。对一个国家、一个民族而言,祖先创造的辉煌文明,是一种永恒的历史能源,它永远会对子孙后代产生强大的激励作用。它是一根历史标杆,一代又一代地标示着本民族后辈所达到的历史高度。衰落愈久,落差愈大,这种激励作用则愈加强烈。可是,如何开发利用这种强大的历史能源,也像开发利用水、火、煤、油、核等等各种能源一样,需要掌握一整套复杂的控制技术,开发出来的能量一旦失去控制,便会引发决堤、失火、爆炸、触电、核辐射等等灾难,后果不堪设想。开发历史能源的一项"关键技术",就是如何使历史遗产与当今时势相契合。对本民族的辉煌历史恋之愈深,对当今世界时务识之愈透,随世而变、应时而动,则复兴伟业成功之可能性愈大。反之,纵有经天纬地之志,若无洞察时势之明,一意孤行,逆时而动,定然处处碰壁,头破血流。辉煌历史可以激励一位民族之子立下雄心,但立下雄心,至多是获得了一份祖传遗产的合法继承权而已,它并不等于复兴大业便可就此告成。纵观古今,普天之下,未见食古不化、逆时而动者可以造福于民族的。

大凡一个衰落的豪门,后辈中可能会出现四种不同类型的人物。第一种是低眉下眼、勾头缩颈之辈,浑浑噩噩过日子,对祖上的辉煌淡漠之至,毫无复兴祖业的雄心可言。第二种是海阔天空、不重实务之辈,空悲切、长浩叹,说祖业辉煌滔滔不绝,干创业实绩一事无成。第三种是雄心可嘉、志大无当之辈,虽是豪情满怀、敢作敢当,却脱离实际、冒险蛮干,到头来鸡飞蛋打,呜呼哀哉。第四种是高瞻远瞩、坚韧不拔之辈,壮志在胸、远见在目、时势在握,纵横腾挪又脚踏实地,则伟业可图。萨达姆大概属于第三种类型。伊拉克衰落太久了，萨达姆太想出人头地了，他魂牵梦绕着美索不达米亚、巴比伦、阿拉伯帝国的历史辉煌，念念不忘阿拉伯帝国的复兴，孤注一掷，急欲谋取中东霸主地位。他无洞悉当今时势之明，徒有"隔世雄心"，冒险盲动，怎能不败？大败，惨败，完败！

三

再说萨达姆的铁腕。

回首二十世纪，新独立的国家陷入长期动乱的不在少数，有的一心搞民主越搞越乱套，有的决心治乱又苦无良策。故长期动乱的国家走向铁腕治国，似乎也是这些国家历史发展的另一段必经之路。对于萨达姆的铁腕治国，似可作"五五开"观之，他是成于斯、败于斯。

翻一翻伊拉克的历史，怎一个"乱"字了得。自从阿拉伯帝国分崩离析之后，伊拉克历史从此辉煌不再，先是外乱，后是内乱。从十一世纪中叶开始，突厥人来了，蒙古人来了，波斯人来了，土耳其人来了。在土耳其奥斯曼帝国瓦解过程中，西方殖民主义势力又纷纷进入伊拉克，葡萄牙人来了，英国人来了，法国人来了，德国人来了。"一战"后，伊拉克沦为英国的委任统治地。1921年伊拉克爆发反英大起义，经十余年奋斗，才从英国人手中先后争得半独立、独立地位。可是，由于复杂的历史背景，严重的贫穷落后，伊拉克国内各种矛盾错综复杂，社会弊端丛生，百疾并发、治无良医、疗无良药，陷入了长期动荡的内乱局面。不是一般的乱，乱得国无宁日，惊心动魄。从1921年至1950年，三十年间更换了四十五届内阁，平均七个半月更换一次。从1936年至1941年，五年间发生了七次军事政变或军人干政。从1958年至1968年，十年间又发生了十多次政变或未遂政变。历次政变头目之间互相残杀，血溅高楼，尸滚大街，血腥恐怖气氛长期弥漫。自伊拉克1921年名义上获得独立至1968年复兴社会党上台执政,伊拉克经历了将近半个世纪的内乱动荡,国家发展、民族振兴无从谈起。伊拉克独立后的风雨历程表明,它在呼唤一位强有力的铁腕人物出现,首先要将这个散乱不堪的国家整合成形,然后才谈得上经济发展、社会进步、民族振兴。从某种意义上说,伊拉克几十年混乱不堪的时势造就了萨达姆这位"英雄",他的出现倒也算得上是应运而生。

萨达姆一脚踏进政治,一亮相就是一位铁血人物。1957年,刚满二十岁的萨达姆在伊拉克国内反西方、反费萨尔王朝的风潮中加入复兴社会党。不久,因涉嫌参与刺杀活动被捕入狱,后获释。1958年,军方背景的卡赛姆在复兴社会党支持下政变上台,推翻费萨尔王朝,废除君主制,成立伊拉克共和国。但是,站在反西方、反费萨尔王朝斗争第一线的复兴社会党未能分得政变果实。1959年10月,复兴社会党成立五人暗杀小组,决心搞掉卡赛姆。萨达姆是五人暗杀小组成员之一,行刺未遂,萨达姆左腿中弹,他用匕首挑出子弹,在寒冷的夜晚游过底格里斯河,逃出巴格达,辗转逃到叙利亚,逃到开罗,遭通缉,被缺席判死刑。1963年2月,复兴社会党再次联合军方力量发动政变,终于将卡赛姆杀掉。但不久,政变上台的军方新总统阿里夫又将复兴社会党排挤出政府。五年后,复兴社会党又一次联合军方力量发动政变,一举夺取政权。政变总指挥贝克尔当上了总统,萨达姆在政变中带领坦克攻进总统府,成为党内二把手,辅佐贝克尔执政十一年,为伊拉克的发展打下了一定基础。1979年7月16日,贝克尔隐退,将权力交给了萨达姆。

萨达姆大权一到手,立刻亮出他的铁血手腕。他当政第二天,立刻宣布查获了一个党内高层间谍集团,他们是"革命指挥委员会"二十一名委员中的五个人。很显然,他决心从身边除掉这五名异己力量,首先要在复兴社会党最高领导机构内树立自己的绝对权威。他指定另外七名委员成立特别法庭,对这五名"间谍"及其牵连者进行审判,共有二十二人被判处死刑,三十三人被判处十五年以下徒刑。对这二十二名死刑犯,他让复兴社会党各个地区分支机构的代表来执行。接着,又在全国反间谍、搞清洗,发展秘密警察,实行严密监控。萨达姆这叫"一刀见血",慑服了全党、威服了全国。区区一个复兴社会党,小小一个伊拉克,还有什么是他萨达姆摆不平的吗?没有了,全被他摆平了。

多灾多难的伊拉克,人民久乱思治啊。过去几十年太乱了,现在好了,新总统萨达姆又强硬又果断,服了。当然,服的当中也不一样,有的是心服,有的是口服,有的是诚服,有的是臣服。有没有不服的呢?有啊。其他政治派别不服,库尔德人不服,什叶派穆斯林不服,还有其他一些政敌不服。他们不服,萨达姆不怕,一个字:杀。萨达姆不怕,对手却怕了,心里不服,嘴上也得"服"了,这叫压服。不管怎么说吧,总之是服了萨达姆了。

平心而论,萨达姆执政二十三年,并不是一无是处。他的铁腕治国,对久乱不治的伊拉克是发挥了历史作用的,这是一帖治乱的虎狼药,下药猛,见效快。错综复杂的社会矛盾被强制性整合,纷纭杂乱的国民意志被强制性统一。于是,国家意志形成了,萨达姆可以做些事情了。他的国内纲领是权力、强大、社会主义。他首先要确立"建立在政治、经济、社会、军事结构上的权力",而且是绝对权力,目标是"建设一个强大的伊拉克"。萨达姆搞的"社会主义"怪怪的,他搞的是严厉镇压伊拉克共产党的"社会主义",是"阿拉伯民族社会主义",是"萨达姆式的社会主义"。他充分利用伊拉克丰富的石油资源,大打石油经济牌,以此带动国民经济全面发展,曾经取得过惊人效果。萨达姆统治时期,开创了伊拉克独立以来的昌盛局面。至上个世纪八十年代末,伊拉克全国人口已由1932年的三百三十万猛增到一千六百万①,国民收入达到人均两千美元,由中东最贫穷的国家一

---

① 1991年海湾战争后,据我国《辞海》所载1995年伊拉克人口为两千零四十万。其中,阿拉伯人约占百分之七十六,库尔德人约占百分之二十,其余为土耳其人。

跃成为中等富裕国家。国家大幅度提高国民福利,小学实行义务教育、中学大学免费、全面扫盲,免费医疗,粮价补贴,取消低收入者所得税,人民生活水平得到显著改善。

萨达姆铁腕治国取得"成功"之时,也恰恰是他酿成最终悲剧结局的开始。他走向悲剧的几个主要标志是:第一,他的专制强权、高压政策,同他统治下出现的稳定发展产生相互作用,使伊拉克举国上下形成了对他的狂热崇拜。第二,他被自己的"成功"所陶醉,自我膨胀到极点,专制独裁到极点。第三,他的专制独裁又同举国上下对他的狂热崇拜形成恶性循环,越独裁越崇拜,越崇拜越独裁,终于把他推上了悬崖峭壁之巅,只等一阵狂风刮来,立刻将他掀下万丈深渊,等待他的是灭顶之灾。

萨达姆专制独裁到了什么程度呢?他将所有大权都集于一身:总统、政府首脑、三军总司令、革命指挥委员会主席、阿拉伯社会复兴党伊拉克地区总书记、最高计划委员会主席、协调委员会主席、义务扫盲最高委员会主席,等等。全国城乡随处可见他的画像,报纸、电视、广播天天充斥着对他的颂词:英明的统帅、斗争的带头人、阿拉伯领袖、阿拉伯民族的骑士、民族解放英雄、领袖之父、英勇无畏的斗士,等等等等。各级官员对他敬畏得无以复加,见了他一个个连眼皮都不敢抬一抬,告退时必须面向他倒退着离开。萨达姆把人民当羔羊、当玩物。在2000年萨达姆主持的一次盛大阅兵式上,他每隔一会儿就要单手举枪向空中放一枪,每一声尖利的子弹声从人们头顶上呼啸划过时,人群中立刻会爆发出一阵狂热的掌声和欢呼声。阅兵式持续了十几个小时,萨达姆一共放了一百四十二枪,人们对他的欢呼也持续了十几个小时。2002年萨达姆六十五岁生日那一天,他的家乡提克里特举行了二十万人的庆祝活动,游行队伍高举着他的画像和标语牌,一遍又一遍地呼喊着:"我们的心,我们的血,全都献给萨达姆!"

狂热之中,悲莫大焉!萨达姆沉溺于举国上下对他狂热崇拜的假象中，自以为一切都在他的控制之中，其实骨子里早已怨声载道、众叛亲离。人民生死、国家命运，在萨达姆的一意孤行之中，正在迅速滑向深渊。在这种狂热崇拜的虚假氛围下，萨达姆彻彻底底成了孤家寡人，他已经听不到任何真实情况，根本不清楚自己正在加速走向灭亡。他的两个女儿曾向外界透露过一件事，最能说明问题。她们说，在战争爆发前夕的最后一次家庭聚会上，她们曾问过父亲，情况将会怎样发展？萨达姆很有信心地说，事情不会恶化，一切都在控制之中。实际情况根本不是这样。她大女儿拉格达悲哀地说，他的助手们、他最信任的人全都背叛了他，他被人出卖了。是的，将军们早就在背地里背叛了他，共和国卫队都放弃了抵抗。但是，归根结底还是萨达姆自己把自己葬送了。

专制独裁和狂热崇拜，这是两样什么好玩意吗？萨达姆啊！

四

现在要说到萨达姆的好战。

这个问题，又要回过头去从萨达姆的雄心说起，因为萨达姆的好战同样来源于他的雄心。

萨达姆要建设一个强大的伊拉克，这样的雄心好不好呢？当然是好的。但是，萨达姆的雄心不只是要当伊拉克的领袖，也不只是要建设一个强大的伊拉克，而是要当阿拉伯世界的领袖，实现阿拉伯统一，重铸阿拉伯的历史辉煌。他的雄心就从这里走向了反面，成了野心。随着他铁腕治国的"成功"，国内对他的狂热崇拜，他想当阿拉伯领袖的野心也越来越大，越来越迫切。急不可耐之中，他不顾一切地驾着他的"萨达姆战车"横冲直撞驶向目标，驶出不远就翻下万丈深渊，粉身碎骨、灰飞烟灭了。

萨达姆为什么要去开动这辆灾难性的战车呢？根源盖出自于他

矢志奉行的泛阿拉伯主义。阿拉伯民族是一个伟大的民族,古老的阿拉伯文明为人类留下了辉煌的历史文化遗产。但是进入二十世纪以来,阿拉伯世界似乎一直处在一个深刻的矛盾之中:一方面,阿拉伯国家间已高度离散;另一方面,阿拉伯民族主义者却一直在谋求建立一个新的权威中心。事实上,古代经历了阿拉伯帝国大崩溃,近代经历了奥斯曼帝国大崩溃,又经过二十世纪两次世界大战,被帝国主义不断占领和瓜分的阿拉伯世界,最终已分解成了二十多个不同国家。可是,阿拉伯民族主义者却始终解不开阿拉伯情结,他们推行泛阿拉伯主义的宗旨,就是要建立一个统一的阿拉伯国家或联邦。泛阿拉伯主义萌发于第一次世界大战前,形成于上世纪二三十年代的叙利亚,随后传入阿拉伯各国。伊拉克是阿拉伯帝国鼎盛时期的统治中心,在民族心理上极容易接受泛阿拉伯主义,这种思潮一经传入,立刻落地生根。

伊斯兰宗教和阿拉伯民族,这两个概念虽有不同,但主要部分是重合的。按照亨廷顿的说法,伊斯兰世界只能由一个或几个强大的核心国家来统一其意志,但自从奥斯曼帝国灭亡以后,伊斯兰世界失去了核心国家。他认为,当今有六个"可能的"伊斯兰核心国家,它们是埃及、伊朗、沙特、印尼、巴基斯坦、土耳其,但它们目前没有一个具有成为伊斯兰核心国家的实力。因而他认为,伊斯兰是"没有凝聚力的意识",阿拉伯民族主义者苦苦追求的"一个泛阿拉伯国家从未实现过"。

在亨廷顿列举的伊斯兰世界"可能的"六个核心国家中,偏偏没有提到伊拉克,但最想当阿拉伯领袖的恰恰是伊拉克。萨达姆对阿拉伯复兴的愿望无比强烈,他说,"阿拉伯民族是一切先知的发源地和摇篮","我们的梦想"是要"创建一个统一的阿拉伯社会主义民主国家"。萨达姆认为,阿拉伯复兴的任务只能依靠伊拉克来完成。他说,"阿拉伯人的荣誉来自伊拉克的繁荣昌盛,伊拉克兴旺发达,整个阿拉伯民族也会兴旺发达"。不仅如此,"我们的雄心甚至超出阿拉伯民族广阔的地平线"。这就是萨达姆的"经典语言",这就是典型的"萨达姆雄心"。萨达姆在这种雄心的驱使下,他的对外政策还能不强硬吗?一旦同邻国把事情闹到谁也压服不了谁的时候,他就不惜向对方开战。

萨达姆执政二十三年,竟连续打了四场战争,国家怎不遭殃,人民怎不遭殃?当然,一个国家遭受连年战乱,倒并不一定直接等于这个国家的领导人好战。假如这些战争都是由外国侵略势力平白无故地强加到这个国家头上的,那么,这个国家的领导人理所当然要动员人民举国抗战。问题是,萨达姆执政期间的四场战争,导火索都是由他自己点燃的。他1979年上台,1980年就主动挑起两伊战争,同伊朗一打就是八年。1990年他又悍然出兵入侵科威特,直接导致了海湾战争,被老美打趴在地。2003年,终于陷入了灭顶之灾的伊拉克战争。最后这场伊拉克战争,虽然是美国以"先发制人"战略来打他,但实际上是海湾战争的继续,起因仍要追查到他自己头上。

许多人从电视里看到萨达姆被美军生擒时显得那样"老实",均感大惑不解,其实,那一刻萨达姆自己也在发蒙,他被自己搞糊涂了,为什么自己扔出去的石头居然飞回来砸了自己的脚?

战火是这么好玩的吗,萨达姆啊!

五

最后还想分析另外一个不得不分析的问题:再来看看萨达姆在伊拉克战争中的战略决策错误。它实质上是一个如何处置民族危机的问题。而且,它实际上也是萨达姆落到今天这个地步的直接原因所在。

如何处置民族危机,是国家元首的必备素质之一。天有不测风云,人有旦夕祸福,干大事、成大业者,哪能一帆风顺?无论多么英雄盖世的政治家,也难免会在某些重大问题上出差错、犯错误。但这本身倒并不一定就是致命的,真正致命之处在于:一旦出现危机,尤其是到了国家生死存亡的关头,该怎么去应对?

任何一场战争,战略决策都是决定战争全局的。战略决策如何产生?孙子说,要"算"。"夫未战而庙算胜者,得算多也;未战而庙算不胜者,得算少也"。孙子说的"得算多"与"得算少",是指战略分析的深与浅。他说的"庙算胜"与"庙算不胜",是指战略决策的对与错。

所谓战略分析,就是先把鸡毛蒜皮的事情放到一边去,首先要分析带根本性的大问题:这场战争该不该打、能不能打、能不能打赢?答案从哪里来?要把敌我双方的情况拿来全面分析、对比、判断,还要分析自己一方的天时、地利、人和怎样,国际环境怎样,等等,把各方面的有利因素与不利因素摆出来,分析透、判断准,然后才能果断作出战与不战的战略决策。

按理说,经过海湾战争战败之后,萨达姆是应该"尽知用兵之害"了。国内经济尚未恢复,伊军元气大伤,他是无论如何再没有力量去同美国打第二场战争了。美军的厉害,他在海湾战争中也应该充分领教了,伊军手中的化学武器等仅剩的几颗"牙齿"已被拔掉,他抗衡老美已"手无寸铁",再拿什么去抵挡?结论是明摆着的。海湾战争战败的后果是遭到十年制裁,如果这次再败,后果将是亡国。为了避免亡国之灾,唯一正确的战略决策是什么?应该是、也只能是两个字:避战!

举国御敌,"全国为上"永远是战略思考的顶点。此时的伊拉克,只有避战才能全其国、保其军、护其民。对于萨达姆来说,摆在他面前的也只剩下力避灭国之灾这条最高、最后的战略原则了。实际上,他此时若能采取全力避战的明智态度,其实也是"胜"的一种。它虽然不属于"战胜",也属于"知胜",这就是孙子在《谋攻篇》中所说的"知可以战与不可以战者胜"。

那么,此次伊拉克战争开战之前,萨达姆有没有避战的可能性呢?有的。因为,此次美国急着要对伊拉克开战,同上次伊拉克悍然入侵科威特的性质是差不多的。在世界舆论面前,老美要用武力入侵伊拉克这样一个主权国家,理由并不充分。当时美国逼迫联合国通过对伊拉克的出兵决议,安理会根本通不过。这是美国在伊拉克战争中暴露出的战略软肋,是它优势中的劣势。萨达姆如果能敏锐地抓住这一点,充分利用这个可资回旋的战略缝隙,迅速地、全力以赴地在国际间进行战略运作,千方百计使自己获得越来越多的国际同情,使美国的开战理由越来越少,最终是有可能达到避战目的的。

当时,美国开出的价码是:一、萨达姆下台;二、伊拉克自动解除武装;三、彻底销毁大规模杀伤性武器。老美的要价高是高了点,但萨达姆到了这种时候,为了达到"避战保国"的目的,该让步的必须让步啦。何况,当时在国际舆论的反战声音中,还有法、德、俄三位男高音,如果萨达姆当时有所表示,使三大国手中得到新的筹码去跟老美叫板,再由此获得更大范围的国际支持,就有可能遏止老美开战。

可是,萨达姆的战略思维极其僵化,一副死猪不怕开水烫的劲头,硬挺着脖子等着挨打。他这么僵硬死顶,实在是伊拉克国家之灾、人民之灾、军队之灾。跟着萨达姆这样的主,惨了。

开战前夕,美国又亮出了最后一条:限令萨达姆流亡国外。中国古代兵法中确有一计:"走为上"。这虽是三十六计中的最后一计,但在特定条件下,它又是上上之计。

如果萨达姆觉得流亡他国面子上实在下不来,也不妨来个变通,将"走"字改成"下"字。他若能在"走"与"下"中择一而断,则此战可避矣。要是那样,对美国来说,当然是达到了"不战而屈人之兵"的目的,顺风顺水,求之不得,"善之善者也"。对于萨达姆来说,也不能算完败,至少可以获得喘息时间,再作他议。原先不切实际的战略目标该调整的要下决心调整啦,再不能逆时代潮流而动,总想当阿拉伯领袖啦。萨达姆当时若能选择"走"或"下",虽然成不了阿拉伯民族英雄,也不至于成为伊拉克的历史罪人,说不定还能带上一点英雄末路的悲壮色彩。可是,他当时"走"也不肯,"下"也不肯,那就只有硬着头皮同老美打第二场战争了。

拒绝妥协、好走极端,这是萨达姆性格的显著特点。萨达姆喜欢用这样的诗句来形容阿拉伯历史:"要么矗立在高山之巅,要么跌落到深谷之底,从来不是一马平川。"他也喜欢以同样风格的语言来形容伊拉克人的性格:"伊拉克人要么不站立,要么站立在顶峰。"因此,他声称"要用我们的枪炮、匕首甚至芦苇来抗击敌人"。强悍、僵硬,将国家和民族的前途命运挑在他的刀尖上,一次次将战火拨旺,不惜孤注一掷,放手一赌,输光拉倒。

呜呼,萨达姆!

萨哈夫：铁嘴钢牙，命运不佳

一

话说2002年3月下旬至4月上旬，伊拉克战争打得如火如荼，美英联军的精确制导炸弹天天针对重要目标狂轰滥炸，美军先头部队已经攻到巴格达城下。身为伊拉克新闻部长的萨哈夫，照例每天按时召开新闻发布会，口若悬河，嬉笑怒骂，舌战美英，大出风头。他一次次站到新闻发布会上一大片海浪似的麦克风前发表讲话、回答记者提问时，身后已是爆炸声声、浓烟滚滚、一片火海。一直到美军坦克冲进巴格达城内，几乎已经开到了他的鼻子底下，他仍"山崩于前而色不变"，诙谐幽默、妙语连珠，把美英"二布"骂得狗血喷头，把蛮横霸道的美国国防部长拉姆斯菲尔德损得狗屁不是，把不可一世的美英联军挖苦得一文不值，全球观众连声叫好，为之绝倒。

萨哈夫赤手空拳，舌战美英，这是一场奇妙无比的较量。有人甚至说，在伊拉克，这场战争几乎成了"萨哈夫一个人的战争"。那些天，面对美英联军的强大攻势，巴格达已是危在旦夕，伊拉克共和国卫队毫无作为、放弃抵抗，萨达姆和伊拉克高官"集体消失"，伊拉克已是举国无措，全凭萨哈夫的三寸不烂之舌，奋力抵挡着几十万美英联军的强大进攻,将一出伊拉克版的《空城计》唱得精彩绝伦。有人赞扬萨哈夫是"用语言还击大炮"、"一人可抵两个师"。较量的结果,美英联军用信息化战争征服了一个国家,萨哈夫却用一肚子阿拉伯风格的精彩语言征服了天下人心。谁胜谁负,从军事角度讲是一种说法,从文化角度讲可以是另一种说法。伊拉克民众认为,萨哈夫"代表了不屈的伊拉克人"。阿拉伯世界也普遍认为,萨哈夫是"捍卫伊拉克荣誉的英雄"。萨哈夫舌战美英的那些乡谚俚语、恶骂毒咒,使伊拉克人大长志气,阿拉伯世界为他喝彩,也令敌国观众为之倾倒。美国有位专栏作家马尔文尼被萨哈夫的精彩语言所折服,创办了一个"我们喜爱新闻部长萨哈夫"的网站,一开通就火爆起来,平均每秒钟竟有四千次点击,以致网路拥堵掉线。堂堂美国总统小布什,一再被萨哈夫辱骂得哭笑不得,可是小布什却对萨哈夫"恨"不起来,他嬉笑着对记者道,"他很棒","他是一个经典"。小布什承认,每天到了萨哈夫召开新闻发布会的时间,他无论是在开会或办公,都会忍不住转过身去,从电视里看一眼萨哈夫又在"胡说"些什么。

萨哈夫现象说明,战争也是一种文化。或者说,战争也附着有文化、也影响着文化。伊拉克战争不仅呈现出信息化战争的全新特点,也呈现出一幅全新的战争文化景观。你看,世界各国的新闻媒体都"直播"了这场战争,使之成为全球收视热点,这是不是一种全新的战争文化现象?当然是。你再看,萨哈夫天天面对全球新闻媒体,用嬉笑怒骂、诙谐幽默的文学语言,有时甚至以"睁着眼睛说瞎话"的荒诞派手法,舌战美英,这是不是一种更为精彩的战争文化现象?绝对是。不过,千万不能由此产生误会,好像在新的世纪里,全世界的人们都已无聊得要把战争当成"戏"看似的。我只是说,萨哈夫现象,在本质上是一种战争文化现象。

萨哈夫的表演,几可成为绝唱。可以肯定,今后世界范围内的战争还将不断发生,但像萨哈夫舌战美英这样的精彩场面,今后怕是再也见不到了。有的文章说:"他经典的话语和机敏的反应,在今后很长时间内无人能够替代。"今后即使有人想要模仿萨哈夫这一套,也是东施效颦,不可能再产生那样大的魅力了。

　　萨哈夫现象,还告诉我们一条真理:从深层次上看,文化的力量比战争的力量更强大。战争可以涂炭生灵、摧毁城市、征服国家,却极难征服人心。世界上真正能够深入人心、征服人心的,是文学的力量、文化的力量。美英联军的精确制导炸弹何其先进,他们的"斩首"、"震慑"战法何其锐利,攻占巴格达何其神速,可是,人们对这一切似乎很快就已淡忘了,没有多大兴趣再去重新谈论它了。为什么?因为人们厌恶战争。相反,萨哈夫舌战美英的那些精彩话语,不仅在战争期间成为中东、欧美乃至全球街谈巷议、妇孺皆知的热门话题,且至今仍有不少人津津乐道。为什么?因为它打动过人心、深入了人心。这在无意中给了世人一个提醒:谁多为人类创造出一些令人陶醉的文学作品,谁的名字就更容易被世人记住。看来,人类社会,多一点文化,就多一点美好。

二

　　战争中的"舌战",古已有之。我们中国古人的军事活动中,这方面的理论和实践就很丰富。孙子说的"怒而挠之,卑而骄之",大概是中国最早的"舌战"理论之一。古代战场上双方开战前的"骂阵",也许是"舌战"的最早起源。中国古典小说和传统剧目里的诸葛亮、陈琳、祢衡,都称得上"舌战"高手。这些著名事件都是发生在战争状态下,都是要借助"喉舌"的力量去对付共同的军事强敌曹操。类似的情形在世界范围也不乏其例,好人"舌战"恶势力有之,恶人摇唇鼓舌欺骗世界舆论有之。

　　萨哈夫舌战美英,却"战"出了国际新水平,使人们普遍觉得新鲜、奇特、过瘾;不仅在全球范围内引起了轰动,而且己方、敌方和第三方的人们都对萨哈夫有好感。对他产生反感的人也有,不多。萨哈夫为什么会产生这么大的魅力？内中自有种种原因。

萨哈夫舌战美英,实质上是弱势力在国际强权高压下的一种呐喊,而且是一种无助的呐喊。美国此次对伊拉克开战,拿出的几条主要理由都不足以服人。若是算旧账,说伊拉克挑起两伊战争不对,是的,但当时却是你老美在暗中支持萨达姆干的。说伊拉克侵占科威特不对,是的,但此事已经通过海湾战争惩罚过它了。若是算新账,说伊拉克支持恐怖主义,否也,萨达姆和本·拉登双方都不承认相互之间有过什么瓜葛,更找不到证据可以证明这一点,反倒有材料证明他们之间"互不信任"。说伊拉克有大规模杀伤性武器,否也,经过联合国武器核查小组一轮又一轮地深挖细查,连一点蛛丝马迹都没有找到,子虚乌有。在这种情况下,美英强行对伊拉克开战,世人多有不服。从战争心理学上分析,两国交战,同情弱者,这是一种普遍的"观战心理"。因此,萨哈夫痛骂"二布"及美英联军是"流氓强权"、"异教徒"、"野心狼"、"走狗"、"侏儒"、"懦夫"、"坏蛋"、"小丑"、"骗子"、"蠢货"、"牛仔"、"外国来的恶棍"、"那些狗娘养的"、"吸血的畜生"、"战争犯"、"针对平民的国际流氓",骂得痛痛快快、淋漓尽致。他骂小布什是"傻子"、"混蛋","我的英语讲得比布什这个恶棍好";骂布莱尔是"私生子"、"鞋都穿不好"、"英国还不如一只旧鞋值钱",骂得大胆泼辣,粗犷豪放。是啊,鲁迅先生说,辱骂不是战斗。但当时的伊拉克,除了萨哈夫的辱骂,难道还有人在战斗吗？世界上凡是同情弱势力的人们,听了萨哈夫对美英的辱骂,无不感到解气、解恨。有报道说,尤其在阿拉伯国家,即使平常很少关心时事的妇女们,也经常打开电视机收看萨哈夫的新闻发布会,男人们则聚集在咖啡馆里,收看萨哈夫如何起劲地损美国人。开罗有一位建筑工人说,是的,萨哈夫的咒骂有点粗俗,美国人在新闻发布会上不骂人,但他们杀人,"我宁可看谎言家,也不喜欢刽子手"。此话堪称经典,一语道破天机,他们爱听萨哈夫嬉笑怒骂的背后,别有一番沉重心情。

萨哈夫的魅力，主要在他的精彩语言。各国媒体评论道，"萨哈夫精通语言"，"喜欢嘲讽"。萨哈夫的语言具有浓郁的阿拉伯风格，就连那些骂人的粗话俗话，从他嘴里说出来都成了活生生的文学语言，幽默、刻薄、风趣，让人忍俊不禁、喷茶喷饭。甚至翻译他的骂人话"也要到经典的阿拉伯文学作品中去查证"，有的同声翻译手里拿着电子词典忙成一团。不知道人们承认不承认这样一个现象：现代社会的生活节奏正在变得越来越快，人们能够安心坐下来阅读文学作品的时间越来越少，物质生活是越来越优裕了，精神生活却越来越贫乏了。可是，萨哈夫却在突然之间让我们发现了自身精神生活中的缺失：文学。萨哈夫的语言实在太精彩了，简直让人惊喜得好像在伊拉克沙漠中新发现了一部《天方夜谭》原版书似的。为什么会这样？因为在今天这个世界上，空洞乏味的陈词滥调太多了。人们千万不要轻信亨廷顿的某些鬼话，他说什么冷战结束之后，世界上政治的、意识形态的区别淡化了，文化的区别突出了，他这些话是骗人的。我看到的情况恰恰相反，经济的全球化，正在导致政治的普遍化，政治正在渗透一切。我算是看透了，当今之世、普天之下，无论哪个国家的官员，他们使用的语言，都是精心炮制、冠冕堂皇、呆板僵死、干瘪乏味甚至虚言假套的政治官话。东方西方，概莫能外。可是怪了，偏偏在举世观战的情况下，突然冒出一位伊拉克新闻部长萨哈夫，他的语言风格却与众不同，生动至极、精彩至极、传神至极，让全世界的人们都为之叫绝、着迷、倾倒。现如今，世界上还有哪一个国家的政府官员敢用"冷血的王八蛋"、"狗"、"驴"这样的词汇去谴责美国佬和英国佬呢？在世界各国通用的官方词汇中，还能查得到一两句类似"让美国异教徒到幻想中去晒太阳吧"，"英国不值得用鞋子去打"这样生动的语言吗？查不到了。可是萨哈夫却有满满一肚子，张嘴就来，怎能不令人着迷？听他一次新闻发布会，比听一回评书过瘾，甚至比读阿拉伯古典名著还过瘾。黎巴嫩的一位专栏作家说，观众们对萨哈夫讲话内容的准确性其实并不太感兴趣，只是特别想听听他那有趣的词语。这倒为我们提供了一个探讨内容与形式辩证关系的新例证。

说到这里,不得不让人对创造过《一千零一夜》的阿拉伯民族的悠久文化传统油然生出敬意来。是阿拉伯民族的深厚文化底蕴,造就了萨哈夫这样一位语言奇才。顺便说一句,不久前被美军抓住的萨达姆,他的语言风格也是挺生动的。例如他说,"我们的雄心甚至超出阿拉伯民族广阔的地平线","我们要用枪炮、匕首甚至芦苇来抗击敌人",等等。萨达姆的野心归野心、大话归大话、完蛋归完蛋,但他的语言风格真的还是比较生动的,这一点是不可否认的。

除了语言魅力,萨哈夫也有他的人格魅力。各国媒体比较一致的看法是:萨哈夫是一位受过良好教育的伊拉克知识分子,"精通阿拉伯语和英语","讲起话来声情并茂","很有教养"。战争期间,他穿一身颜色和式样都不怎么样的伊拉克军装,头戴贝雷帽,眼镜有时戴有时不戴,总是把胡子刮得干干净净出来见人。国难当头,仍不忘个人仪表,始终不失儒雅风度。在战事万分危急的情况下,他仍能沉着镇定,应对自如,这种气质更令媒体叹服。新闻部大楼被炸毁了,他和大家一起奋力扑灭楼内大火,然后把新闻发布会的会场搬到大街上,背后就是被炸现场。各国记者云集的巴勒斯坦饭店也被炸了,一名路透社记者被当场炸死,他又把新闻发布会搬到巴勒斯坦饭店被炸现场去。他四处奔波,领着各国记者到一处又一处被炸成废墟的地点去参观。这一切,都使萨哈夫其人其行抹上了浓重的悲壮色彩。新闻界向来以挑剔闻名,但在业内人士眼里,萨哈夫不愧是一位尽职的新闻部长。

更出人意料的一点是,在那一段时间里,萨哈夫经常面对各国记者"睁着眼睛说瞎话",虚报"战况"。可是,各国媒体对他"欺骗世界舆论"的行为却并没有"口诛笔伐",真是怪了。美军明明已经攻破巴格达,他却说:"巴格达城里没有美国异教徒,永远不会有","我站的地方就是伊拉克新闻部,美军没有攻到这里,美军没有攻入巴达"。实在瞒不下去时,他又说:"这些坏蛋正在巴格达门口犯罪","我们是故意将他们放进城来的,这样才能更便于消灭他们,我们已经把他们的退路堵死","我们会杀光他们","美军要么投降,要么呆在坦克里等着被烧死",等等。他说这些"大话"、"假话"时,理直气壮、振振有词,脸不红、心不跳。新闻界为何对萨哈夫如此宽容?因为在这样一场毫无悬念的非对称战争中,伊拉克必败无疑,这一点谁都清楚。萨哈夫在痛斥敌军的同时,用一些不实之词"虚张声势"也罢,"以假乱真"也罢,这是身陷绝境时的最后"抵抗"手段了,没有什么好指责的。正如有的评论所说,萨哈夫"撒谎撒得非常悲壮,让人笑过以后想哭"。有人说得对,在那种时刻,萨哈夫讲话的"煽情作用",已经"远比准确性重要"。

在各国新闻记者眼里,萨哈夫也很有点人情味儿。天天在炮火硝烟中奔波的各国新闻记者们,时刻都可能遇到生命危险。萨哈夫没有忘记口头安慰一下这些同行们,他对记者们说:"也许,爆炸声打扰了你们,你们是伊拉克的贵宾和朋友,但是伊拉克必须对付这些外国来的恶棍。"记者们原本也没有把生命安全押在他身上,但萨哈夫对大家的一片顾念之情,却让大家如沐清风、如饮甘泉。对于用粗俗语言辱骂美英这一点,萨哈夫也主动向记者们解释道:"非常抱歉,我使用这样的(辱骂)语言,(可是)对那些用炸弹轰炸我们人民的罪犯,这样的辱骂是远远不够的。"这就更使记者们坚信,萨哈夫并不是因为没有文化、没有教养而辱骂,他是由于对屠杀伊拉克人民的仇敌愤恨至极而辱骂,记者们还能说他些什么呢?在不少人的心理上,萨哈夫是和他们同处在美英炮口下的同行、难友,对他深表同情。因而,在巴格达陷落、萨哈夫不再露面的那些日子里,媒体连连登出"萨哈夫哪里去了"、"深切怀念萨哈夫"等文章来,对他的"生死存亡"进行了种种猜测,这也就不足为奇了。

三

　　天下之事、天下之人,都有其复杂的一面。对于萨哈夫这个人物,目前尚不宜对他作出全盘肯定的结论。归根结底,他是个悲剧人物。他的祖国遭受这场战争灾难是个悲剧,他本人在这场战争中的经历和表现,其实也是个悲剧。

　　其悲一:萨哈夫是萨达姆棋盘上的一只"弃卒",铁嘴铜牙,难掩内心落寞。

　　战争期间,萨哈夫是忠于职守的。巴格达于2003年4月9日陷落,萨达姆政权的高官们在4月8日就已"集体消失"了。而4月8日这一天,萨哈夫却带着几名助手来到巴格达市内的希克马特广播站,在院子里的一辆无线广播车上继续工作。广播站的工程师哈森,后来在接受英国记者采访时回忆道,当时所有伊拉克高官都逃亡了,只有萨哈夫一人还在坚守阵地,"他是在打一场一个人的战争"。4月9日早晨,萨哈夫还想到巴勒斯坦饭店去召开新闻发布会,半路上发现前方有美军士兵在巡逻,遂折回。回到广播站的萨哈夫,与萨达姆政权彻底失去了联系,广播站也断了食物来源,但他饿着肚子在广播车上用阿拉伯语继续广播,要求市民们拿起武器抵抗美军。4月9日晚上,一名送信者送来一盘《萨达姆最后的演讲》录像带,可能还附有萨达姆的一张纸条。萨哈夫立刻兴高采烈地对大家说,这盘录像带就是萨达姆,这盘录像带就是政府,一切还在运转。但他话音未落,附近大街上就传来了激烈的枪声。4月10日凌晨,大批美军坦克开到了广播站附近,萨哈夫觉得大势已去。他慢慢摘下头上的贝雷帽,摘去表明身份的肩章,裹着阿拉伯头巾和长袍,说了声"再见",一个人凄凉地走了。临走,他吩咐继续广播到凌晨三点,然后马上撤离。再把镜头切回到战争初期,萨哈夫出面召开新闻发布会时,台上坐着副总理、国防部长和其他政府要员。随着战局迅速恶化,他身后陪坐的人越来越少,后来干脆什么人也不来了,由他一个人把"独角戏"唱到了最后。萨达姆政权最后让他一个人抛头露面,有人说,他是萨达姆最可抛弃的一个卒子,这个看法不无见地。从根源上说,萨达姆是逊尼派穆斯林,萨哈夫是什叶派穆斯林,宗派不同,其心难同。萨哈夫是萨达姆的"异己",而非心腹。萨达姆的心腹,非姻亲与老乡莫属。萨哈夫却不是提克里特人,与萨达姆家族似乎也没有沾亲带故的关系。而且,萨哈夫与萨达姆的长子乌代之间还有矛盾。如此这般,萨达姆最后将萨哈夫当牺牲品,把他一个人推到前台作为一块挡箭牌,施放点烟幕,为萨达姆本人及高官们"集体隐身"打点掩护,也在情理之中。

其悲二:萨哈夫是逆势展才华,奇才未建奇功,时运不助他。

伊拉克在1991年的海湾战争中战败后,外交陷入极大被动,萨达姆急欲改善对外关系,启用萨哈夫为外交部长。可是,一向以"脾气坏"和"言词硬"出名的萨哈夫,把伊拉克的外交活动搞得"火花四溅"。他警告伊朗与美国发展关系是在"玩火",指责阿拉伯联盟秘书长马吉德"存心为难伊拉克",经常直言不讳地指责美国搞"霸权主义",等等。他这种一贯"硬朗"的外交风格,显然与伊拉克面临的外交形势不相符合。因此,他担任外长八年,却未能在推动伊拉克转变外交策略上有所建树,错失了天赐良机,很可惜。2001年4月,萨哈夫与乌代的矛盾公开,突然被免去外长职务,调任为新闻部长。又两年,便迎来了这场伊拉克战争。偏偏是伊拉克面临亡国之灾的恶劣形势,居然使他大展铁嘴铜牙之才,一鸣惊人。悲夫!他逆势显身手,一举成大名,但国家既亡,名有何用?有道是"时来天地皆助我,运去英雄不自由"。萨哈夫却是"时来天地不助他,运去却令展才华",背得很呐。

其悲三:萨哈夫最后主动去向美军投降,名节全失,大悲哀。

在萨哈夫舌战美英的所有言论中,最最响亮的一句是:"伊拉克决不投降！"其言铮铮、其骨铮铮。他这句话是代表国家讲的,是代表政府讲的,是代表伊拉克人民讲的,也是代表他自己讲的,国格人格,在此一言。可是,"铁头"萨达姆最后没有做到,"铁嘴"萨哈夫最后也没有做到,让全世界的人都大跌眼镜啊！萨达姆在地洞里被抓时表示愿意投降,世人已是"悲其不死"了,萨哈夫居然还是"通过几位朋友"主动去向美军要求投降,叫人怎么讲呢？呜呼！萨哈夫是危急关头气未馁,穷途末路失大节,人格全丢、国格全丢,大悲哀,大悲哀！巴格达有位书店老板说,萨哈夫一直是他心目中的英雄,甚至是这场战争中唯一的英雄,他的表现可得一百分。可是没有想到,昔日嘴最硬的萨哈夫却会主动去向美军要求投降,他最后只得了零分。萨哈夫,听到了吗？零分！

其悲四:萨哈夫心中仍有隐情尚未抖尽,虽已满头白发,却晚景未卜。

萨哈夫失踪两个多月后,于2003年6月下旬在媒体重新露面,又一次引起轰动,弄得巴格达市民"彻夜不眠",怀念他、同情他、惋惜他,也恨他。此时的萨哈夫,已是"昔日青丝变白发",恰如伍子胥过昭关,一夜白了头。他已不像过去那样幽默了,声音也沙哑了,人也消瘦了许多。他使巴格达市民一下子从麻木状态中醒悟了过来,明白世上究竟发生了什么事。有位出租司机说,看到他的样子,我才明白"真的变天了"！萨哈夫带给人们的是悲凉、悲怆。可是,从目前已透露的媒体采访萨哈夫的部分内容来看,他却让人疑窦丛生。例如,他说,他最初通过几位朋友去向美军要求投降,但美军"既不希望我暴露身份,也不希望我自首","直到他们认为时机成熟了",他才"去了美军那里",美军问了他一些过去工作上的事,就把他放了。美军事先也没有将他列入扑克牌通缉令名单,是真的对他"不感兴趣",还是另有奥妙？小布什曾面对记者嬉笑道,"他是我的人,他很棒","有人指控我们雇佣了他,让他在那里开讲",此话当真？你这恶棍,玩笑有这么开的吗？萨哈夫到底同美军搞了什么名堂,做过什么交易没有,他本人却语焉不详。又如,记者问他伊拉克高官"集体消失"究竟是怎么回事?他却说,"那是一个非常困难的处境,不是一个人,而是所有人都面临的困难境地","现在局势很不好,对每个人都不好,所以不便说"。再如,他一面说"我并不惧怕说出什么",一面又说"每个人都可能受到伤害",闪烁其词,他究竟有什么难言之隐?对记者的许多追问,他都以"我不便评论此事"、"让历史来证明一切"等语搪塞。故,萨哈夫虽已满头白发,并表示"今后决不从政","我将和家人度过更多时光",希望过"平静而又充满亲情"的生活,但他晚景中似乎仍有不少未知数。历史将如何证明萨哈夫的一切?萨哈夫表示,要在适当的时候把这一切都写出来。那好,让我们拭目以待吧。

北非与中东低烈度战争

本·阿里：垮于网络战

一

2011年年初以来，本世纪第二个波次的战争浪潮席卷北非和中东。突尼斯、埃及、利比亚、也门、叙利亚等上述五国的骚乱和事变都具备了常规战争的基本特征：流血、死人、政权更迭（叙利亚尚未发生政权更迭）。上述五国连锁反应式的动荡和变乱，反映了新一代战争的许多新特点：都从街头骚乱事件开始；网络成为重要推手；新闻舆论推波助澜；背后都有美国谍影；动乱迅速发酵，局势很快不可收拾。本·阿里、穆巴拉克、卡扎菲、萨利赫，都是当了几十年国家元首的强势人物，全都说倒就倒，比伊拉克的萨达姆倒得还快。

除了利比亚属于常规战争外，不妨把另外四国的骚乱和事变称之为"软战争"。进攻一方没有动用飞机大炮、装甲坦克发动强大军事进攻，但它们达到了和利比亚战争相同的目的，一个个都把旧政权推翻了。这种"软战争"其实比动枪动炮的"硬战争"更厉害，它"不战而灭人之国"，既省钱，又省力。

世界在动荡，天下不太平。

对于这个波次的战争浪潮，有两点值得注意：第一，它将比新世纪第一个战争浪潮对世界局势产生更加广泛深刻的影响；第二，美国这次在北非和中东扫倒一片阿拉伯国家政权之后，必将出现新的战略动向。

二

2001年发生了震惊世界的"9·11"恐怖袭击事件，紧接着，美国接连发动了两场报复性的反恐战争——2001年10月发动了阿富汗战争，2003年3月发动了伊拉克战争。这两场战争的硝烟至今尚未散尽。

新世纪以来两个战争浪潮，有着前因后果的关系。

十年前发生的"9·11"恐怖袭击事件，突出地反映了阿拉伯伊斯兰世界同美国的尖锐矛盾。美国自"二战"以来建立的世界霸主地位，在"9·11"恐怖袭击事件中遭到如此严重的挑战，美国的失落、沮丧、愤恨，难以言表。美国强烈的报复心理在阿富汗战争、伊拉克战争中得以发泄，支持恐怖组织的阿富汗塔利班政权和伊拉克萨达姆政权均被美国端掉。可是，阿富汗战争和伊拉克战争也把美国自己拖得精疲力竭。从2007年下半年开始，美国爆发的次贷危机迅速波及西方各国金融市场，引发了全球"金融海啸"，世界经济剧烈震荡，美国经济至今难见起色。美国公众对贫富不均和就业不足表示极大不满，2011年9月中旬爆发了"占领华尔街"的大规模示威活动，向奥巴马政府施压，他们甚至喊出了"占领美国"的口号。欧洲也全面陷入"债务危机"，一时难以找到摆脱困境的有效办法。

2011年5月1日，美军海豹突击队终于在巴基斯坦境内将追踪十年之久的本·拉登击毙，美国总算在反恐问题上出了一口气，它准备转过身去解决一下国内的问题。为此，奥巴马向全世界宣布了准备从阿富汗和伊拉克撤军的计划。但是，本·拉登虽然被打死，美国也准备从阿富汗和伊拉克撤军，但美国对阿拉伯国家进行"民主化改造"的战略目标绝不会放弃——小布什时代称之为"大中东计划"。美国仍将对阿拉伯世界保持高压态势。打过仗的人都知道,战场上准备撤退或转移阵地的一方,往往会以猛烈火力向敌方发动新一轮强大攻势,以压制住对方的进攻企图,这样才能安全撤离或转移,否则极易陷入被动挨打的境地。

突尼斯事变,是美国从阿富汗和伊拉克撤军之前,对阿拉伯世界发动新一轮攻势的一个突破口,而且采用的是比较省钱、省力的网络战手段。美国未出一兵一卒,就改变了突尼斯政权的面貌。不仅如此,"突尼斯效应"迅速向北非和中东其他阿拉伯国家扩散,接连改变了一批阿拉伯国家的政权面貌。这是冷战结束以来,美国对阿拉伯国家实行"民主化改造"的重大突破,也是美国发动阿富汗战争和伊拉克战争以来得到的最大"回报"。面对席卷北非和中东的这场战乱风暴,美国的心态可以用一个词来形容:窃喜。

三

在新世纪第二个波次的战争浪潮中,突尼斯的"战争烈度"最低,死亡没超过六十人,其中还包括事变期间因犯越狱纵火烧死的四十二人。但是,美国《外交政策》杂志却把突尼斯事变称之为世界上"首次维基革命"。

这一评价,非同寻常,引人注目。

所谓"维基革命",其实就是一场名符其实的网络战争。托夫勒夫妇在上世纪九十年代初出版的《第三次浪潮战争》①一书中,早就预

---

① 《第三次浪潮战争》一书,是美国未来学家阿尔文·托夫勒和海蒂·托夫勒夫妇继《第三次浪潮》之后的又一部著作。我在写作《观战笔记》一书时,引用了《第三次浪潮战争》一书中关于"未来战争"的一些全新概念。但《观战笔记》一书的编辑却自作主张将我文章中的《第三次浪潮战争》一书的书名改成了《第三次浪潮》,这就牛头不对马嘴了。

见到利用计算机和因特网进行的"新一代战争"迟早会到来。当时网络终端还是尚未大量普及的个人电脑,现在的网络终端已是高度普及的新一代手机,它使得"网络推手"的巨大威力如同从原子弹量级跃升到了氢弹量级。

美国对突尼斯发动的这场网络战争,靠的是美国两家网站。一家是窃密网站维基解密(有的称它为"维基揭密");另一家是社交网站Facebook(脸谱)。维基解密网站负责"揭露一切";Facebook网站负责"传播一切"。维基解密提供"炮弹",Facebook提供"发射装置",配合绝妙。维基解密网站的创始人是一位拥有美国国籍的澳大利亚黑客奇才朱利安·阿桑奇,该网站专门以黑客手段入侵各国政府的机密档案库,窃取数据,进行分析,解密后向世界曝光,通过Facebook网站迅速传播和扩散。

2010年11月,维基揭密曝光了二十五万份美国外交文件,使全世界知道了许多闻所未闻的美国外交内幕,轰动了世界。陷入尴尬和被动的美国政府下令通缉阿桑奇。其实,阿桑奇创办的维基解密网站,其宗旨是要在全世界推行美国的价值观。维基解密曾直言不讳地宣称,他们的"主要兴趣"在于揭露包括中国在内的亚洲、非洲、中东和"前苏联集团"国家的"暴政"。因此,把维基解密曝光二十五万份美国外交文件同美国政府下令通缉阿桑奇这两件事联系起来看,颇有点火烧赤壁前"周瑜打黄盖"的味道。不管这是不是美国情报部门的有意安排,还是无意间的"弄巧成真",它都构成了一个极大的诈局。否则就很难解释,美国为何一面下令通缉阿桑奇,一面又让维基解密继续运营。

对于美国而言,维基解密是一把双刃剑。美国既不愿它伤害本国利益,但又凭着灵敏嗅觉迅速把它作为攻击其他国家的"柔性核弹"来使用。

四

突尼斯事变的"柔性核弹"是美国维基揭密网站提供的,而引爆这枚"柔性核弹"的"雷管"却是本·阿里及其家族自己制造的。维基揭密曝光的美国外交文件中,包含有美国驻突尼斯外交官向国内汇报本·阿里总统及其家族成员严重腐败的电文。它说明美国一直在下本钱对其他国家搞这类情报,随时备用。

美国外交官在发回国内的一份电文中说:本·阿里家族犹如黑手党,控制着突尼斯整个国家经济领域的方方面面。在另一份电文中,详细描述了本·阿里女婿在自己的豪宅中举办的一次宴会情景:豪宅内罗马时期的文物随处可见,一只宠物虎在花园内自由自在地漫步,客人们吃着本·阿里女婿用私人飞机从地中海对岸法国南部小镇空运来的酸奶。又一份电文中说,在突尼斯,只要是本·阿里家族成员看上的东西,无论是现金、土地、房屋甚至游艇,最终都将落入他们手中。

本·阿里已统治突尼斯二十三年,他有三个致命伤。其一,专制独裁;其二,严重腐败;其三,突尼斯国内经济停滞,贫富悬殊。尤其是就业严重不足,包括大学毕业生在内的年轻人失业率高达百分之三十,有的媒体报道高达百分之五十。

按照美国《外交政策》杂志的说法,维基揭密曝光的本·阿里家族成员严重腐败的内容和细节,成为引爆突尼斯街头骚乱的"催化剂"。

本·阿里是军人出身,但他并不是行伍出身的军人。早年在法国和美国军事院校学习,接触西方价值观较早。学成回国后,长期在军队和政府的安全部门任职。1958年至1974年任突尼斯军事安全局局长,1977年至1980年任国家安全总局局长。1980年出任突尼斯驻波兰大使。四年后回国,担任负责国家安全的国务秘书,成为内阁成员。由于他对付反对党的"敌对行动"有办法,1986年升任内务部长。1987年10月被老总统布尔吉巴委任为总理和总统继承人。他担任总理一个月后,以逼宫方式逼迫老总统布尔吉巴退位,自己当了总统。当他巩固统治地位后,他和家族成员迅速腐败,自掘坟墓,为最终倒台准备了条件。

五

2010年12月17日,突尼斯中部西迪布基德省首府发生了一起青年自焚事件。自焚者是二十六岁的大学毕业生布瓦吉吉,他毕业后没有找到工作,自己在街上摆了个蔬菜水果摊自谋生路。可是突尼斯警察却把他的小摊给没收了,断了他的生计。走投无路的布瓦吉吉以自焚方式相抗争,结束了自己的生命。布瓦吉吉的不幸遭遇和悲惨结局,同本·阿里家族成员的严重腐败形成强烈对比。这时,美国Facebook网站成了煽动突尼斯民众舆情的"鼓风机",突尼斯民众立刻被激怒了。据媒体称,在突尼斯民众中,每十人中就有一人拥有Facebook网站的账号,其煽动能量可见一斑。

托夫勒夫妇的"未来战争"学说认为,在"无形武器"时代,"一些威力最大的武器掌握在媒体手中"。这一观点在突尼斯事变中得到了充分验证。

2011年1月8日和9日,突尼斯卡塞林省和西迪布基德省先后发生了街头骚乱事件,民众与军警发生了流血冲突,造成十四人死亡、十六人受伤。突尼斯全国民众在Facebook网站上纷纷传递和转发信息,首都突尼斯市和其他城市纷纷爆发街头骚乱,矛头直指本·阿里,要他立即下台。美国煽风点火,对突尼斯政府处理街头冲突事件的做法提出"批评"。1月11日,突尼斯政府召见美国驻突尼斯大使戈登·格雷,指责美国干涉突尼斯内政。本·阿里谴责"来自国外的黑手"(指美国),并扬言要对策划和指挥这些暴力和流血事件的"隐身团伙"(美国在突尼斯的代理人)展开司法调查。但是,局面已经失控,他谴责的"来自国外的黑手"并未缩回,"隐身团伙"也没有被他吓倒,愤怒的民众愈加愤怒,事态迅速恶化。

本·阿里开始败退。

2011年1月14日下午,本·阿里宣布解散由他领导的"宪政民主联盟"一党组成的政府,允诺提前举行议会选举。当晚,突尼斯总理穆罕默德·加努希在国家电视台宣布了三条消息:第一,突尼斯全国进入紧急状态,并实行宵禁;第二,本·阿里已于当晚离开突尼斯(流亡沙特);第三,根据突尼斯宪法第56条,即日起由他本人行使总统权力。突尼斯民众立刻对总理穆罕默德·加努希发出怒吼:"你当总统不合法!"

1月15日,突尼斯宪法委员会召开紧急会议商讨认为,总理继任总统违宪(其实当年本·阿里就是以总理身份从老总统布尔吉巴手中夺取了总统职位)。突尼斯宪法委员会根据宪法第57条规定,授权众议院议长代行总统职权,并宣布最迟在六十天内举行议会选举。总理穆罕默德·加努希只得灰溜溜地收回"自我任命",由众议院议长福阿德·迈巴扎临时代行总统职权,乱哄哄你方唱罢我登场。

1月17日,新的"突尼斯民族团结政府"宣告成立。

1月19日,本·阿里家族成员中有三十三人企图逃离出境时被捕。本·阿里家族成员停在院内的一辆豪华轿车被人开来吊车隔着院墙吊走……

短短二十八天,一场以"网络推手"为主要进攻武器的网络战争,就把突尼斯总统本·阿里政权推翻了!

六

军事上有两个互相关联的常用词,一个叫选择突破口,另一个叫捕捉战机。突破口要选在对方防御薄弱部位,捕捉战机要视战场瞬息变化的情况而定。能否抓住稍纵即逝的有利战机,全凭进攻一方指挥员的"战场嗅觉"是否灵敏。

美国搞掉了阿富汗塔利班政权和伊拉克萨达姆政权后,伊斯兰世界还有两个国家令美国痛恨不已,一个是中东的伊朗,一个是北非的利比亚。这时,美国采取的策略是:搞掉伊朗的时机尚未成熟,暂时放一放;先搞掉利比亚,不妨试一试。利比亚西邻突尼斯,东邻埃及。突尼斯和埃及存在着共同的问题:总统独裁专制;总统家族成员严重腐败;国内经济不景气,贫富悬殊,民众怨恨;反对派政治势力活跃。先从这两个国家下手,两面一夹,不信利比亚不垮。

突尼斯布瓦吉吉自焚事件一发生,"战机"出现了。美国情报部门凭着灵敏嗅觉立即出手,利用"网络推手"点燃了突尼斯民众的愤怒之火。美国不费吹灰之力,轻而易举就把本·阿里搞掉了。

本·阿里一倒,消息通过网络迅速传到埃及,埃及很快也乱了,穆巴拉克也倒了。东、西两国总统一倒,利比亚枭雄卡扎菲再怎么逞能好强,他内心也不可能不开始发慌。

七

美国为何选定突尼斯作为这次向阿拉伯国家发动新一轮攻势的突破口?这是由地缘、政治、经济、文化等各方面的综合因素决定的。

突尼斯濒临地中海,与欧洲大陆隔海相望。它位于北非中央的突出部,就像非洲大陆向地中海对岸的欧洲大陆伸出的一只手。地中海对岸左边是意大利的撒丁岛,右边是意大利的西西里岛,这两个岛屿像是急着要跑过来同突尼斯握手相拥似的。从欧洲跨越地中海去北非,距离最近的就是突尼斯。

突尼斯的特殊地理位置,决定了它具有重要的战略地位。自古以来,各种势力入侵北非都要首先抢占突尼斯,这使突尼斯历经沧桑。公元前九世纪迦太基人就在这里建立过强大的奴隶制国家,但公元前二世纪被罗马人占领,公元六世纪受拜占庭帝国(东罗马帝国)统治。公元十三世纪突尼斯民族复兴,建立过强大的哈夫斯王朝。公元十六世纪沦为奥斯曼帝国的一个省。进入十九世纪后,法国人开始入侵突尼斯,1881年沦为法国殖民地。"二战"中,德军攻占北非,隆美尔元帅的指挥部就设在突尼斯首都突尼斯市。隆美尔的豪华官邸现在就在中国驻突尼斯大使馆院内,突尼斯政府将它列为文物级建筑,可以使用,不得做任何改动。我有一次访问突尼斯,曾去参观过这栋漂亮的两层白色洋楼,凭窗可以眺望地中海的碧波海浪,客厅内宽大的棕皮沙发和厚厚的羊毛地毯都是隆美尔时代的原物,仍在使用。隆美尔在此指挥德军与艾森豪威尔、蒙哥马利指挥的盟军在北非战场激战。隆美尔最后因牵连进谋杀希特勒未遂事件,被迫自杀。

1956年3月20日,突尼斯在全球反殖民主义运动中摆脱了法国殖民统治,成为独立的突尼斯王国。突尼斯首任总统布尔吉巴是著名的反殖民主义斗士,他年轻时在法国受教育,成年后长期为谋求民族独立而奋斗。独立后,布尔吉巴出任突尼斯王国首相,最高统治者是亲法的国王贝伊。在不久进行的立法选举中,布尔吉巴领导的新宪政党大获全胜。1957年7月,布尔吉巴召开制宪会议,宣布废黜贝伊王室,布尔吉巴出任突尼斯共和国第一任总统。

在北非和中东的阿拉伯国家中,突尼斯的"西方化"程度是最高的。布尔吉巴担任总统后,奉行亲西方政策,政治上搬用美国模式,实行议会制。并按照西方的价值观推行社会改革,废除宗教法庭,提倡妇女解放,进行教育改革等。军事上接受美国援助。

布尔吉巴总统多次连任,1975年当选为终身总统。但他晚年后走向专制,多疑猜忌,威信下降。1987年10月,布尔吉巴任命军人出身的本·阿里为总理。本·阿里向布尔吉巴提交了内阁成员名单,布尔吉巴批准后又反悔,不肯按时接见内阁成员,致使本·阿里无法对外正式公布。本·阿里经过精心准备,以逼宫形式逼迫布尔吉巴退位。本·阿里对外称布尔吉巴是"一位伟大人物",同时宣布他由于年迈多病已无法料理国事,免去其"终身总统"职位,由本·阿里自己出任总统。本·阿里将布尔吉巴安置到他故乡莫纳蒂尔"颐养天年"。2000年4月6日,布尔吉巴去世,终年九十七岁(一说九十九岁)。

本·阿里出任总统后,继承了布尔吉巴的两条统治"经验":其一,对外奉行亲西方政策;其二,对内搞专制独裁,由他领导的"宪政民主联盟"一党组成内阁。本·阿里担任总统前期,曾着力推动经济改革,吸引外国投资。他担任总统后的二十年间,突尼斯的国内生产总值以每年百分之五的速度增长。但在此过程中滋生出了两大问题:一是外国资本逐渐掌握了突尼斯经济命脉,大部分企业落入外国人手中;二是本·阿里在巩固自己的统治地位后,其家族成员迅速走向腐败,大肆侵吞国家资产。2008年全球爆发"金融海啸"后,突尼斯经济滑坡,外企大量裁员,失业率急剧上升;与此相对照,本·阿里家族成员的严重腐败情况开始曝光,由此引起社会动荡。美国的态度是,既然本·阿里已经不得人心,利用突尼斯国内政局动荡之机把他搞掉,然后按照美国的价值观进一步改造突尼斯,将比改造其他阿拉伯国家来得容易——这是美国选择突尼斯为突破口的重要原因。

稍加注意下面这两件事之间的联系,就可进一步看出美国的良苦用心:

第一件事,卡扎菲被打死前两天,2011年10月18日,美国国务卿希拉里·克林顿突访利比亚,拨款四千万美元援助利比亚过渡委员会,并许诺美国将帮助利比亚重建。外电称,这是美国为了在"后卡扎菲时代"重塑与利比亚的关系。

第二件事,2011年10月23日,突尼斯新政府举行了第一次制宪会议选举。据外电报道,突尼斯选举期间"有利比亚的人士来此观摩学习,借鉴选举经验"。这表明,美国准备把突尼斯作为对阿拉伯国家进行"民主化改造"的样板来推广,首先让它把美国式的政治制度建立起来,并要利比亚反对派及时到突尼斯去"取经"。由此可见,美国选择突尼斯作为突破口,的确是有深谋远虑的。

穆巴拉克：从民族英雄到笼中囚犯

一

穆巴拉克曾经是埃及的民族英雄。

穆巴拉克是空军飞行员出身。1973年10月，埃及对以色列发动了第四次中东战争（埃及人称"十月战争"），当时已经担任埃及空军司令的穆巴拉克，成功地谋划和指挥了对以色列的一场大规模空袭，为夺回西奈半岛开辟了通路。穆巴拉克从此名声大振，很快步入政坛，步步高升。

先来回顾一下第四次中东战争中的穆巴拉克。

1973年10月，第四次中东战争开战前夕，埃军总参谋部制定了一份从以色列手中夺回西奈半岛的作战计划。要想获得这次作战的胜利，前提是，必须首先发动一次大规模空袭，在最短的时间内摧毁以军在西奈半岛的各种军事设施和重型装备，为埃及陆军展开地面进攻创造有利条件。当时穆巴拉克已是埃及空军司令，对以色列的大规模空袭行动由他来谋划和指挥。以色列空军是先进的美式装备，埃及空军是苏联提供的旧式装备。面对敌优我劣的军力对比，如何才能打赢这场空袭大战？当年的穆巴拉克，显得那样精明、果敢、沉着和坚定。他把整个空袭计划分解成三部分：其一，实施佯动。他命令一批埃及战机在尼罗河三角洲和苏伊士运河空域来回巡逻，以迷惑以色列空军雷达的跟踪侦察。其二，分散待机。命令埃及空军战机分散部署在埃及东部的三十多个机场，进入战备状态。其三，亲身迷敌。他搞了一份名为"利比亚使命"的虚假计划。"十月战争"发动前一天下午四时，他通知五名空军高级将领陪同他一起去利比亚执行一项特殊任务，下令空军基地为他们准备一架专机，预订下午六时起飞，第二天返回；并将专机起飞的时间提前通知了埃及驻利比亚首都的黎波里的联络处。但是，临起飞前，他突然通知机长"因特殊原因"推迟两小时起飞。两小时后，再次通知推迟起飞。次日凌晨两点，穆巴拉克驱车前往开罗西郊机场，但不是起飞去利比亚，而是同飞行员们一起吃了一顿"封斋饭"，然后又迅速返回空军指挥部。穆巴拉克用这样一连串的"假动作"，成功地骗过了嗅觉灵敏的以色列情报机关。

　　10月6日，是以色列全年最重要的节日——犹太人赎罪日。以色列全国放假，犹太教徒在这一天全天禁食，并禁用武器和其他凶器。这是以色列全年战备最松懈的一天，许多以色列士兵都回家过节。6日上午，穆巴拉克突然召开空军高级指挥员会议，下令对以色列的大规模空袭行动立即开始。一声令下，几百架埃及空军战机从阿斯旺、曼苏腊、开罗以及尼罗河三角洲中部各机场一齐升空起飞，黑压压一片飞往苏伊士运河东岸，在一百八十多公里的漫长战线上，对以色列在西奈半岛的各种军事设施实施猛烈轰炸。短短二十分钟，西奈半岛上的以军指挥所、堡垒、机场、炮阵地、仓库等被摧毁百分之九十以上，埃及只损失五架飞机。此前，阿拉伯国家一直战胜不了用美国先进装备武装起来的以色列军队。这一次，埃及空军打出了威风，穆巴拉克威名远扬，被埃及人民视为民族英雄。但是，埃及陆军后面的地面战争没有打赢，萨达特总统最后只得与以色列"议和"了结。

战后,穆巴拉克晋升为空军中将,被授予最高级别的"西奈之星"军功勋章。1974年4月晋升为空军上将,并被任命为埃及副总统。

1981年10月6日是"十月战争"胜利八周年纪念日,埃及举行盛大阅兵式庆祝。当阅兵队伍经过主席台时,受阅队伍中突然有士兵向主席台上的萨达特总统开枪,萨达特总统中弹身亡。埃及国难当头之际,10月13日举行大选,穆巴拉克以百分之九十八的高票当选为埃及第四任总统。

穆巴拉克初任总统时五十三岁,年富力强。他是农家子弟出身,与妻子苏姗夫妻恩爱,育有二子,家庭和美,生活简朴,并不腐败。

二

穆巴拉克担任总统之初,埃及就像一个破落户大家庭,得的是贫穷落后综合征,内部情况一团糟。国内经济不景气,通货膨胀严重,国家债务累累,官员贪污腐败、裙带风盛行,社会治安恶化,暴力事件不断。

摆在穆巴拉克面前的是三大难题:稳定政局、振兴经济、拓展外交。应该说,穆巴拉克上任伊始的"三板斧"是砍得不错的。

埃及国内各种政治势力派别林立,情况十分复杂。穆巴拉克提纲挈领,高举"以法治国"旗帜,大力运用法律武器,以正压邪。同时,运用软硬兼施策略,打击少数,分化多数。对原先关押的大批政治犯和一般原教旨主义者做宽大处理,予以释放;而对现政权顽固坚持敌对态度的原教旨主义派别中的极端分子,坚决打击,决不手软。进入二十世纪九十年代后,他又采取了一些民主化措施,坚决打击埃及境内的恐怖主义活动。通过以上措施,在2005年以前,国内政局基本稳定。

为了改善埃及糟糕的经济,穆巴拉克谨慎地开始了经济改革。

主要内容包括:推进国有企业私有化、吸引国外投资,同时在财政金融方面也出台了一些新举措,使埃及的经济状况有所改善,但成效并不太大。

穆巴拉克担任总统后,外交上要重点处理好同阿拉伯世界和美、苏三方面的关系。埃及一向被视为阿拉伯国家的"领袖",开罗是阿拉伯国家联盟总部所在地。但是,埃及前总统萨达特给穆巴拉克留下了一个不大不小的难题。萨达特原本想通过"十月战争"一举夺回西奈半岛全部失地,由于战争后期埃及第三军团被以色列围困,战争未能达到目的。这使萨达特清醒地认识到,埃及乃至阿拉伯世界无法战胜得到美国支持的以色列。萨达特为了打破僵局,于1977年11月主动出访以色列,使他成为"二战"以来第一位访问以色列的阿拉伯国家领导人。萨达特的举动,意味着埃及正式承认以色列国的存在。美国卡特总统抓住时机,做通双方工作,邀请埃、以两国领导人同时访美。1978年9月,埃、以两国领导人萨达特和贝京在美国戴维营举行和平谈判。1979年埃、以正式签订和平条约,以色列从西奈半岛撤走全部军队和迁入的移民,与埃及建立了正常关系。但是,其他阿拉伯国家拒不承认以色列国,他们认为萨达特的行为背叛了阿拉伯世界,埃及被开除出阿拉伯国家联盟,阿拉伯各国纷纷同埃及断交,这使埃及在阿拉伯世界陷入孤立境地。

穆巴拉克上台后,为改善同阿拉伯国家的关系付出了不懈努力。1989年,埃及终于重返阿盟,阿拉伯各国也先后同埃及恢复了外交关系。同年7月,穆巴拉克当选为非统组织主席。这是穆巴拉克取得的一大外交胜利。

穆巴拉克年轻时曾三次前往苏联学习,与苏联的关系较深。但他担任总统后,继续奉行萨达特的亲西方政策,积极发展同美国的关系,谋求在政治、经济、军事上得到美国更多的支持和援助。为此,他反对苏联入侵阿富汗,但同苏联也并不完全搞对立。他对国际恐怖主义持坚决反对立场。

穆巴拉克作为一名著名政治家和国务活动家，在国际上受到广泛赞誉和尊敬，先后被世界各国授予五十多枚奖章、勋章。

三

穆巴拉克度过了人生的光辉顶点，就像早晨升起的太阳傍晚必然会落下一样，进入晚年后开始走下坡路。分水岭出现在2004—2005年。

将穆巴拉克拖入灭顶之灾的是"三条绳索"。

第一条，埃及经济长期上不去。2004年，埃及民众对经济不景气的怨气已经越来越多，鉴于2005年就是大选年，穆巴拉克任命纳齐夫为新总理，负责重振经济。但纳齐夫采取的是一些治标不治本的办法，有的甚至是饮鸩止渴的办法。主要措施之一是加快私有化，把大部分公共领域的公司股份都出售了。外国资本控制这些公司后大量裁员，使本来已经居高不下的失业率进一步加剧，民众的不满情绪变得更加强烈，加深了对穆巴拉克的不满情绪。一转眼就到了2005年大选时刻，穆巴拉克感到空前的压力。过去每次大选，总统候选人都只有他一人；这次他为了体现"民主"色彩，增加了几名候选人名额。但穆巴拉克采取了一个很愚蠢的做法：操纵选举，确保自己能连任。结果，他虽然达到了连任总统的目的，他的威信却一落千丈，民众的不满情绪趋向激烈化。经济和政治是分不开的。穆巴拉克长期没有把发展经济作为治国之本来抓，这是他最大的失策。几十年过去，国家面貌依旧，引起民众强烈不满，这是预料之中的事。你穆巴拉克几十年前是民族英雄，民众歌颂你、拥护你；你今天变成了国家发展的障碍，民众照样不买账，不满情绪压不住。这就应了我们中国的一句老话："水可载舟，亦可覆舟"。

第二条，迷恋权力，逐步走向独裁专制。穆巴拉克已执政三十年。世界发展到今天,一个人在总统职位上独裁专制几十年,这种现象已经严重违背时代潮流。权力是什么?权力是能够调动庞大交响乐团的指挥棒,轻轻一抖,山呼海啸,震耳欲聋;权力也是一种慢性腐蚀剂,专门腐蚀恋权者的心脏和大脑,渐渐地,一颗殷红的赤子之心会渐渐变得灰暗,大脑会渐渐变得僵硬。穆巴拉克的执政风格比较温和,他不是"暴君"。但像他这样一位当年有着民族英雄光环的老总统,走到哪里都会有崇拜和赞扬之声。他对这种感觉深深迷恋,欲去还留,不肯自动退出历史舞台。这一条,恐怕是所有独裁专制君主的共同悲哀。

第三条,贪污腐败。在埃及那样的制度下,这类现象似乎难以避免。穆巴拉克初任总统时的形象很好,媒体曾以"生活简朴"来称赞他。有一家媒体曾直言不讳地向他提出过一个尖锐问题:"你作为总统和一家之主,是否遇到过家人提出的要求超过了你的支付能力?"穆巴拉克坦然回答道:"我不做任何超过我能力的事,我的家人很清楚这一点,因此他们不会提出额外的要求。"但是,一块方直厚重、纹理清晰的巨型好木材,也经不住天长日久日晒夜露,颜色也会渐渐变暗,被脏水浸泡处也会渐渐腐朽。据媒体披露,穆巴拉克担任总统三十年来,家庭财富达到四百亿至七百亿美元之间。这当然只是一种推测的数字,在法律上不足为凭。但媒体同时又披露了另外一些情况:2011年2月11日下午,瑞士联邦政府下属机构发布指令,要求瑞士各银行冻结已辞职的埃及总统穆巴拉克及其亲信随员名下的资产,冻结期为三年。由瑞士政府出面采取这一举措,非同寻常。2月22日,埃及总检察长马哈茂德下令冻结穆巴拉克及其家族成员在国内的全部财产;马哈茂德同时要求埃及外交部敦促瑞士以外的其他国家冻结穆巴拉克及其妻子、两个儿子、两个儿媳的全部资产。此后,穆巴拉克本人宣布,他将向政府捐出一点四亿美元的存款,他说这笔钱是为埃及亚历山大图书馆筹集的。5月16日,穆巴拉克夫人苏姗承诺将捐出开罗郊区一座估价为七十四万美元的别墅,并愿意交出原来打算做一个慈善项目的三百万美元存款。不管穆巴拉克夫妇对这些钱的用途怎么说,已被一盆贪污腐败的脏水泼了一头一脸。上行下效,埃及官员贪污受贿成风,一个个脑满肠肥;老百姓长期贫困,他们怎能不"揭竿而起"?

上述三条,条条都要命啊!

四

穆巴拉克被打倒,只经过了十七天"街头战争",比突尼斯本·阿里倒台的过程还短。

突尼斯、埃及、利比亚、也门和叙利亚等国,属于同一挂鞭炮,一头被点燃,全都挨个儿炸响。突尼斯本·阿里倒台后十天,埃及首都开罗也爆发了示威活动,目标直指穆巴拉克,要求他立刻下台。穆巴拉克抵抗到骚乱第十七天,2月11日终于被迫"辞职"而去。"街头战争"威力之大,速度之快,匪夷所思。

埃及"街头战争"一起,穆巴拉克迅速陷入了"四面楚歌"的境地。反对他的有五股势力:第一,已经站到他对立面的多数埃及民众(另一派埃及民众仍然支持穆巴拉克);第二,时隐时现、推波助澜的美国"影子";第三,穆斯林兄弟会等反对派政治势力;第四,觊觎埃及总统职位已久的前国际原子能机构总干事穆罕默德·巴拉迪;第五,埃及军方。

冲在"街头战争"第一线的是反对穆巴拉克的埃及民众。1月25日是埃及的警察节,也是埃及的全国性节日,开罗"街头战争"爆发,群众举行声势浩大的抗议示威,要求穆巴拉克下台。抗议组织者挑选这一天发难,是因为埃及的警察普遍腐败。1月26日凌晨,警察用催泪弹和高压水枪驱散开罗解放广场的示威者。1月27日,Facebook(脸谱)、Twitter(推特)和BlackBerry(黑莓)等网站均已无法登录,民众抗议活动迅速升级,演变成街头骚乱。其实,突尼斯事变的消息早已通过上述网站和手机拷贝转录入埃及老百姓的口头传播系统和情绪传播系统,这时埃及政府下令关闭上述网站为时已晚,反而激起更大反弹。1月28日,埃及全国酝酿大规模游行示威。当晚,执政党总部大楼被抗议者纵火,国家博物馆遭抢劫。1月29日凌晨,穆巴拉克发表电视讲话,要求以纳齐夫为首的政府辞职。但这时找"替罪羊"已无法"替罪",开罗爆发了更大规模的游行,老人、妇女、儿童纷纷走上街头,要求穆巴拉克辞职。当天下午,埃及卫生部发言人阿卜杜·拉赫曼宣布一个消息:在过去四天抗议和骚乱中,至少已有五十一人死亡、一千一百人受伤。这无疑于往群情激愤的人堆里扔了一个炸药包,局势变得更难控制。当晚,穆巴拉克召开紧急会议,宣布埃及民航局长艾哈迈德·沙菲克为政府新总理,同时任命埃及情报局长奥马尔·苏莱曼为副总统——这是穆巴拉克执掌总统权力三十年来第一次任命一位副总统。但是,这最后一根"稻草"也救不了他了。1月31日,示威活动继续扩大,进一步向穆巴拉克施压,逼迫他下台。

　　美国在这场埃及"街头战争"中的态度很微妙。除了上面提到的那些美国网站所发挥的作用外,1月27日晚间美国总统奥巴马发表公开谈话,他说穆巴拉克在很多关键性问题上都是美国的盟友,"但是我一直告诉他要确保不断推进政治改革和经济改革"。他这番谈话的要害,全都包裹在"但是"后面这句话中了。1月28日,美国国务卿希拉里也发表公开谈话,她说埃及应该容许和平的示威游行,"对于埃及警方及保安部队针对反对者所采取的暴力措施,我们深表担忧,我们呼吁埃及政府采取一切措施控制保安部队,同时反对者也不应当采取暴力措施,而是以和平方式表达观点"。他们两人的公开谈话,表面温和,绵里藏针。

　　领会美国意图最快的是埃及军方。按理说,穆巴拉克本人在埃及是享有崇高威望的老军人,他身为埃及总统,又是埃及军队的最高统帅,军队忠于他应该是没有问题的。然而,人们的惯性思维偏偏在这里出了差错。政治斗争到了生死存亡的关头，任何感情因素都会被毫不留情地撇到一边。2月1日，埃及"街头战争"的死亡人数已上升至一百四十多人。这一天，埃及军方公开发表声明，表示"不会使用武力对付示威者"；并说，"公民用和平方式表达意见的自由将得到保障"，派驻街头的士兵"要保障人民安全"，"但绝不允许抢劫、破坏等非法行为"。埃及军方不折不扣地执行了美国国务卿希拉里的"指示"。当晚，穆巴拉克发表电视讲话，明确表示自己已经无意竞选下届总统，将在本届剩余任期内保证政权平稳过渡，并敦促议会修改宪法中有关总统竞选人条件和任期的条款，埃及将在2011年下半年举行总统选举。这表明，穆巴拉克已向埃及军方后退了半步，他希望能任满本届总统任期，然后"和平交权"。但埃及军方对穆巴拉克的这一表态仍然"不甚满意"。2月4日，"示威者潮水般拥入解放广场"，这一天是示威者要求穆巴拉克交出总统权力的最后期限。天亮后，埃及国防部长侯赛因·坦塔维和其他高级将领巡视了解放广场，媒体称埃及军方这一举动是"罕见的"，它向民众"表明今天的示威活动是军方许可的"。接着，从下面这几条消息中露出了"猫腻"：2月10日晚间，穆巴拉克发表电视讲话，宣布将向副总统苏莱曼移交部分权力，他自己不会辞职。美国和欧盟就此发表声明，敦促埃及政府采取更多措施，加快权力过渡和改革进程——他们公开插手了。副总统苏莱曼是美国的"意中人"，美国希望他能迅速接手权力；但埃及军方显然不干。2月11日，副总统苏莱曼通过国家电视台正式宣布，穆巴拉克已经辞去总统职务，并"已授权埃及武装部队最高委员会掌管国家事务"。很显然，国家权力最终落到了埃及军方手中。怎么回事？有消息披露，埃及军方在最后时刻背叛了穆巴拉克，他们通过一场静悄悄的内部政变，强行从穆巴拉克总统手中接管了权力，然后派埃军参谋长萨米·安南将穆巴拉克"护送"到西奈半岛红海海滨的旅游城市沙姆沙伊赫软禁了起来。

　　前国际原子能机构总干事穆罕默德·巴拉迪，对埃及总统职位觊觊已久。他从国际原子能机构卸任后,居住在维也纳。开罗1月25日爆发街头示威,他1月27日就迅速赶回开罗参加示威,可见其心情之迫切。鉴于他在国际上的广泛影响,外界一致认为他是角逐下届埃及总统的热门人选,并将成为推动埃及改革的代表人物。他的回国,无疑成了埃及"街头战争"的重要推动力量。至于他下一步能否如愿当选埃及总统,世人只能拭目以待。

至于穆斯林兄弟会组织,虽然势力很大,而且是这次埃及"街头战争"的组织指挥者之一,但由于它是伊斯兰复兴运动的政教合一组织,主张在埃及建立政教合一的政权,美国对它不会太感兴趣。一旦穆斯林兄弟会在今后的选举中占得上风,美国如何同它相处,将是一个十分棘手的问题。

从1月25日至2月11日穆巴拉克下台的十七天内,埃及"街头战争"中死亡八百四十六人,受伤超过六千人。

埃及军方直接从穆巴拉克手中夺取了国家权力,埃及各派政治力量都不会满意,因而示威队伍中迅速喊出了进行"二次革命"的口号。

五

穆巴拉克接受审讯的场面是很惨的。

2011年8月3日,埃及军方用直升机将穆巴拉克送往首都开罗接受审讯,审讯他的法庭设在一所警官学院内。穆巴拉克受到滥用职权、贪污腐败、下令枪杀示威者等多项罪名指控。如果穆巴拉克下令枪杀示威群众的罪名成立,他将被判处死刑。

穆巴拉克已是八十三岁高龄的老人,由于他重病在身,被关在一个特制的大铁笼内,躺在病床上受审。这一镜头通过电视传播到全世界,受辱之甚,世所罕见。通过这一情节,也能透视出当今埃及政治势力的政治道德水准。穆巴拉克即使犯有"死罪",审讯期间也应给予他基本的人格尊严,而不应采取如此粗鲁的污辱方式。

最终对穆巴拉克的终审判决如何,目前尚不得而知。但是,穆巴拉克当了三十年总统,竟在十七天"街头战争"中惨败,落得如此下场,可悲可叹,这件事本身发人深省。

对穆巴拉克的审讯尚在进行之中,埃及的"街头战争"却掀起了第二个高潮,示威者的口号变成了"打倒军人委员会"!

埃及"街头战争"第一阶段,各派政治力量的目标一致指向穆巴拉克。现在,他们互相之间的博弈刚刚开始。

世人对四大文明古国充满了崇敬。如今,中国和印度正在复兴,伊拉克和埃及却再一次跌入了深渊。

埃及啊,你路在何方,何日才能重现辉煌?

尼罗河在哭泣,金字塔陷入了深深的沉默!

卡扎菲：狂人、雄狮、狐狸，翻船阴沟洞

一

利比亚的卡扎菲，在世界各国领导人中是真正的"另类"，独一无二的"怪人"。美国骂他是"狂人"、"疯狗"、"流氓政权"领导人；利比亚和阿拉伯世界的崇拜者则称他是"沙漠雄狮"、"铁汉"、"阿拉伯雄鹰"、"非洲勇士"、"伟大骑士"、"革命导师"。卡扎菲同时又是北非沙漠中一只狡猾透顶的"狐狸"，一只真正的"沙漠之狐"。

卡扎菲统治利比亚四十二年，政绩斐然，结局惨烈。

2011年年初开始席卷北非和中东的骚乱风暴，最先被刮倒的是突尼斯总统本·阿里、埃及总统穆巴拉克，但"台风眼"从一开始就回旋在利比亚。美国和欧洲伙伴（最积极的是法国，其次是英国和意大利）认为这一次是搞掉卡扎菲的绝好机会，千万不能错失。希拉里的话说得最直白："卡扎菲必须下台！"这位美国女子的一身霸气，好生了得。

在美国和欧洲几国的操纵下，利比亚的街头骚乱很快演变成了全面内战。美国和法国、英国一面对卡扎菲政府军直接实施军事打击，一面用军事装备和强大舆论武装支持利比亚反对派。强硬的

卡扎菲顽抗了半年,终于彻底崩溃。最后时刻,陷入绝境的卡扎菲钻进了下水道水泥管中,被反对派士兵拖出来开枪打死,"卡扎菲时代"戛然而止。

世界上少了卡扎菲这样一位桀骜不驯的狂人,美国能否从此减少一位敌人?

二

本人为文不避嫌,先为卡扎菲说句公道话:他曾经是利比亚的一位革命者。

卡扎菲领导的利比亚"九一革命",至少实现了三个目标:推翻了利比亚封建王朝,建立了阿拉伯利比亚共和国;赶跑了美国在利比亚的军事基地,后来又将美国在利比亚的石油企业收归国有;领导利比亚摆脱了贫困,成为非洲"首富",令世人瞩目。

卡扎菲1940年6月出生在利比亚滨海城市苏尔特以南三十多里沙漠中的一个普通牧民家庭,属于柏柏尔人卡扎法部落。他的全名叫奥马尔·穆阿迈尔·卡扎菲。他是家中唯一的男孩,排行最小,上面有三个姐姐。他父亲阿布·梅尼尔·卡扎菲是个文盲,但他千方百计要让儿子读书,希望他长大后能出人头地。沙漠中没有学校,父亲每周领着卡扎菲到一位宗教老师家里去学习,有点像中国旧时代的私塾。主要学习《古兰经》,同时也学习一些基本的书写和算术。卡扎菲十岁时,父亲送他到苏尔特的一所小学去读书。卡扎菲已经懂得珍惜来之不易的上学机会,因付不起学校的寄宿费,他白天上课,晚上就睡在清真寺的地板上。伊斯兰国家每周五为休息日,卡扎菲每周四放学后步行三个半小时回家与家人团聚,星期六又步行三个半小时返校。他在班里是年龄最大的学生,同学们讥笑他是"乡巴佬"。他沉默寡言,学习刻苦,用四年时间学完了六年小学课程,并取得了毕业文凭。卡扎菲十四岁时,父亲为了使他能上中学,在利比亚中南部塞卜哈附近找到了一份为人放牧的工作,全家搬往中南部沙漠,卡扎菲进了塞卜哈市内的一所中学。家庭的游牧生活背景、小时候的上学经历,养成了卡扎菲既放荡不羁、桀骜不驯,又能吃苦耐劳、同情穷人的性格特征。

塞卜哈中学是卡扎菲走上革命道路的出发地。

二十世纪五十年代,非洲大陆掀起民族独立运动高潮,北非各国相继摆脱殖民统治,获得民族独立。影响最大的是纳赛尔1952年7月领导的埃及七月革命,推翻了埃及法鲁克封建王朝,赶跑了英国殖民主义者。卡扎菲在塞卜哈中学收听《开罗之音》广播,当他听到纳赛尔抨击西方帝国主义、呼吁阿拉伯国家团结起来等内容,心情异常激动,纳赛尔成了他的崇拜偶像。他想到了自己的国家,利比亚以前是意大利殖民地,虽然在1951年12月24日获得了独立,成立了利比亚联合王国,但国王伊德里斯太软弱,利比亚仍然受到外国势力的摆布。

在纳赛尔主义的影响下,卡扎菲于1959年在同学中成立了秘密组织"卡扎菲同学会",在他身边聚集了一批有志青年。1961年10月5日,卡扎菲第一次带领示威者走上街头,抗议外国人在利比亚土地上建立军事基地。示威者与军警发生了激烈冲突,多名示威者被捕。塞卜哈警察当局认定卡扎菲是一个不安定分子,报请利比亚教育部长签字批准,将他从塞卜哈中学开除。但塞卜哈市执政者中有人同情卡扎菲等青年人的反帝行动,他父亲去请求塞卜哈市的一位行政长官为卡扎菲在米苏腊塔另找了一所中学。当年卡扎菲已经十九岁,超过了报考中学的入学年龄。他父亲又去求另一位行政官员为卡扎菲开了一份虚假证明,把他的出生时间1940年改为1942年。卡扎菲进了米苏腊塔中学,不久又在同学中恢复了"卡扎菲同学会"的秘密活动。卡扎菲为同学会成员立了三条规定:不喝酒、不玩牌、不玩女人。

如果用一句正面语言来表述,卡扎菲早在中学时代就已成为一名青年革命家。他中学毕业后考入班加西的利比亚大学攻读历史,但两年后他转入班加西军事学院学习。这时他心中已有明确目标:千方百计进入军队、掌握军队,才能实现宏图大业。1965年从班加西军事学院毕业,在利比亚陆军服役,被授予少尉军衔。1966年被派往英国桑德赫斯特皇家军事学院受训。

当年,埃及纳赛尔领导七月革命的核心力量,是由他创立的"自由军官组织"。卡扎菲仿效纳赛尔的这一做法,也在利比亚军队中秘密成立了以他为首的"自由军官组织"。并以此为核心,通过各位成员去秘密发展各种民间外围组织,积聚革命力量。

1969年9月1日,卡扎菲通过发动了一次"不流血的政变",推翻了利比亚封建王朝,建立了利比亚共和国。这次政变被称为"九一革命"。

卡扎菲策划这次政变行动时,经常召集他的"自由军官组织"核心成员到几百公里之外的沙漠深处去开会,有时就在野外露宿。为了解决活动经费,卡扎菲规定"自由军官组织"核心成员必须交出每月全部工资。卡扎菲向利比亚每个兵营派出两名"自由军官组织"骨干,要求他们把那里的所有军官名单、上下级领导关系、士兵和武器弹药数量、军营活动规律等等,摸得一清二楚。卡扎菲对发动政变的每一个细节都考虑得细而又细。

1969年年初,卡扎菲要求各个方向的负责人重新核查行动路线、交通工具、联络方式、突发情况处置方案等准备情况。核查结果,一切准备就绪,卡扎菲下令3月21日举事。但3月21日临时出现了一个情况:埃及著名女歌唱家乌姆·库尔舒姆要来班加西举办演唱会,大部分王室成员和军政要员都将出席。卡扎菲认为演唱会现场戒备等级肯定很高,行动不易得手。而且,歌唱家乌姆·库尔舒姆在阿拉伯国家名望很高,扰乱她的演唱会,在舆论上对政变行动不利。于是经过再三考虑,果断取消了这次行动计划,把行动时间推迟到6月5日。

6月5日前几天,有好几名"自由军官组织"成员突然接到调防通知,引起卡扎菲警觉,他怀疑政变计划是否已被泄露？于是再次取消了行动计划。

8月,正在国外度假消夏的国王伊德里斯把利比亚上议院和下议院领袖都召集到希腊首都雅典,交给他们一封信件,宣布自己退位。消息传回国内,利比亚政局出现动荡,各派政治势力都跃跃欲试。卡扎菲得到情报,利比亚军队参谋长沙勒希兄弟领导的宫廷集团准备在9月4日前夺取政权。卡扎菲本人则接到通知,要他9月11日去英国接受第二次培训,为期六个月。卡扎菲感到采取行动已经刻不容缓,于是下达最后命令:9月1日凌晨开始行动。

政变行动出乎预料地顺利,仅在占领"昔兰尼加卫队"兵营时发生一阵对射,一人死亡,十五人受伤。首都的黎波里的王室成员和军政高官悉数被捕。只有王储一人听到枪声后躲进了游泳池,天亮后也被捕,但他马上表态拥护新政权。其他各地的行动基本没有遇到抵抗。整个政变行动不到四小时,东部重镇班西加和首都的黎波里同时取得胜利。9月1日清晨6时30分,卡扎菲在班加西广播电台发布推翻伊德里斯封建王朝的第一号公报。"自由军官组织"没有提前准备公报,卡扎菲进了电台播音室随手抓过一张纸,急速写了几条提纲,然后边讲边发挥,满怀激情地向利比亚全国宣告：伟大的利比亚人民,为了实现你们的崇高愿望,你们的武装部队已经采取行动,推翻了反动落后的腐朽制度,结束了漫漫长夜,诞生了新的阿拉伯利比亚共和国。

政变后,卡扎菲没有下令处死旧政权的任何人,更没有出现血腥屠杀。一周以后,卡扎菲批准公布了由十二人组成的"革命指挥委员会"名单,由他担任利比亚最高领导人兼武装部队总司令,军衔由中尉晋升为上校,这时卡扎菲才二十七岁。刚开始,他对外使用的头衔是总理兼国防部长。不久,他把自己的职务改为"总人民委员会总秘书处总秘书"。他说,他的职责是为利比亚人民当"秘书"。曾有记者问他为何不当总统？他回答说：总统隔几年就要来一次选举，多麻烦？我当秘书不用选举。上校的军衔也一直没有变，这丝毫不影响他的无上权威。这就是卡扎菲的过人之处——在政治斗争领域，展现出了他的绝顶聪明和狡猾！

卡扎菲把某些社会主义概念和《古兰经》中的伊斯兰教教义杂糅在一起，创立了另一种"社会主义理论"，这些理论包括在他发表的三卷《绿皮书》中。由于他的《绿皮书》"理论"既反对资本主义，也反对共产主义，后来被称为"第三套世界理论"。他宣称，他的"第三套世界理论"终极目标是要通过政治、经济和社会革命"解放全世界被压迫人民"。卡扎菲处处喜欢"搞怪"，在"革命理论"上也如此。

利比亚拥有丰富的优质石油蕴藏量，过去都被西方石油企业垄断经营。卡扎菲以强硬手段逼迫西方石油公司和利比亚新政府谈判，重新分割利润，利比亚得大头。不久，又先后将英国等西方国家在利比亚开采的油田收归国有，利比亚从此迅速"脱贫致富"。卡扎菲将大部分石油收入用于提高人民生活水平，搞免费教育和免费医疗，还兴建了好几项大型水利工程，把南部的地下水引往北部沙漠地带，发展农田灌溉和沙漠绿化。

就在卡扎菲被打死前不久，加拿大全球化研究中心还在一篇文章中指出："利比亚人的生活水平在非洲大陆是最高的，卡扎菲领导下的利比亚在全非洲拥有最低的婴儿死亡率和最长的生命预期，他四十多年前从伊德里斯国王手中夺过权力时，全国识字率不足百分之十，今天这一比例超过百分之九十。"

还有的研究文章指出，阿拉伯世界的石油经济从二十世纪七十年代以后得以起飞，建立头功的是卡扎菲。卡扎菲为他们树立了榜样，敢于从掠夺资源的西方资本主义国家手中夺回本国利益，阿拉伯各国纷纷仿效，大见成效，这是千真万确的事实。

单从经济效益和社会效益来说，卡扎菲领导的利比亚"九一革命"无疑是成功的。但是，四十二年后，利比亚国内为什么会冒出这么大的反对派势力反对他？这要卡扎菲自己来回答。

三

卡扎菲后来成为"另类"、"狂人"，不是偶然的，他是当今各种世界性矛盾纵横交错杂交出来的一个"怪胎"。

卡扎菲以"反美斗士"的姿态出现，突出反映了美国与阿拉伯世界的尖锐矛盾。美国是基督教文明，阿拉伯世界是伊斯兰文明，意识形态不同、价值观不同。在意识形态和价值观问题上，美国一贯奉行极端的排他主义。凡是与美国意识形态不同、价值观不同的国家和地区，都被美国视为"异己"、"敌人"，动辄制裁、遏制、颠覆、围堵，直至发动战争将其消灭。由此可见，首先不是阿拉伯世界要想"吃掉"美国，阿拉伯世界没有这个能力；而是美国念念不忘要想"改造"阿拉伯世界，使阿拉伯世界对美国俯首帖耳，这是美国不变的战略目标。但穆斯林是不易"驯服"的，阿拉伯国家是世上"最倔强的孩子"，不听你美国任意摆布。阿拉伯国家伊斯兰教原教旨主义中的极端派，便用恐怖主义对抗美国。在恐怖主义者看来，对付美国极权主义的最好办法，就是用极端恐怖的方式同它"对话"。他们之间是一对你死我活的矛盾，一时无法调和。

冷战结束以来，美国"一超独霸"，全世界都感受到了来自美国咄咄逼人的压力。阿拉伯世界首当其冲，因而对美国的反抗最为强烈。最有力的证明，就是阿拉伯世界涌现了"反美三雄"：本·拉登、萨达姆、卡扎菲。在这"反美三雄"中，卡扎菲的反美资格最老。他1969年通过发动政变成为利比亚领导人后，立即充当反美急先锋，把美国在利比亚的惠勒斯空军基地赶走，宣布废除利比亚王室同美国签订的军事协定和其他各种协定。当时冷战尚未结束，惠勒斯空军基地是美国在非洲最大的一个军事基地，驻有六千多人，是美军监视苏联在地中海和黑海军事活动的前哨。卡扎菲的这一大胆举动,挖掉了美国的一块心头之肉,美国对卡扎菲怎能不切齿痛恨?

以色列问题,是美国同阿拉伯世界尖锐对立的一个死结。

1947年联合国通过了巴勒斯坦分治《决议》,由于《决议》对土地分配不公,阿拉伯世界强烈反对。犹太人抢先于1948年5月14日宣布在巴勒斯坦土地上成立了以色列国,并在第二天就对埃及、伊拉克、黎巴嫩、叙利亚等阿拉伯国家发动了侵略战争,把九十六万巴勒斯坦人赶出家园,沦为难民。由于犹太教与基督教同源,美国一贯偏袒以色列,激起了阿拉伯世界强烈的反美情绪。自从以色列宣布成立国家到现在,已经先后爆发了四次中东战争。以色列得到了美国先进武器装备和充足资金的全力支持,阿拉伯国家每次都打不过以色列,这使阿拉伯国家更加仇恨美国、仇恨以色列。

卡扎菲准备联合阿拉伯国家发动"全面战争"消灭以色列。1970年年初,即利比亚"九一革命"后第二年,卡扎菲就去向他崇拜的导师埃及总统纳赛尔汇报他的计划。纳赛尔耐心地对他说:"不行啊,我亲爱的小兄弟,阿拉伯国家在主要军事装备上同以色列差距太大了,打不过它。"卡扎菲回答说:"这有什么可怕的,以色列只有三百万人口,阿拉伯国家有一亿人口,我们应该联合起来,都听你指挥,对以色列发动全面战争,把它彻底消灭!"纳赛尔说:"这不行,以色列一旦在常规战争中处于下风,它会立刻向阿拉伯国家扔原子弹。"卡扎菲问纳赛尔:"我们自己有原子弹吗?"纳赛尔对他摇摇头:"我们没有。"

卡扎菲回国后,很快派利比亚二号人物贾卢德少校去向纳赛尔通报说,利比亚准备花钱去买一颗原子弹来,交给埃及使用,打败以色列。纳赛尔一听惊呆了,问:"你们准备问谁买?"贾卢德少校说,卡扎菲分析过,美国和苏联肯定不会卖给我们,去向中国购买。贾卢德少校辗转来到中国,周恩来总理接见了他。周总理听完他的陈述,微笑着告诉他,中国研制原子弹,一是为了自卫,二是为了打破美苏核垄断,原子弹不是商品,不能卖的,客客气气把贾卢德送走了。

四

卡扎菲搞不到原子弹,他就开始搞另一手,用恐怖主义同美国和以色列对抗。

1973年2月21日发生的一起事件,使利比亚同以色列的矛盾激化了。利比亚有一架飞往埃及首都开罗的客机,偏离了航线十八公里(原因不明),进入了被以色列占领的西奈半岛领空,被以色列空军击落,机上一百零八名乘客全部遇难,其中包括利比亚外交部长亚西尔。卡扎菲愤慨至极,要求埃及总统萨达特允许利比亚空军飞机飞越埃及领空,前去轰炸以色列的法海港,报复以色列。萨达特没有同意,劝卡扎菲保持"冷静"。卡扎菲对萨达特极为不满,怒吼道:"以色列可以击落利比亚客机,利比亚为何不能对以色列报复!"

当年5月14日,以色列庆祝建国二十五周年。欧美许多犹太富翁租用英国豪华邮轮"伊丽莎白二世"号前往以色列出席国庆活动。邮轮从英国经地中海驶往以色列,要经过相邻的利比亚和埃及两国领海外的公海海面。卡扎菲提前得到这一消息,召见停泊在利比亚首都的黎波里港的一艘埃及潜艇艇长,向他摊开一张地中海海图说:"我以阿拉伯民族主义者和利比亚武装力量总司令的名义和你说话,你能辨别出航行在地中海上的'伊丽莎白二世'号邮轮吗?"艇长答:"能。"卡扎菲接着说:"你能用两枚鱼雷瞄准它,把它击沉吗?"艇长答:"从理论上说行,但事关重大,我必须得到直接领导下达的命令才能开火。"卡扎菲说:"那好,现在我就给你下达命令,击沉它!"艇长敷衍应诺。入夜,艇长将潜艇浮出海面,用无线电向国内报告了这一情况。萨达特总统接到报告后说:"卡扎菲是想陷害我们!"他命令潜艇立即返航。这使卡扎菲对萨达特更为不满,骂他是"阿拉伯叛徒",两国关系出现紧张,直至断交。

但卡扎菲报复美国和以色列的决心绝不会动摇,更不会放弃。萨达特不肯帮忙,他自己干。1977年春,卡扎菲秘密策划了一起刺杀行动,准备刺杀美国驻埃及大使赫尔曼·艾尔茨,以破坏埃及与美国的关系。但这一秘密计划被利比亚一名官员向美国中央情报局出卖了,未能得逞。当时的美国总统卡特鉴于斡旋中东和平进程正处于关键阶段,下半年埃及总统萨达特将出访以色列,同以色列单独媾和,所以对此事并未公开声张,只是通过利比亚驻联合国大使向利比亚政府递交了一份抗议照会,揭露了卡扎菲策划的这一阴谋。

不久,美国开始报复利比亚。1980年,卡扎菲支持英国分裂组织"爱尔兰共和军",美国宣布利比亚是"支持恐怖主义国家",关闭了驻利比亚大使馆。1981年,美国里根总统上任后,骂卡扎菲是"疯狗",以利比亚搞恐怖主义为由,在地中海利比亚锡德尔湾上空击落利比亚空军两架飞机,宣布同利比亚断交。

卡扎菲以牙还牙。从1985年底开始,制造了一系列针对以色列和美国的恐怖袭击事件。1986年春,美国一架民航飞机在希腊上空被炸,四名美国人炸出飞机丧命。同年,西德西柏林美军士兵经常光顾的一家舞厅爆炸,死伤二百多人,其中有六十多名美军军人。

美国对利比亚采取了更大规模的报复行动。1986年春,美国出动两艘航母、几十架飞机,对利比亚首都的黎波里和东部重镇班加西的兵营、海港、卡扎菲帐篷等五个目标实施了一次大规模空袭。利比亚一百多名平民被炸死,六百多人受伤。卡扎菲的妻子索菲娅和八个孩子受伤,其中一个一岁多的养女被炸死。卡扎菲几天没有露面,美国以为他被炸死。但三天后,卡扎菲的一名助理发布一则消息说,美军前来空袭时,卡扎菲正在一个装有空调的帐篷里躺着读一本越南战争的书,并观看了一部描述美军在越南搞恐怖活动的录像。当天,卡扎菲本人穿着一身崭新的军装,胸前佩着三排奖章,发表电视讲话,强烈谴责美帝国主义的侵略行径,痛骂里根总统屠杀利比亚妇女儿童,美国人是"没有进化成人类的猪"。他对利比亚人民说:"我们取得了伟大胜利,打开你们的灯,到街上去跳舞吧,我们不怕美国佬!"

1988年12月1日,美国泛美航空公司的一架波音747客机从西德法兰克福飞往纽约。途中飞经苏格兰一个名叫洛克比的小镇上空时突然爆炸,机上二百五十九名乘客无一生还,飞机坠毁时地面又被炸死十一人,一共丧生二百七十人。这就是震惊世界的"洛克比空难"。经调查,空难与两名利比亚特工有关,卡扎菲否认。美国向联合国施压,联合国通过《决议》,从1992年起对利比亚实行全面制裁,卡扎菲陷入了困境。

利比亚从1992年受到全面制裁,到2001年本·拉登对美国发动"9·11"恐怖袭击事件,刚好十年。这十年制裁,不仅使利比亚经济遭受严重损失,而且在世界上陷入严重孤立。为了摆脱困境,卡扎菲一直在苦苦寻找合适的时机、合适的台阶,缓和同美国的关系。世界上的事情就这么怪,本·拉登对美国发动"9·11"恐怖袭击事件后,卡扎菲是最早向美国遇难者表示哀悼的非洲国家领导人,并公开发表声明严厉谴责恐怖主义,第一个提出应该缉拿本·拉登。不仅如此,还对利比亚国内同"基地"组织有联系的人采取了措施,主动向美国提交了一份名单。2003年1月,美国发动伊拉克战争前夕,卡扎菲凭借他灵敏的嗅觉感到苗头不对,迅速抛出口风,愿意同美国改善关系。3月,美国悍然发动伊拉克战争,这使卡扎菲进一步受到震慑。8月,卡扎菲表示愿意对"洛克比空难"负责,并愿意拿出二十七亿美元对空难死者进行赔偿,每位死者获赔偿额高达一千万美元,创造了世界空难史上赔偿额最高记录。卡扎菲对美国发动伊拉克战争一直保持低调,过激的话一句都不说。12月19日,卡扎菲又公开表态放弃研发大规模杀伤性武器计划,并愿意无条件接受国际社会的核查。

卡扎菲的主动"皈依",换来了美国的"回报"。2004年6月,美国在利比亚首都的黎波里重设联络处。9月,美国小布什总统宣布解除对利比亚的经济制裁。2006年5月15日,美国宣布恢复同利比亚的全面外交关系,将利比亚从"支持恐怖主义国家"的名单中删除。

这就是狡猾透顶的卡扎菲,他说"变"就"变",要"变"就彻底换一身皮毛。美国人眼里的一条"疯狗",这时已变成了一只温顺可爱的"绵羊"。

可是,到头来美国还是把卡扎菲搞掉了,这又是为什么?这要美国来回答。

五

当今世界,发展极不平衡。

卡扎菲用古老的游牧帐篷去叫板拥有航天飞机的美国,这件事表面看起来仅仅是卡扎菲喜欢"搞怪"的一贯作风,其实它极具象征意义。这两样东西是两个符号,代表着相隔遥远的两个不同时代。游牧帐篷是古老部落的符号,航天飞机是当今世界最先进的高科技符号。当今世界正在快速迈向现代化,但世界发展的严重不平衡性,使许多人感到无所适从、失魂落魄,有一种被世界遗弃的感觉。

卡扎菲却偏偏要留住本民族、本部落的古老符号——游牧帐篷。他不仅平时在他的游牧帐篷内办公、居住,出国访问也把他的游牧帐篷走到哪里带到哪里。有记录为证:1989年,他到南斯拉夫出席不结盟首脑会议,就住在自己带去的帐篷里。1990年,他出访埃及,把他的帐篷搭建在埃及国宾馆的院子里。2000年,他率领由二百多辆汽车组成的利比亚代表团,前往多哥首都洛美出席非洲统一组织首脑会议,带着帐篷浩浩荡荡穿越撒哈拉大沙漠,晚上就用帐篷在大沙漠中露营。2001年,他带着帐篷前往约旦首都安曼出席阿拉伯国家首脑会议,并在帐篷内举行盛大宴会招待各国首脑。2007年,他访问法国,把他的帐篷搭建在距爱丽舍宫不远的马里尼酒店的花园里,还带去了一头骆驼,每天早晨喝骆驼奶。

2009年9月,卡扎菲要前往美国纽约出席第六十四届联合国大会。卡扎菲想,联合国大会年年开,各国领导人前往美国成了家常便饭,美国从来不把其他国家领导人当回事,我卡扎菲以什么形象踏上美国的土地,才能引起美国人注意?一想有了:带帐篷!你美国不是拥有最先进的航天飞机吗?我卡扎菲拥有最古老的游牧帐篷!这叫骑着骆驼赶着鸡,究竟谁高谁低,不妨比一比。到时候各国新闻记者前往利比亚大帐篷采访卡扎菲,风头肯定盖过你奥巴马!卡扎菲开始想把帐篷搭在距联合国总部较近的纽约中央公园,美国说:"不行!"于是,卡扎菲改变计划,希望把帐篷搭在与曼哈顿一水之隔的新泽西州英格伍德市一处利比亚早年买下的土地上。但此举引起新泽西州官员民众的强烈反对,拼死抵制卡扎菲在那里搭帐篷。卡扎菲无奈之下,只得放弃搭帐篷的念头,在曼哈顿皮埃尔豪华酒店预订了房间。但美国还是同卡扎菲过不去,他们有意把前往皮埃尔酒店最方便的行车路线刊登在报纸上,鼓动"洛克比空难"遇难者家属及普通民众前往该酒店去对卡扎菲抗议示威。据说,卡扎菲万般无奈之下,最后住进了利比亚驻联合国大使馆。

　　卡扎菲想把他的游牧帐篷搭建在美国土地上,终究没能搭成,心里憋得慌,他要发作。9月23日,各国首脑在联大发言,展开一般性辩论。美国总统奥巴马发完言就和希拉里等美国高官离开了会场,晾你卡扎菲。后面就轮到卡扎菲发言,他终于发作了。他一开口就以猛烈言辞攻击联合国。他说,联合国安理会应该改名叫恐怖理事会,动不动就通过"决议"制裁不听美国摆布的国家,向受制裁国施加强大压力,使受制裁国人民遭受种种困难。又说,自从1945年联合国成立以来,世界上发生了六十五场战争,联合国没有制止过其中任何一场。卡扎菲说的这句话是大实话,谁也不敢讲,他讲了,冒天下之大不韪。联合国有规定,每位国家首脑在大会上发言不得超过十五分钟,卡扎菲一讲讲了一小时三十六分。最后,卡扎菲在联大讲坛上当着全世界的面撕毁了《联合国宪章》!卡扎菲想以蔑视联合国权威的方式告诉全世界:美国的航天飞机能够飞上天,我卡扎菲为何不能带着帐篷赶着骆驼游牧全世界?不管你美国是小毛驴还是大象,他都想赶进他的牧群。

六

卡扎菲和萨达姆,他们两人的勃勃雄心和悲惨结局极具相同点,但滋养他们两人雄心的养料却不同。萨达姆拥有本国巴比伦文明的历史记忆,卡扎菲则拥有环地中海地区的历史记忆。卡扎菲曾在利比亚大学攻读过两年历史,对于环地中海地区拥有的光荣历史他还是知道的。古罗马帝国、阿拉伯帝国、奥斯曼帝国,哪一个不是横跨欧、亚、非三大洲,哪一个不是辉煌几百年? 如今为何成了谁都不爱理会的破落户?

大凡被世界急速现代化的高速列车甩出车厢的人,都会在失落之余,去寻觅自己曾经拥有过的辉煌,用来同这列高速列车的车头掰手腕,卡扎菲就是当今世界这样一位代表人物。卡内基国际和平基金会的研究人员杜恩说过一句话,他说"卡扎菲就像一个来自另一个时代的陈年古董"。杜恩这句话并没有讲错,卡扎菲的确一直在做着这种"古老的梦"。

卡扎菲自称是阿拉伯民族主义者,他一直有一个梦想:把阿拉伯国家统一起来,人多力量大,同美国干! 为此目的,他曾进行过多次尝试。1970年11月9日,在卡扎菲的推动和纳赛尔总统的支持下,利比亚、苏丹、埃及三个相邻的北非国家宣布成立联邦。但是,卡扎菲崇拜的埃及总统纳赛尔因心脏病突发去世,继任埃及总统的萨达特对卡扎菲远没有纳赛尔对他友好。因此,联邦从成立第一天起就埋下了不祥的伏笔。不过,由于纳赛尔总统的崇高威望还在,这个联邦当时还是得到了三国广大群众的拥护。1971年4月叙利亚也加入了这个联邦。1971年9月1日是利比亚"九一革命"胜利两周年纪念日,当天埃及、叙利亚和利比亚三国人民就他们的国家实行联合举行公民投票,投赞成票的人数高达百分之九十八点三。但是,这个"虚拟联邦"一天也没有变成事实。加入联邦的四国领导人心中各有算盘。埃及总统萨达特只想得到利比亚的石油,对卡扎菲个人却十分厌恶,称他是"精神分裂症患者"。叙利亚则担心联邦将被埃及控制,叙利亚沦为附庸。

卡扎菲感觉到联邦推进过程遇到了困难,他再次访问埃及做萨达特的工作。萨达特异常精明,口头上并不反对,把卡扎菲推到埃及人民面前,请卡扎菲到大会上去发表演说,阐明成立联邦的好处。卡扎菲上当了。埃及尽管是阿拉伯国家,信奉伊斯兰教,但埃及社会比较开放,妇女可以参加工作,也不严格规定妇女必须穿裹头蒙脸的阿拉伯服装。卡扎菲按照《古兰经》中的教义对埃及妇女们说:"伊斯兰的妇女们应该呆在家里,按照《古兰经》的教导做一个合格的妻子和母亲。"埃及妇女对卡扎菲的演说嗤之以鼻,都说:"卡扎菲是从贫民窟里出来的人,尚未开化,没见过世面!"卡扎菲带着懊丧的心情离开了埃及,自我安慰道:"埃及那些腐朽的资产阶级自然要反对我那些让他们不舒服的观点,来自贫民窟和农村的埃及人民一定会支持我的观点"。

卡扎菲仍然没有放弃努力。1973年9月,他组织了两万利比亚人长途跋涉两千多公里向开罗进发,他相信埃及拥护联合的人民一定会沿途纷纷加入进来,形成浩大声势,向埃及政府施加压力。结果,埃及总统萨达特毫不客气地用火车车厢封堵住边境通道,卡扎菲组织的这次行动又告失败。卡扎菲曾组织过两次这样的"向开罗进军"的行动,最终都未能实现压服萨达特同意两国"合并"的目的。

东面的邻国做不通工作,他就去做西面邻国突尼斯的工作。1972年12月22日,卡扎菲在突尼斯的一个群众大会上发表演说,鼓吹两国实现统一。正在家里收听卡扎菲广播讲话的突尼斯老总统布尔吉巴大吃一惊，立刻赶往现场，一把抓过话筒说：卡扎菲关于两国统一的讲话脱离实际，阿拉伯人从来没有联合为一个整体。而且当面挖苦卡扎菲道，在这个问题上，我们不想听一位连自己内部团结都搞不好的落后国家领导人来说教！

不欢而散，梦想成灰。

卡扎菲为何一再做出"不识时务"的"古代大国梦"？这除了他个人性格上的原因，也有客观世界的原因。它是世界迈向现代化的高速列车从河边驶过时投下的清晰倒影——世界极不对称中的"虚拟对称"。

七

利比亚战争，是这次北非和中东战乱风暴的"台风眼"。美国下决心搞掉卡扎菲，蓄谋已久。美国对卡扎菲这样一位"狂人"、"疯狗"，真要找茬儿整他太容易了。他浑身长刺，随便拔下一根就能作为对他实施军事打击的"理由"。但美国尚未从阿富汗、伊拉克这两场战争中脱身，它不会愚蠢地把正要拔出泥潭的一条腿马上去踩进另一个泥潭。因此，美国一直在创造条件，等待时机，寻找替代办法。为此，美国要去培养利比亚国内的反对派势力；要去制造利比亚国内局势的动荡因素；要在欧洲找到愿意出兵出力的帮手，等等。一旦这些条件成熟，机会出现，美国就会立即出手，毫不犹豫。

为什么北非和中东在同一个时期内出现动乱？如果认为这纯粹是偶然，那就太天真了。这是美国很早就开始播种的一茬庄稼，现在到了丰收季节。本·阿里、穆巴拉克、卡扎菲、萨利赫，美国采摘到的每一个果实都滚圆肥硕，沉甸甸的，真叫"硕果累累"！

我在前面的文章中谈到，美国为了搞掉卡扎菲，先从利比亚东西两边的邻国下手。西面先搞掉突尼斯总统本·阿里，东面再搞掉埃及总统穆巴拉克,两面一夹,不信你卡扎菲不垮。事情的发展果真如此。2011年1月14日突尼斯总统本·阿里倒台;2月10日埃及总统穆巴拉克倒台;2月15日利比亚首都的黎波里等几个城市爆发大规模群众示威,要求卡扎菲下台。这叫左右两家失火,中间这一家熊熊大火也立刻冲天而起!

2月16日,卡扎菲对全国发表电视讲话,表示决不辞职,宁愿死在这片土地上也决不离开祖国。同仓皇出逃的突尼斯总统本·阿里相比,卡扎菲在这一点上还不亏是条汉子。他对示威者采取强硬弹压措施,这符合卡扎菲性格。卡扎菲如果在这时候"软"下来,美国反倒觉得有点不好办,卡扎菲越强硬,美国越好办。

这时就出现了墙倒众人推的状况:

2月22日,阿盟决定暂停利比亚参加阿盟会议的资格。这是阿拉伯兄弟往已经着火的卡扎菲身上泼了一瓢油,被他得罪的阿拉伯兄弟开始报复他。利比亚反对派立刻从中得到一个信号:卡扎菲已经彻底失去各方支持。于是有恃无恐,骚乱迅速升级。许多国家开始从利比亚撤侨,利比亚彻底乱了。

2月27日,利比亚反对派在东部城市班加西成立了"全国过渡委员会",由利比亚前司法部长穆斯塔法·阿卜杜勒·贾利勒担任主席,委员由来自利比亚主要城市和乡镇的三十三名代表组成。这表明,参加利比亚骚乱的群众再不是群龙无首的乌合之众,如今有了"领导核心",卡扎菲难了。

3月10日,法国率先承认利比亚"全国过渡委员会"为代表利比亚民众利益的合法政府。法国为什么在这次北非和中东骚乱风暴中充当美国的马前卒?因为萨科齐总统在法国国内名声狼藉,他想在国际斗争中捞点"积分",为连选连任做准备。

3月17日,法国、黎巴嫩、英国和美国共同向联合国提交制裁利比亚的决议草案,安理会十五个理事国进行表决。十票赞成,常任理事国中的中、俄和非常任理事国中的印度、德国、巴西五国投了弃权票,没有反对票,制裁决议获得通过。美国负责指挥,法国打冲锋,英国紧紧跟上,它们就像打群架时的"三个档",不把卡扎菲这位"壮汉"硬生生扳倒不罢休。联合国受谁操控,天下共知之。

3月19日,美、英、法三国对利比亚发动了代号为"奥德赛黎明"的第一波军事打击。美国从停泊在地中海的导弹驱逐舰上向利比亚发射了一百一十枚战斧式巡航导弹。法国二十多架"幻影—2000"和"阵风"战机对利比亚实施了三轮空袭。英国也有战机参加了第一波军事打击。挪威、加拿大也有战机飞往意大利西西里岛北约空军基地,准备参加对利比亚的军事行动。就这样,利比亚战火被美国牌打火机点燃了。

多国部队对卡扎菲政府军的军事打击正在一轮接一轮地进行。反对派武装在同政府军的拉锯战中渡过了最困难的时期,逐渐占得上风。卡扎菲政府军开始节节败退,内部开始出现分化。

卡扎菲曾想挽回败局,他给美国总统奥巴马写去了一封信,由于奥巴马是非洲裔,他称奥巴马"我们亲爱的儿子",希望他能看在非洲老乡的分上,出面说句话,把军事打击停下来。奥巴马见信偷偷一乐,没有理睬。不错,奥巴马是非洲裔,他的肤色可以作证。但美国精神已经融化在他的血液中、深入他的骨髓里,他只代表美国利益,非洲奶奶家的事他是不管了。希拉里站出来代表奥巴马表态,说了三个"必须":卡扎菲必须停火、必须放弃权力、必须离开利比亚。老卡一听这美国娘儿们讲的这三条,他一条也接受不了。他早就说过三个"决不":决不辞职、决不离开祖国、决不向反对派妥协!

狂澜既倒,无可挽回。

2011年10月12日,中国政府承认利比亚"全国过渡委员会"为利比亚执政当局和利比亚人民的代表。

10月16日,联合国大会以一百一十一票赞成、十七票反对、十五票弃权的投票结果,同意利比亚"全国过渡委员会"作为利比亚在联合国的合法代表。

2011年10月20日,卡扎菲在家乡苏尔特被反对派武装包围,他钻进一个下水道水泥管里。反对派武装发现了他,将下水道口包围。卡扎菲在洞里向外喊了一句:"不要开枪!"反对派士兵把他从洞里拖了出来,他当了俘虏。这时,一名反对派士兵向他开了两枪,一枪打在腰部,一枪击中脑袋,卡扎菲一命呜呼。卡扎菲是军人,他没有逃往国外,没有死在老美的巡航导弹下,最后死在本国反对派的枪口下,也值了。

卡扎菲时代一切都已结束了,但利比亚的问题则刚刚开始。

八

最后再来回答卡扎菲执政时期内政、外交的两个问题。

第一个问题,从卡扎菲执政四十二年所取得的经济效益和社会效益来说,他领导的"九一革命"无疑是成功的。但是,利比亚国内为什么会冒出这么大的反对派势力将他推翻?

一方面,卡扎菲历来用暴力手段压服反对派,树敌太多。其实,世界上任何一位执政者,都会有反对派,问题是要以恰当的方式去处理。但卡扎菲要确立自己的绝对权威,谁敢反对他,他就消灭谁。北非国家的治安状况历来不好,卡扎菲执政头几年,利比亚国内也不断发生暴力事件。尤其是不法分子进攻班加西女兵兵营这件事,惹恼了卡扎菲。他在《绿色革命》理论中增加了一条使用暴力的内容。他说,"革命必须使用暴力",这是他"被迫实施的不幸变化之一"。于是,政府安全部门的任意逮捕、刑讯逼供大量增加。这件事导致领导集团内部产生意见分歧。"革命指挥委员会"成员之一奥马尔·米海什少校反对这种做法。在一次"革命指挥委员会"会议上,贾卢德少校要求米海什表明自己的立场,米海什识破了贾卢德的用意,他没有上当。但会后,米海什和另外两名"革命指挥委员会"成员哈瓦迪、哈姆组成了秘密小集团,密谋搞掉卡扎菲这位"专制君主"和"精神分裂症患者"。米海什向埃及寻求帮助,埃及开始表示愿意帮助他们,随后反悔了。萨达特总统担心一旦事情败露,整个阿拉伯世界都会起来反对埃及准备同以色列进行的和谈。于是,埃及通过外交途径把这一消息告诉了卡扎菲,同时又对米海什说:"你的一位同事背叛了你,你赶快逃跑。"米海什经突尼斯辗转逃到了埃及,卡扎菲宣布米海什是利比亚"国家公敌"。哈瓦迪、哈姆以及另外二十二名军官被捕,他们都是米海什的同乡和亲信,两年后都被处死。

不久,利比亚原外交部长和反间谍负责人胡尼少校也逃到埃及,与米海什会合。卡扎菲下令清洗军队,先后有二百多名军官被捕,其中三十五名被处死。卡扎菲派出两个小组潜入埃及去刺杀米海什和胡尼,但行刺小组被埃及侦破捕获,两国关系迅速恶化。对于逃往国外的其他反对他的流亡者,卡扎菲曾发起过消灭"丧家之犬"运动,不惜用暗杀手段在外国领土上将他们消灭。他说过,"我决心追杀这些利比亚流亡者,即使追到北极也在所不惜"。在英国、意大利、德国、埃及、中东、北非各国,都发生过利比亚刺杀流亡者的血腥事件。这一切,卡扎菲为自己播种下越来越多的仇恨。

另一方面,卡扎菲执政长达四十二年,长期搞专制独裁,也为自己培养了许多反对派势力。一个人在国家元首位置上为所欲为地统治几十年,或者再搞"家天下"那一套,已经完全违背了当今时代潮流,民众的不满情绪日积月累,总有一天要爆发。这次在北非和中东风暴中倒台的几国元首,在位时间都很长:突尼斯本·阿里总统执政二十三年;埃及总统穆巴拉克执政三十年;利比亚领导人卡扎菲执政四十二年;也门总统萨利赫执政三十三年。叙利亚总统巴沙尔虽然暂时没有倒,但他本人执政也已十一年,他父亲哈菲兹·阿萨德总统统治叙利亚三十年,父子两代连续执政长达四十一年。同独裁专制有必然联系的是贪污腐败,人民对此极其痛恨。统治时间越长,侵吞国家财产数额越大,家庭腐败程度越严重,这几乎是普遍规律。这是外国势力用来煽动这些国家群众骚乱情绪的催化剂,也是这几国元首倒台的共同原因之一。至于对卡扎菲是否能扣上"贪腐"的帽子,这一条各国媒体看法有分歧。有的媒体认为,卡扎菲是虔诚的穆斯林教徒,生活一贯比较简朴,他"在金钱上是清白的"。但有的媒体说卡扎菲生活十分"奢靡",证据是他的帐篷内现代化的空调、电视、地毯、高档沙发一应俱全。这个结论有些牵强。这些现代化家用电器和家具、地毯等物,现在发展中国家中等以上生活水平的老百姓家也都有了。不过,卡扎菲有七子一女,他们中有些人利用卡扎菲的权势和影响经商办企业,积攒下巨额资产,这种可能性不能排除。

第二个问题,在反恐问题上,卡扎菲已向美国低过头,并在处理"洛克比空难"等问题上已有"改恶从善"的表现,美国为何还要不依不饶地搞掉他?

这个问题其实一点也不复杂。冷战结束以来,令美国最头痛的是阿拉伯世界"反美三雄":本·拉登、萨达姆、卡扎菲。虽然他们三人互不买账,各有野心,都想称"王",但三人的反美立场却是高度一致的。萨达姆已于2006年12月30日被伊拉克执政当局处以绞刑;本·拉登也在2011年5月1日被美军海豹突击队击毙;单把一位桀骜不驯、狡猾善变的卡扎菲留在世上,美国不放心哪!这次正好利用北非和中东骚乱风暴,乘机将他剿灭,以绝后患,岂不快哉!奥巴马总统治理美国国内经济手段不多,为振兴经济开出的药方似乎也并不灵验。但他2011年对阿拉伯国家发动的攻势收获可就大了:击毙本·拉登,打死卡扎菲,为竞选连任积攒了一笔不小的资本。

最后,还想说几句关于美国反恐的话题。反对恐怖主义是全世界的一致呼声,美国反恐,世界各国都支持。但回过头来分析,世界上针对美国的恐怖主义,有些也是被美国自己"逼"出来的。道理很简单,你美国横行霸道,欺人太甚,处处搞双重标准,人家也会把你搞得鸡犬不宁。同时,美国自"9·11"以来,借反恐名义推行新一轮霸权主义,遭来了诸多批评。美国耶鲁大学教授保罗·肯尼迪曾指出,历史上所有的帝国都是由于过度扩张而走向毁灭的。它们由于对自身安全的过度关注,恨不得一夜之间把世界上一切异己力量全部消灭,因而军事上过度开支,行动上过度扩张,四面树敌,引火烧身,这些都是造成帝国最终灭亡的因素。日内瓦国际关系学院副院长丹尼尔·沃纳说,美国目前的状态正符合保罗·肯尼迪教授所说的过度扩张,它首先表现在美国发动的反恐战争中。美国把反恐战争的打击对象从直接肇事者扩大到它所谓的"罪恶轴心"理论所涵盖的国家,把反恐战争打成了一场既没有地理界限、也没有时间规范的战争。并说,苏联因为过度扩张走向了毁灭,美国很可能步其后尘。以上两位西方学者的观点说明,美国借反恐名义推行新一轮霸权主义的行径,连西方的有识之士也看不下去了。

巴沙尔：风暴席卷中的最后一根桩

一

一年多来，席卷北非和中东的战乱风暴，初起时"台风眼"在利比亚，自从卡扎菲被打死后，"台风眼"就转移到了叙利亚。到目前为止，叙利亚战乱死亡人数已超过六千人，其中政府军警死亡人数约两千人。叙利亚总统巴沙尔·阿萨德是所谓"阿拉伯之春"中残留的最后一根"桩"，美国和西方不把它拔掉决不罢休。美国认为，"阿拉伯之春"是改变北非和中东一批阿拉伯国家面貌千载难逢的良机，决不能放过。

2011年初春，继突尼斯（1月8日）、利比亚（1月15日）、也门（1月23日）、埃及（1月25日）之后，3月18日叙利亚南部城市德拉也爆发了群众示威，并迅速向全国蔓延，政府军动用武力弹压抗议活动，反对派中的武装分子则同政府军和军警不时展开枪战，并发动自杀式炸弹袭击。时至今日，其他各国政权都已更迭，唯独叙利亚战乱仍在继续，总统巴沙尔·阿萨德还在硬撑。

事情似乎有点"怪"，目前美国和欧洲都深陷经济危机，在外界看来它们都"自顾不暇"，但它们却一窝蜂地对北非和中东乱局不遗余力地搅和，这是为什么？它们都是老牌资本主义国家了，生意经丰富得很,无利不起早,没有近利有远利,它们决不会做赔本买卖。

二

叙利亚乱局至今已近一年,大致可分为四个阶段。

第一阶段,自2011年3月至5月,战乱初起,巴沙尔政权对内"减压",对外反对干涉。巴沙尔对内"减压"的主要措施有:一、解散以奥特里为首相的旧内阁,任命农业部长阿迪尔·萨法利为新首相,组成新内阁;二、向全国承诺加快修宪、加快民主改革步伐;三、签署总统法令,废止实行了四十八年的紧急状态法,使民众享有示威游行权利;四、对Facebook(脸谱)网站解禁,受到叙利亚年轻人欢迎。巴沙尔总统作为一名封建君主,在国内动乱中能做这些"退让",也算得上"开明"了。同时,巴沙尔坚决反对外国势力插手叙利亚动乱。美国希拉里国务卿想撇清干系,低调表态称,美国对叙利亚问题"排除军事介入的可能性"。可是,沉寂多时的维基解密网站突然抛出消息揭发,美国长期以来一直在支持巴沙尔总统的政敌,早就在秘密支持叙利亚反对派。自从2005年叙利亚与美国因黎巴嫩问题发生摩擦后,美国国务院每年拨款六百万美元支持叙利亚反对派。在美国资助下,叙利亚流亡组织"公平和发展运动"于2009年4月在英国伦敦成立了"巴拉达电视台"。去年3月叙利亚大规模反政府示威活动爆发以来,这家电视台成为反对派对外发布消息的主要渠道。面对维基解密网站的揭发,美国国务院发言人马克·托纳出面"澄清",声称美国国务院"并没有从事破坏叙利亚政权的活动","只是一直致力于促进叙利亚以及世界其他国家的民主进程","叙利亚政府错将美国的努力当做一种威胁"。这是什么逻辑?这是不打自招干涉别国内政的逻辑!中国外交部发表声明,"叙利亚的未来只能由叙利亚人民自主决定",这显然是对美国国务院发言人那番言论的回应。奥巴马似乎有些恼羞成怒了,下令"对叙利亚总统等政府高官实行制裁"。

第二阶段,2011年6月至11月,动乱升级,爆发内战。总统巴沙尔呼吁民族对话;反对派"全国委员会"成立,提出推翻现政权,要求巴沙尔总统下台。美国开始从叙利亚撤侨,美、叙各自召回驻对方大使"商讨对策"。这一举动,立即使叙利亚冲突骤然升级。反对派组织更大规模的抗议活动,叙利亚军队进入动乱城市与反对派武装分子展开枪战。总统巴沙尔继续采取"减压"措施,企图使局势缓和下来,他承认动用武力"犯了错误",承诺至2012年初完成修宪,并表示愿意在完成修宪和政治体制改革后离职。反对派却不依不饶,武装反抗开始升级。除了分散在各地反对派示威民众中的武装团体同政府军展开枪战外,2011年7月29日正式成立了反对派武装组织"自由军",总部设在土耳其。9月,"自由军"与"自由军官运动"合并,成为叙利亚反对派手中的一支主要武装力量。11月15日,"自由军"在土、叙边境袭击了几个叙利亚政府管辖的办事处;16日"自由军"用火箭炮和机枪袭击了叙利亚首都大马士革近郊哈赖斯塔的情报机构,还袭击了哈马附近的一处关卡,打死八名政府军士兵,这标志着叙利亚已经爆发内战。而美国、欧盟和阿盟则说,如果巴沙尔再不马上交权,叙利亚可能"陷入内战"。他们所说的"内战",是指"利比亚式的内战",即由西方国家将叙利亚反对派武装起来,外国军队和叙利亚反对派武装一起向叙利亚现政权发动进攻。其实叙利亚内战早就存在,这是美国媒体也承认的。有位美国专栏作家查尔斯·克劳萨默对此说得非常露骨,鼓吹美国和西方通过土耳其向叙利亚抵抗力量"源源不断地提供援助","或者直接秘密地运入叙利亚"。

第三阶段,2011年12月,武装冲突升级,阿盟介入"调查"。反对派武装分子同政府军和军警展开枪战,并不断发动自杀式袭击,双方死亡人数骤增。12月27日,阿盟派出第一批五十人组织的观察团进入叙利亚调查事件真相。观察团中有人尚未进入叙利亚,先入为主地宣布叙利亚政府正在进行"种族灭绝"。观察团进入叙利亚后,却于12月28日宣布"未发现暴力迹象","没有冲突,没有坦克"。观察团的调查立即引起争议,"未能取得预先设想的效果"。实际上,阿盟本身一盘散沙,内部意见纷争,从来干不成什么大事。

第四阶段,2012年1月至2月,美、俄、中三方围绕解决叙利亚问题展开博弈。1月8日,针对西方准备对叙利亚进行军事干涉的威胁,俄罗斯库兹涅佐夫号航母突访叙利亚,显示武力。2月4日,联合国安理会投票表决由卡塔尔等国提出的叙利亚问题解决方案,核心内容是逼迫巴沙尔·阿萨德总统"交出权力"。说白了,就是用"利比亚模式"来解决叙利亚问题。中、俄两国投了反对票,方案未获通过。美国和西方各国对中、俄一片责难,这是预料之中的。希拉里称中、俄投反对票是"拙劣表演",这可随她说去。最不可理喻的是阿盟,中国一直支持叙利亚问题"在阿盟框架内解决",以摆脱西方势力的牵制和左右,显示阿盟在解决阿拉伯世界内部问题上的能力,提高阿盟在阿拉伯世界的地位,这不是一片好心吗?阿盟却不领这份情,阿盟秘书长纳比勒·阿拉比竟埋怨中国和俄罗斯投反对票"表明外交信义尽失",不知道他指的是什么"外交信义"。在美国和西方操纵下,如果联合国安理会动不动就搞个"决议"逼迫一个主权国家的元首"下台",世界将成什么样子?中国的态度是明确的:叙利亚的前途应由叙利亚人民自主决定,其中也包括现总统巴沙尔·阿萨德的去留,这有什么不对?2月7日,俄罗斯外长拉夫罗夫突访叙利亚,同巴沙尔总统举行了会谈。拉夫罗夫在会谈后发表声明,呼吁在阿盟协助下,启动覆盖叙利亚各方的全国对话,停止叙利亚国内暴力冲突。2月8日,美国宣布拒绝俄罗斯建议。白宫发言人杰伊·卡尼马在记者招待会上说,在叙利亚局势的初期,叙利亚总统巴沙尔·阿萨德有机会同反对派进行对话,但他没有抓住机会。美国认为目前叙利亚政府和反对派已经没有进行谈判的机会。

这就等于最后摊牌了,叙利亚局势骤然紧张起来。

美国对叙利亚总统和部分高官的制裁上升为对叙利亚全面制

裁,英、法、意等国也对叙利亚进一步施压。利比亚、突尼斯和海湾阿拉伯国家合作委员会成员国分别发表声明,召回驻叙利亚大使。叙利亚以牙还牙,宣布驱逐利比亚、突尼斯驻叙利亚大使,召回驻科威特和沙特大使,关闭驻卡塔尔大使馆。这凸显出阿拉伯国家不能团结一致,它们早晚将被美国和西方世界分化瓦解,根源盖出于此,不信等着瞧。

三

持续了将近一年的叙利亚战乱,最后结局如何,目前仍难预料。但这已经不影响我们对有关问题进行一些必要分析。

问题一,在西方所谓"阿拉伯之春"这场战乱风暴中,叙利亚总统巴沙尔·阿萨德为何能硬挺到最后,至今不倒？主要原因有:巴沙尔仍然得到叙利亚多数民众的支持,反对派的力量尚未超过支持派;叙利亚现政权没有发生分裂;军队一直支持巴沙尔;在中、俄两国的反对下,逼迫巴沙尔交权的安理会决议案未获通过;美国为首的西方国家受到伊朗核危机的牵制,对叙利亚是否直接进行军事干涉决心难下。除了上述这几条,还与巴沙尔的执政风格和人格力量有关。巴沙尔为人谦和,在他身上没有纨绔子弟之气。他在北非和中东阿拉伯国家元首中,属于新一代知识分子型总统,同那些靠军事政变上台的老一代总统有着很大不同(例如,他父亲哈菲兹·阿萨德)。巴沙尔是叙利亚老总统哈菲兹·阿萨德的次子,年轻时学医,毕业于大马士革大学医学专业,曾赴英国实习。他在伦敦实习时的老师埃德蒙·舒伦博格回忆到这位学生时说:"他安静,从不装腔作势,他在病床边对病人的态度无可挑剔。"巴沙尔年轻时并没有从政的打算,后来由于老总统哈菲兹·阿萨德的长子巴西尔·阿萨德发生车祸身亡,巴沙尔被老总统指定接班,才使他走上了弃医从政之路。巴沙尔继承总统职位之前，先进入叙利亚霍姆斯军事学院学习，随后又进入参谋指挥学院深造，1998年获中校军衔，1999年晋升为上校。巴沙尔对腐败之风极其痛恨，在他继承总统职位之前，就开始领导打击贪污腐败运动。前总理祖阿比、军队情报主管等一批高官都在他领导的反贪运动中被罢免，有的贪污高官畏罪自杀。2000年6月10日，老总统哈菲兹·阿萨德去世。由于叙利亚宪法规定当选总统的最低年龄是四十岁，当年巴沙尔只有三十四岁。议会临时开会修宪，把当选总统的最低年龄降至三十四岁。然后经过走过场式的"选举"，使巴沙尔顺利当上了总统。巴沙尔初当总统时，叙利亚老百姓曾有"气象一新"之感。他十分重视科技在国家经济发展中的作用，积极倡导计算机和网络的应用与普及，这使他在叙利亚年轻人中享有较高威望。他的夫人阿斯玛·阿赫拉斯是出生在英国的叙利亚阿拉伯人，父亲是一位心脏外科医生。她在英国大学学习计算机专业，毕业后从事金融和经济分析工作，与巴沙尔在英国相识相爱，婚后育有一子一女。阿斯玛成为叙利亚第一夫人后，打破阿拉伯妇女蒙面裹身的传统，随巴沙尔出入各种场合，谦和亲民，获得叙利亚民众广泛好感，被称为"沙漠玫瑰"。由于上述因素，巴沙尔在叙利亚民众中拥有较高的亲和力、支持率。叙利亚动乱爆发以来，巴沙尔从第一时间就开始采取一系列"减压"措施，实际上是他作出的"退让"，虽然未能平息反对派的激烈情绪，但获得了支持派的同情。巴沙尔说，我从没说过我们是民主国家，我们过去九个月来一直在努力改革。但实行民主需要经历长时间努力，国家需要足够成熟之后，才有条件实现充分的民主。他这番表态是真诚的，并不是虚以应付。外国势力迫他下台他决不屈服，但他对国内民众则坦然表态说，如果民众不支持，他会主动下台。这些，都是巴沙尔"不容易打倒"的重要原因。

　　问题二，既然巴沙尔在叙利亚民众中具有较高的亲和力和支持力，叙利亚为何也会掀起扑不灭的抗议浪潮，反对派坚决要求巴沙尔下台？这里面既有外因，也有内因。外因是西方势力尤其是美国长期在暗中扶植和培育叙利亚反对派势力,他们在去年年初爆发的"阿拉伯之春"中乘势而起。内因包括多个方面。从时代潮流的角度来观察,进入二十一世纪以来,叙利亚这种"家天下"模式的封建专制政治已经开始走向没落,人民要求改变这种政治体制,这是时代潮流,不可抗拒。从叙利亚国内政治现状来看,尽管巴沙尔本人比较亲民,但他父亲传下来的一套专制统治制度并未改变。叙利亚地缘环境复杂,老总统为了维护自己的统治,赋予叙利亚军方(包括政府军、安全部队、武装警察)拥有很大权力,在国内实行高压政策。叙利亚安全部队随意捕人、杀人的现象时有发生,这使受压的宗教派别和政治派别深感压力,部分普通民众也有恐惧心理。这就是叙利亚被美国为首的西方国家抓住不放的"民主、人权"两条辫子。从叙利亚的经济上来看,长期处于中等收入国家行列,与相邻的海湾石油富国相比,落差巨大,民众显然不能满意。叙利亚原来也是石油输出国,但储量有限。2012年叙利亚将从石油输出国变为石油输入国,国家经济将面临更加严峻的形势。目前世界经济形势一片暗淡,叙利亚民众对本国经济进一步下滑更加担心,盼望通过政权更迭找到新的出路。

问题三,美国为何坚决要把叙利亚总统巴沙尔·阿萨德赶下台?这个问题答案最简单:因为他反美。此外,也同美国支持以色列有关。在中东地区,美国一直把以色列当成一艘"不沉的航空母舰",是美国打入中东地区阿拉伯世界的一个"楔子",借以控制东地中海沿岸的战略要地。但阿拉伯世界同以色列势不两立,长期对抗。叙利亚中部濒临地中海,西南部与黎巴嫩、以色列、巴勒斯坦相邻。巴勒斯坦的哈马斯和黎巴嫩的真主党是武装反抗以色列的急先锋,美国指责这两个组织的后台是叙利亚。哈马斯是"伊斯兰抵抗运动"的英文缩写,成为它的简称。哈马斯成立于1987年12月,是伊斯兰原教旨主义激进组织,其核心主张是以武力消灭以色列,拒绝任何别的选择。自它成立以来,经常对以色列占领区发动自杀式袭击。黎巴嫩真主党是伊斯兰教什叶派的军事政治组织。1982年,以色列大举入侵黎巴嫩南部,占领了黎巴嫩大片领土,约有六十万黎巴嫩什叶派难民拥入黎巴嫩首都贝鲁特南郊。这部分黎巴嫩难民中的政治活动家,在伊朗宗教领袖霍梅尼的支持下,成立了真主党这一穆斯林什叶派政党。真主党的口号是"以武装斗争把以色列占领者赶出黎巴嫩南部,帮助难民早日返回家园"。真主党和哈马斯一样,对以色列开展了一系列武装斗争,誓与以色列斗争到底,拒绝谈判,拒绝和解。"9·11"事件后,美国宣布哈马斯和真主党为"恐怖组织",并把叙利亚列为支持恐怖主义的国家黑名单。还有,当年的阿拉伯复兴社会党推行泛阿拉伯主义,总部设在叙利亚,伊拉克是一个支部。巴沙尔的父亲哈菲兹·阿萨德与伊拉克的萨达姆都是阿拉伯复兴社会党的骨干,两人都是通过在本国发动政变上台。哈菲兹·阿萨德当上了叙利亚总统,萨达姆先当了一阵伊拉克副总统,后来也当上了伊拉克总统。两国在外交上都奉行反西方政策,令美国头痛。伊拉克萨达姆总统已被美国搞掉了,叙利亚是阿拉伯复兴社会党的老巢,反美政权却传到了第二代总统巴沙尔手里。巴沙尔是坚决反对美国出兵伊拉克的阿拉伯国家元首之一,同美国形成公开对抗。另外,叙利亚与伊朗是战略盟友,伊朗通过叙利亚向黎巴嫩真主党运送武器。美国先搞掉巴沙尔、整垮叙利亚,就为下一步收拾伊朗创造了条件。由于以上种种原因,美国不把巴沙尔搞下台不肯罢休。

问题四,俄罗斯为何要在叙利亚问题上同美国公开博弈?这与叙利亚的特殊战略地位有关。叙利亚地处亚、欧、非三洲的结合部,战略地位非常重要。打开俄罗斯地图一看,可以发现一个问题,俄罗斯虽然疆域十分辽阔,但它的出海通道不畅。向东去太平洋,只能以符拉迪沃斯托克(海参崴)为基地,出海受到日本掣肘;向西去大西洋,走远路要绕道北冰洋,走近路要穿越欧洲内海波罗的海,受到北欧和德国钳制;向南去印度洋,有阿富汗、巴基斯坦阻隔,当年苏联出兵入侵阿富汗,就是想打通南下印度洋的出海口;从俄罗斯内海黑海去地中海,唯一通道是土耳其的博斯普鲁斯海峡,历史上俄罗斯与土耳其为了争夺这条海峡打了不知多少次仗,俄罗斯一直没有打赢。于是,叙利亚就成了俄罗斯从陆路绕过土耳其去地中海的一个立足点式的战略要地。目前,俄罗斯在叙利亚港口城市塔尔图斯仍有一个海军补给基地,不久前俄罗斯军舰还使用过。叙利亚是俄罗斯在地中海东岸仅存的一个战略支撑点,它无论如何不肯轻易失去对叙利亚的影响力。普京把话说得直截了当:"叙利亚离俄罗斯很近!"这等于警告美国:你不能到我家门口来抢地盘!

问题五,阿盟为何跟着美国和西方跑,一直在逼迫巴沙尔下台?阿盟即"阿拉伯国家联盟",共有二十二个阿拉伯成员国,叙利亚也是阿盟成员国之一。按一般人想象,阿拉伯国家同美国的矛盾很深,阿拉伯国家应该抱团对付美国。但在这次处理叙利亚动乱问题上,阿盟却完全站到了美国和西方一边。这反映了阿盟内部错综复杂的矛盾,尤其是伊斯兰教不同教派之间的矛盾,以及阿拉伯各国不同的历史背景和历史恩怨。这些因素决定了阿拉伯国家无法团结一致,在反美问题上也从来不是铁板一块。阿拉伯国家虽然一直在强调联合,却一直"联"而"不合",从来没有搞成过一件像样的大事,究其根源也在这里。这次调解叙利亚流血冲突,叙利亚同意阿盟派遣观察团前往调查事件真相,本来正是阿盟可以大显身手的机会。如果阿盟真有权威,应该劝住叙利亚政府和反对派双方停止武力冲突,坐到一起谈判,推动叙利亚加快修改宪法等民主改革进程,通过选举产生新的政府。但阿盟没有这个权威,也没有这个能力。观察团调查到一半跑了,观察团主席达比也辞职不干了。阿盟秘书长纳比勒·阿拉比只得向联合国秘书长潘基文"喊话",要求组织"阿拉伯—联合国联合维和部队"进驻叙利亚,以制止叙利亚暴力冲突升级。阿盟一味拉偏架,要求各成员国向叙利亚反对派提供各种形式的政治经济支持,停止同叙利亚政府的外交合作,这明摆着是在逼迫巴沙尔下台。阿盟成员国中声调最高的是沙特外交大臣沙特·费萨尔,他攻击巴沙尔"在屠杀人民,破坏国家,只是为了维持其权威"。叙利亚则回击沙特、卡塔尔等阿拉伯国家"与西方沆瀣一气"。沙特和卡塔尔是亲西方的,沙特国内建有美军基地,它们也有辫子抓在叙利亚手里。阿拉伯国家虽然都信奉伊斯兰教,但教派之间的矛盾历来十分尖锐。多数阿拉伯国家是逊尼派掌权,叙利亚巴沙尔总统所属的教派是什叶派的"一个异端分支"阿拉维派。这就促使逊尼派掌权的阿拉伯国家要乘机"不惜一切地推翻巴沙尔"。阿盟成员国中,去年以来在"阿拉伯之春"中政权更迭的利比亚、突尼斯等国逼迫巴沙尔下台最为积极。

问题六,叙利亚反对派是否已经具备了执掌国家政权的能力?从实际情况来分析,他们尚未做好掌权的充分准备。老总统哈菲兹·阿萨德统治时期,复兴社会党是执政党,势力强大,其他反对党活动空间很小。穆斯林兄弟会等极端派宗教团体曾发动过武装叛乱,遭到坚决镇压。巴沙尔总统继位后,反对派势力也是几起几伏,同样没有获得大的发展。巴沙尔继任总统之初,曾雄心勃勃地发起政治、经济改革运动,各种反对派团体乘机活跃起来,当时被外界称为"大马士革之春"。由于改革急于求成,步子过快,遭到执政党复兴社会党内强硬派的竭力抵制,使改革半途夭折,反对派转入地下。2005年黎巴嫩前总理哈里里遇刺,美国和西方都指责这是叙利亚支持黎巴嫩真主党干的,巴沙尔是后台,一致向叙利亚施压。叙利亚一批反对派组织借机复起,签署《大马士革宣言》,提出了联合起来推翻巴沙尔政权的口号。但这次反抗运动同样遭到了镇压,部分反对派人士流亡海外,在美国等西方国家支持下继续遥控叙利亚国内的反对派活动。2011年初"阿拉伯之春"战乱风暴席卷而起,3月18日叙利亚爆发大规模反政府示威后,各个反对派组织再度活跃起来。目前,叙利亚影响力最大的反对派是"民族协调机构",2011年6月30日成立于首都大马士革,由原来的"全国民主联盟"所属党派、部分库尔德党派和一些独立人士组成。领导人哈桑·阿卜杜·阿济姆,今年已经八十岁了,是位律师,曾经当过"叙利亚阿拉伯社会主义联盟"总书记。另一个是"全国委员会",2011年10月2日成立于土耳其伊斯坦布尔,它的成员中大部分是基层"草根团体",青年尤多,其上层人物百分之四十是海外流亡人士。主席布尔汉·加利温,目前是法国巴黎第三大学教授。从上述情况可以看出,目前在叙利亚最具影响力的这两个反对派组织,都带有"临时拼凑"的性质。2012年1月,"民族协调机构"和"全国委员会"两大反对派组织举行了会谈并签署协议,形成了两条共识:第一,敦促巴沙尔下台;第二,反对外国军事干涉。美国和西方感兴趣的是有亲西方倾向的"全国委员会"。2月6日至9日,叙利亚"民族协调机构"组成代表团访问了中国,外交部副部长翟隽同代表团举行了会谈。中方表达了对叙利亚局势的担忧和解决危机的主张,苦口婆心劝说他们和解。叙利亚"民族协调机构"代表团则希望中国发挥更大作用,推动叙利亚早日摆脱危机。但是,叙利亚反对派情况十分复杂,除了上述两个较大的反对派组织外,各种不同派别的反对派组织还有很多。如果下一步真能组成覆盖叙利亚全国反对派的"联合阵线",谁是众望所归的"领军人物",能把他们捏合到一起,暂时还无法看清。他们能不能坐到一起,坐到一起能不能谈得拢,都还是一大堆问号。最近有报道,叙利亚反对派已经公开分裂,有些人已另立山头,希望直接得到西方武力支持,他们能否形成气候,有待观察。总之,展望"后巴沙尔时代",使人顿生"时无英雄,遂使竖子成名"之叹。

四

现在,巴沙尔总统正在做最后一搏。

2012年2月16日,联合国大会投票通过了阿盟提出的一份决议草案,谴责叙利亚国内的一切暴力行为,要求停止一切暴力,并由联合国任命一位斡旋解决叙利亚问题的特使。提出了这份决议草案的主要国家是科威特、巴林、埃及、约旦、卡塔尔、沙特和突尼斯等十多个阿拉伯国家,以及美、英、法等西方国家。对此,叙利亚常驻联合国代表贾法里指出,由于阿拉伯提案各国坚持"拉偏架"的立场,否认叙利亚国内存在反对派武装团体,因此,草案中所说的暴力活动就成了专指叙利亚政府军的行动,这样势必使问题更加复杂化。因此,叙利亚拒绝这份联合国决议草案。

西方媒体报道,2月24日,将在突尼斯举行"叙利亚之友"会议,这是一次支持叙利亚反对派的会议,逼迫巴沙尔下台将会是这次会议的主题,美国、阿盟等已宣布将派代表出席。

巴沙尔针锋相对,他宣布叙利亚于2月26日就新宪法草案举行全民公决。投票已如期举行,新宪法草案已获通过。按新宪法草案规定,巴沙尔2014年任期届满后,将进行全民公投选举新的总统。俄罗斯媒体认为,叙利亚这份新宪法草案付诸公决,便意味着"将终结叙利亚阿拉伯复兴社会党近五十年的执政地位",巴沙尔的国家元首地位显然也将宣告终结。美国却没有给巴沙尔留后路,一口咬定要他立即下台。

现在的问题是,巴沙尔能不能"扛"到2014年?

下一步,最大的变数是叙利亚军方对巴沙尔能否支持到底,对此目前尚难预料。

目前,联合国特使、联合国前秘书长安南作为特使正在叙利亚斡旋。他的宗旨是:叙利亚政府军和各反对派立即停火,通过谈判以和平方式解决问题。安南能完成这项使命吗?从形势发展来看,叙利亚的政权更迭似乎难以避免,巴沙尔失去总统权力是早一天晚一天的事。

一出戏落幕，另一出戏开幕

本·拉登：忧郁的眼神，游荡的幽灵，美国的噩梦

一

本·拉登，始终以他忧郁的眼神望着这个世界，两眼就像冬天结了冰的湖，冷冷的，风吹不见波；但他内心却是一座火山，沸腾着宗教狂热的炽热岩浆，随时都会喷发。

他盯上了美国。克林顿时代，他不断袭击美国驻外机构；克林顿下令炸死他，没炸到。他来了一手更厉害的，发动"9·11"恐怖袭击事件，把小布什整苦了。此后，美国追杀本·拉登，直到小布什任期届满，仍然未能将他捉拿归案。全世界都说美国的情报部门厉害，又说美国的侦察卫星更厉害，你今天早晨忘了刮胡子，急冲冲赶去上班，美国侦察卫星能在路上拍下你的脸部照片，美国情报分析人员可以一根一根分辨出你脸上的胡子究竟有多少根。偏偏本·拉登就长了一脸阿拉伯式的大胡子。在中国古代，长有这样一脸大胡子的人是可以称为"美髯公"的。本·拉登席地坐在阿富汗的某处山坡上，把随身携带的一支AK—47冲锋枪靠在身边岩石上，伸手摸摸自己脸上很久没有洗过的大胡子，忧郁的眼神里露出一丝不易察觉的冷笑。他要考一考美国佬，让全世界都来看看美国佬到底有多大能耐。这一

考,竟把老美考得狼狈不堪,十年无法交卷,十年没有走出考场。这时,本·拉登忧郁的眼神里再次露出一丝不易察觉的冷笑:纸老虎!

纸老虎原本是毛泽东形容美帝国主义的一个著名比喻,最早是在延安对美国记者斯特朗讲的。半个多世纪过去了,这句话被本·拉登借去用了一回,他是对全美广播公司记者约翰·米勒讲的,时间是1998年5月28日,地点是阿富汗某山区。当时毛泽东已去世二十二年,他若地下有知,肯定会坐在他书房的沙发里偏转头去对尼克松一笑说:"本人对此概不负责呢。"想必尼克松会回答说:"世界已被改变,让后辈们按照新的游戏规则去玩吧。"三个月后,1998年8月20日,美国对本·拉登在阿富汗山区的秘密基地进行了一次大规模空袭,使用的是美军最先进的侦察卫星和巡航导弹。本·拉登好几天没有消息,白宫官员们开始欢呼,有的打赌,有的请客,断定本·拉登已在这次空袭中毙命。几天后,本·拉登的讲话录像带在半岛电视台播出了,他毫发未损,纸老虎傻眼了。

那次采访中,本·拉登明确告诉米勒,他将把对美国的圣战进行到底。他说,真主要求他们以伊斯兰教的名义去清除入侵穆斯林世界特别是阿拉伯半岛的美国人,因为"二战"之后,美国人越来越具有挑衅性和压迫性,尤其在穆斯林世界表现得最为过分。米勒说,美国人谴责恐怖主义袭击活动使许多妇女儿童失去了宝贵生命。本·拉登反唇相讥道:"美国在广岛投下原子弹时,区分过婴儿和士兵了吗?"

2001年9月11日,发生了震惊世界的"9·11"恐怖袭击事件。本·拉登借助《古兰经》作为支点,他在那一瞬间撬动了地球,全球人都感觉到了那一阵剧烈晃动。

此后,本·拉登使出了高超的隐身术,比美国隐形飞机的隐身术还厉害,连他的高级助手都不知道他的具体下落,只知道他仍然辗转在神秘的阿富汗山区,由真主保佑着他。美国动用了无数特工,使尽各种招数,悬赏五百万美元,下了血本不惜代价追杀本·拉登。苦心不负美国人。十年后,美国情报部门终于在意想不到的地点发现了本·拉登。纰漏出在本·拉登与外界唯一的秘密联络人（信使）谢赫·阿布·艾哈迈德（Sheikh Abu Ahmed）身上。

二

宗教狂热赋予一个人的精神能量，有时是难以估量的，按常理也是难以解释的。

本·拉登家族是沙特阿拉伯建筑业巨子，与沙特王室关系密切。穆斯林实行一夫多妻制，老拉登讨了十个老婆，本·拉登是他二十个儿子中的第十八子。本·拉登从家族中继承了属于他的那份资产，也继承了经商本领，成了亿万富翁，美国媒体一直说他的资产多达数十亿美元。但他对伊斯兰教教义的信仰，远远超过了他对财富的迷恋。他凭着对伊斯兰教原教旨主义的狂热信仰，先后两度奔赴阿富汗前线，去对抗苏联和美国两个超级大国对阿富汗发动的侵略战争，因为阿富汗是穆斯林兄弟国家，他要为捍卫伊斯兰教原教旨主义而战。

1979年，苏联入侵阿富汗。那一年，本·拉登才二十二岁，血气方刚，大学尚未毕业，就以极大的热情投入了支援阿富汗抵抗苏联入侵的圣战事业。当时的圣战领导人名叫阿卜杜拉·阿扎姆，本·拉登在他手下执行援阿任务，主要包括：以自己家族拥有的雄厚资产援助阿富汗抗战；频繁来往于巴基斯坦，为阿富汗抵抗战士运送作战物资；向海湾地区的富商们游说，募集资金支援阿富汗抗战；在巴基斯坦和阿富汗边境建立圣战训练营，在世界各地穆斯林中招募圣战志愿者。由于圣战事务越来越繁忙，1980年（一说1981年），他毅然从阿吉兹国王大学经济管理系退学（还剩一学期就要毕业了），全身心投入到圣战事业中去。

1984年，本·拉登举家迁往巴基斯坦靠近阿富汗边境的白沙瓦。随后，本·拉登进入阿富汗境内建立了第一个圣战军事基地，地点就在阿富汗东南部的贾吉村附近,在那里聚集了来自世界各地的几千名穆斯林圣战志愿者。三年后的一个春天,本·拉登在这个军事基地附近领导圣战士兵同侵阿苏军进行了一次战斗,并取得了胜利,本·拉登一举成为沙特阿拉伯的民族英雄。又过了一年,本·拉登为了适应在全球范围内发动圣战的需要,在阿富汗境内创建了秘密的圣战组织"阿尔·伊达",意即"基地军事组织",简称"基地"。

值得一提的是,抵抗苏军入侵阿富汗期间,本·拉登曾是美国中央情报局的反苏"盟友"。当时美国中央情报局对阿富汗境内与苏军作战的游击队进行全面培训,本·拉登的许多"计谋"和暴力手段,都是从中央情报局那里学来的。本·拉登还从美国人手中得到了价值约二点五亿美元的军事援助,其中包括对付苏联武装直升机的肩扛式"毒刺"导弹等先进武器。

1989年,苏军撤出阿富汗。本·拉登也带着大约一百名忠实追随者回到了沙特阿拉伯,他把这些人安排在他的公司或农场里,成为他手中的一支"圣战常备军"。同年,原圣战领导人阿卜杜拉·阿扎姆在白沙瓦被一枚路边炸弹炸死,本·拉登就成为"基地"的最高领导人,成为阿拉伯世界家喻户晓的"人民英雄"。

三

海湾战争,是本·拉登从反苏转向反美的转折点。

真是东边日出西边雨,苏军刚从阿富汗撤出不久,1990年8月就发生了伊拉克入侵科威特事件。沙特与科威特接壤,沙特王室担心伊拉克军队乘势进入沙特境内,主动邀请美军提前进驻沙特。这件事使本·拉登同沙特王室产生了尖锐矛盾。本·拉登要求会见沙特国防部长,他摊开地图向国防部长建议说,动员本国力量就可以抵抗伊拉克入侵,不用依靠美国军队。国防部长问他,如何对付伊拉克的飞机、坦克和生化武器？本·拉登回答说："我们靠信仰来打败他们！"国防部长看着他说："你可以走了。"本·拉登负气出走也门，老子不和亲美政府同在一个屋檐下呆着。

海湾战争发生在美国老布什总统时代，具体时间是1991年1月至2月。美国为首的多国部队先对伊拉克进行了四十二天空袭，然后从沙特境内向进入科威特的伊拉克军队和伊拉克本土发动了一百小时的地面进攻，将伊拉克军队彻底打败，伊军灰溜溜撤出科威特。但美军既然进来了，也就不走了，在沙特建立了永久性军事基地。

本·拉登对此无法容忍，强烈谴责沙特政府允许美军进入沙特是"引狼入室"，特别是允许美军驻扎在沙特两个伊斯兰教圣地麦加和麦地那，是对穆斯林的"犯罪行为"。他号召全体穆斯林用暴力手段把美军赶出沙特，并推翻沙特王室统治。他领导的"基地"组织一再对驻沙特美军和沙特政府机构发动袭击。沙特王室迫于美国的压力，对本·拉登的极端主义行为极为恼火，开始严格限制他的活动，规定他不得离开沙特一步。

1991年，本·拉登欺骗王室一位成员说，他要去巴基斯坦关闭他的企业，并保证返回沙特，那位王室成员同意放行。但一只出笼的鸟儿，怎肯再飞回笼中？本·拉登离开沙特后，通知家眷向外转移，随后举家迁往当时非洲最大的阿拉伯国家苏丹（南部苏丹已于2011年1月宣布独立，现已分解成两个国家）。

1994年，沙特政府宣布开除本·拉登沙特国籍，冻结他在沙特的银行资产。他的兄弟们为了自保，纷纷宣布同他断绝往来。

本·拉登失去沙特国籍后，全家安顿在苏丹首都喀土穆。这时本·拉登已娶了四房妻子，四位妻子已为他生育了十四个孩子，全家住在苏丹首都喀土穆一幢三层楼房内。本·拉登极具经商天赋。他在苏丹五年间，承建了苏丹港新机场，以及从喀土穆至苏丹港的一千二百公里高速公路。他还在苏丹开办了一家建筑公司、一家银行、一家加工山羊皮工厂、一个向日葵农场、一家著名的"绿洲与水"进出口公司,等等。在他这些工程和企业中,有的也有苏丹"全国伊斯兰阵线"和苏丹军方的股份。他清楚地知道,不同苏丹本土势力合伙,他很难在苏丹立足。

本·拉登赚了这么多钱财用来干什么?除了养家糊口,他并不追求物质享受。他常年穿着一件最普通的阿拉伯长袍,布帕裹头,生活简朴得如同阿拉伯贫民一般。他要求妻子儿女们吃简单的食物,过简单的日子。他把赚来的大笔钱财全部投向了他的圣战事业。他从阿富汗带回的一百名忠实追随者也一起来到了苏丹,仍然安置在他在苏丹的工厂或农场内。他在苏丹继续发展"基地"组织,重新建立训练营地,在全世界穆斯林中招募圣战志愿者,经过训练,把他们派往索马里、波斯尼亚、科索沃、车臣等国家和地区投入圣战。

1995年6月26日,非洲出了一件大事。埃及总统穆巴拉克于当天前往埃塞俄比亚首都亚的斯亚贝巴,出席一年一度的非统组织首脑会议。穆巴拉克的车队从机场前往市内,途经巴勒斯坦驻埃塞俄比亚使馆时,突然遇到一场惊心动魄的暗杀行动。两辆汽车突然从横方向冲出来停在车队前方道路中央,挡住了去路,四名持枪刺客向穆巴拉克的防弹坐车射击;马路两边的楼顶上也有枪手向车队射击。穆巴拉克的安保人员跳出车外开枪回击,司机急忙掉转车头返回机场,穆巴拉克的专机立刻起飞飞回埃及。美国情报部门一口咬定,这起暗杀事件的幕后操纵者是本·拉登,因为他对亲西方的阿拉伯国家领导人都持敌对态度。

苏丹原本就被美国列入了支持恐怖主义国家的名单,这次暗杀事件发生后,美国、埃塞俄比亚、沙特三国一齐向苏丹施加压力,谴责他们容留恐怖头目本·拉登。苏丹政府拖至第二年5月,再也顶不住了,下令将本·拉登驱逐出境。

天苍苍,野茫茫,本·拉登这次流亡,又将去何方?世界各国的报道有过多种版本,有的说他先流亡到了菲律宾,在菲律宾开办了三家大公司,并娶了一位菲律宾妻子。但美国女作家简·萨森通过亲自采访本·拉登的妻子儿女们,在她写的《本·拉登传》一书中是这样记载的:本·拉登与第一房妻子纳伊瓦生的第四个儿子奥玛说,1996年5月,他是被父亲选中的唯一陪同他离开苏丹的儿子,那年他才十五岁。他虽然极不情愿,但母亲鼓励他说:"奥玛,自己保重,跟主走吧。"奥玛说,他和父亲两人肩上都斜挎着卡拉什尼科夫冲锋枪(即AK—47),出了家门,不知道父亲要把他领到哪里去,也不知道要离家多久。飞机从喀土穆起飞后,飞过了他们的祖国沙特上空,途中唯一停留的一次是在伊朗为飞机加油,他们直接飞到了阿富汗的贾拉拉巴德,因为那里有本·拉登最亲密的朋友部落首领诺瓦赫毛拉可以为他提供庇护。后来,本·拉登把妻子儿女们陆续接往阿富汗,先后安置在贾拉拉巴德、托拉博拉山区、坎大哈等地。全家人跟着本·拉登并没有享受到亿万富翁家庭的富裕生活,而是吃够了颠沛流离之苦。奥玛竭力反对父亲发动圣战,反对恐怖主义,他后来独自离开了阿富汗,住在叙利亚外婆家,经申请恢复了沙特国籍,但前途未卜。

本·拉登已经无法回头,他从此走上了圣战不归路。

四

不妨来探讨一下本·拉登与美国不共戴天的主要原因。

苏联解体后,本·拉登专门同美国对着干。1997年3月底,美国有线广播新闻网记者彼得·阿内特,第一个前往阿富汗山区采访了本·拉登。本·拉登在接受采访时谈了他对美国的看法,他说,"苏联的解体使得美国更加傲慢和目空一切,它开始把自己当成世界的主宰而且要建立所谓世界新秩序,它想任意愚弄全世界的人们","在目前的霸道环境下美国建立了双重标准","把那些反对它不公正行为的人称为恐怖分子"。接着,他以控诉美国"罪恶"的方式申述了对美国发动圣战的理由:"我们向美国发起圣战,因为美国政府是不公正、可耻和残暴的政府","它违反了所有的戒律,犯下了世界上过去任何帝国主义国家未曾做过的罪恶"。他还说,美国才是全世界最大的"恐怖头子",美国向日本扔下原子弹是迄今为止最大的"恐怖袭击",美国的封锁制裁造成了成千上万伊拉克兄弟因缺粮少药而死亡,这同样是"恐怖主义"。

本·拉登下面这句话很有震撼力,他说:"不公在这个世界上是多么严重啊!"

本·拉登是一个代表。他虽然代表的只是伊斯兰教原教旨主义极端派的态度,但也在一定程度上反映了阿拉伯世界的一种普遍情绪。阿拉伯世界对美国抱有同样敌对情绪的还有两位著名人物萨达姆和卡扎菲,这就足以佐证这一点。

人们不禁要问,冷战结束以后,美国同阿拉伯世界的矛盾为何会激化到如此程度?结论既复杂又简单,因为"霸权平衡"被打破后,世界秩序严重失衡,尤其是基督教文化圈与伊斯兰教文化圈之间的失衡现象更为突出。伊斯兰教文化圈有着辉煌的历史记忆,但是当今世界的政治、经济、军事、科技、舆论等等的话语权都被美国霸占着,阿拉伯世界对此普遍不舒服。伊斯兰教原教旨主义极端派奉行的恐怖主义,是对霸权主义不满的一种极端的表达方式。

东方的儒教文化讲究"中庸",佛教文化讲究"圆通",它们虽然也反对霸权主义,但不会采取恐怖主义这种极端方式。

恐怖主义带有反人类、反社会、抵制世界现代化进程等特征。本·拉登对现代社会抱有极端的抵触情绪,有一个典型例子就是他禁止儿子们上学,使他的下一代失去了接受教育的机会,这是不可理喻的。

从本质上说,恐怖主义是霸权主义的对立物。它是"二战"结束以后,美苏两霸在世界范围内推行霸权主义的产物。苏联的解体,犹如经历了一场强烈地震,在原有政治板块破碎的边缘地带,一片狼藉,治安状况严重恶化。美苏两霸长期对抗引发的这场灾难,最终要由它们双方共同买单。苏联已用它自身的解体作了抵偿；那么美国呢？它就只能通过对付以本·拉登为首的恐怖主义去偿还这笔欠账了！

五

在克林顿总统和小布什总统任期内，本·拉登同美国的较量达到高潮。

克林顿总统八年任期内（1993年1月—2001年1月），本·拉登不断策划恐怖袭击事件，并曾两次密谋刺杀克林顿，均未得逞。1996年，克林顿下达绝密命令，授权美国中央情报局可以采取任何手段摧毁"基地"组织，消灭本·拉登。但本·拉登是狡猾的狐狸，逮不住他。既然逮不住狐狸，狐狸就要半夜"闹鬼"。1998年8月7日这一天，美国驻非洲肯尼亚和坦桑尼亚两国大使馆同时遭到恐怖袭击。在内罗毕，美国驻肯尼亚大使馆爆炸案炸死二百一十三人，其中有十二名美国人，受伤四千五百余人。大约五分钟后，坦桑尼亚首都达累斯萨拉姆美国大使馆也发生爆炸，同样是自杀式汽车炸弹袭击，炸死十一人，炸伤八十五人，伤亡人员中没有美国人。这两起恐怖袭击事件震惊了美国，克林顿强烈谴责恐怖分子的暴力行为是"令人憎恶的、灭绝人性的"，宣称美国"将尽一切努力惩罚罪犯"。

美国政府立即从本土派出反恐专家小组，并由美军驻沙特海军陆战队组成反恐突击队奔赴两国爆炸现场，调查案情，实施救援。但美国的救援行动引起了肯尼亚和坦桑尼亚两国的不满。在这两起爆炸案中，大批炸伤人员都是肯尼亚和坦桑尼亚两国当地人，美国救援分队却封锁了爆炸现场，只顾在伤员堆里寻找和抢救美国人，大批当地伤员的救护被耽误了。美国人平时很高傲，他们的自私在这一刻暴露无遗，阿拉伯人对他们产生反感也不是没有一点原由。

就在爆炸案发生当天,巴基斯坦情报部门在卡拉奇国际机场逮捕了一名持假护照急于离开的阿拉伯人,名叫欧登,三十二岁。他原籍巴勒斯坦,他的妻子是肯尼亚人。他领导的小组为了策划这两起爆炸,他本人潜伏在肯尼亚首都内罗毕摆了个鱼摊卖鱼,他的鱼摊就是恐怖分子的联络点。他不仅供出了这两起爆炸案的策划经过,而且供出了"基地"组织在世界各地的网络:纽约、波斯尼亚、车臣、塔吉克斯坦、阿富汗、巴基斯坦、约旦、以色列、沙特、埃及、利比亚、阿尔及利亚、也门、苏丹、埃塞俄比亚、索马里、突尼斯和菲律宾等等。并说,本·拉登掌握一支由穆斯林武装分子组成的四千至五千人的军队。如此看来,本·拉登领导的"基地"组织已经发展到相当惊人的程度。

克林顿受到了极大刺激,他必须向美国国内有所交代,向世界表明立场,对恐怖主义绝不宽容。1998年8月中旬,巴基斯坦开始风传美国即将对阿富汗境内的"基地"组织实施打击,气氛顿显紧张。美国开始从巴基斯坦撤离大批外交人员和美国公民。与此同时,美国关闭了可能遭到恐怖袭击的十二个国家的大使馆。风声鹤唳,草木皆兵。

8月20日美国时间清晨六时,克林顿下令,美军同时向阿富汗和苏丹实施了猛烈空袭。阿拉伯海和波斯湾的美军舰艇负责袭击阿富汗,他们从舰艇上向阿富汗东南部塔利班控制区的本·拉登六处营地发射了将近一百枚战斧式巡航导弹。空袭开始时间美国是清晨,阿富汗已是夜间。美国从阿拉伯海舰艇上发射的巡航导弹是飞越巴基斯坦上空打往阿富汗的,美国事先并未征得巴基斯坦同意。空袭开始后,克林顿给当时的巴基斯坦政府总理谢里夫打电话说,此刻正有美国巡航导弹从你头上飞过,不过你不用紧张,不是打你的,是打向阿富汗境内的本·拉登营地的。谢里夫放下电话苦笑,这老美,好一副霸权主义姿态!阿富汗境内被袭地区一声声巨大爆炸声响彻云霄,火光冲天,地动山摇。空袭持续了一个小时,阿富汗帕克蒂亚省霍斯特地区的本·拉登两处营地被炸毁,二十一人被炸死,三十至五十人受伤。美军的巡航导弹袭来时,本·拉登刚刚离开营地,走到半路听见身后传来巨响,他站在黑暗中回头看看冲天而起的火光,一丝冷笑,转身钻进了山沟。

与此同时,红海海域的美军舰艇负责空袭苏丹喀土穆。美军除了从红海舰艇上向喀土穆发射少量巡航导弹外,两架远程轰炸机直接飞临喀土穆一家化工厂上空实施轰炸,化工厂顷刻变成一堆废墟。美国情报部门认定那家化工厂是由本·拉登投资制造生化武器的。事后,负责设计和建造化工厂的人站出来证明,它只是一家普通的制药厂。

空袭当天下午,克林顿发表电视讲话,宣称这次空袭是对恐怖分子制造肯尼亚和坦桑尼亚美国大使馆两起爆炸案的反击和报复,美国今后还将采取类似的行动。但直到克林顿任期届满向小布什移交总统权力时,美国情报部门仍未找到本·拉登的下落。

较量尚未结束,后面还在"大戏"。

2001年1月20日,小布什正式就任美国第四十三届总统。他上任伊始,在他最为关注的国家安全领域内,重要任务之一就是如何对付恐怖主义。在他制定的年度财政预算中增加了不少这方面的拨款,中情局也增加了不少这方面的任务。本·拉登这一方也没有打瞌睡,他决心要给小布什来个下马威,加紧策划更大规模的恐怖袭击事件,这出"大戏"就是当年震惊世界的"9·11"恐怖袭击事件。

恐怖分子组织了一支精干的秘密分队,均由具备自我"献身精神"的宗教狂热分子组成。他们制定了一份周密的计划,先从学习驾驶飞机开始。从2000年7月,两名恐怖分子去佛罗里达州接受驾驶商业飞机的飞行训练,另外两名恐怖分子前往意大利威尼斯接受飞行训练。2001年9月10日,即"9·11"前一天,恐怖分子在美国最东北角的缅因州集合,进行最后一次协调。然后兵分两路,从不同地点飞往波士顿。他们决定劫持四架飞机,每架飞机要上去四至六人,以确保行动成功。他们计划用四架飞机同时向预定目标发动自杀式袭击。

恐怖分子为何把袭击日期选定在9月11日？因为911是美国的呼救电话号码,它在美国人心目中是带来安全保障的象征。恐怖分子们说:"让美国佬的安全感见鬼去吧!"

他们最初选定的三个袭击目标是:美国白宫、纽约世贸中心大楼、美国总统空军一号专机。后来执行中有所变动。

我们如果看一下美国地图,波士顿、纽约、华盛顿都在美国东海岸北部沿海,三点连一线,这是"9·11"恐怖袭击的三个相关地点。

令人难以置信的一个问题是,在美国这样的国家,恐怖分子居然在波士顿机场全部顺利登上了不同航班的飞机,飞机起飞后恐怖分子在空中同时成功地劫持了四架飞机,地面竟毫无察觉。据事后调查发现,被劫持的四架飞机上一共上去了十八名恐怖分子。袭击纽约世贸中心双塔大楼的两架飞机上各有五名恐怖分子;撞向华盛顿美国国防部五角大楼和坠毁在匹兹堡附近的另外两架飞机上各有四名恐怖分子。

当时,全世界都观看了"9·11"恐怖袭击事件的直播过程。眼看着两架飞机先后撞向美国世贸中心两座大楼,引起巨大爆炸,冒出团团浓烟烈火。又眼看着两座高达一百一十层的大楼在燃烧中先后倒塌。位于华盛顿的美国国防部五角大楼也遭到飞机撞击,引起大火,部分大楼倒塌。最后一架飞机在匹兹堡附近坠毁。

本·拉登导演的这出"大戏",超过了美国好莱坞迄今为止拍摄的所有恐怖大片,创造了全球最高收视率,世界被惊呆了。

小布什上任不到十个月,当头挨了一闷棍,几乎蒙了。他稍作镇定后发表电视讲话,向全世界宣布美国遭到了恐怖袭击,并称这是美国的"国家灾难",美国将对事件展开全面调查。

"9·11"恐怖袭击事件,成为小布什发动阿富汗战争和伊拉克战争的导火索,理由就是这两个国家都支持恐怖主义。这两场战争,表面上美国都"打赢"了,主要标志是端掉了阿富汗塔利班政权和伊拉克萨达姆政权。但是,直到小布什任满两届总统,仍然没有找到本·拉登下落。

2009年1月21日,小布什向奥巴马移交总统权力时,他把这块"心病"一起交给了奥巴马。

六

本·拉登导演的"9·11"恐怖袭击事件,对美国造成了深远而巨大的影响。最为致命的一点是使美国人的自信遭到了重挫。

美国第四十四届总统奥巴马在就职演说中直言不讳地承认,"现在我们都深知,我们身处危机之中。我们的国家在战斗,对手是影响深远的暴力和憎恨"。并说,现在有人"认为美国衰落不可避免,我们下一代必须低调的言论正在吞噬着人们的自信"。他表示要领导美国重拾信心,"从今天开始,我们必须跌倒后爬起来,拍拍身上的泥土,重新开始工作,重塑美国"。

美国正"身处危机",美国的"衰落不可避免",美国需要"重塑",这样的字眼第一次出现在美国总统的就职演说中。仅此一点,就足以使全世界的人们受到震动。

奥巴马上任第一年,仍然没有找到本·拉登的下落。

2010年8月,美国中央情报局向白宫报告:已经发现了本·拉登的藏身之地!

十年来,美国中央情报局撒开了大网,一直在苦苦寻找有关本·拉登的一切线索。中情局在审讯捕获的"基地"恐怖分子时,发现他们屡屡提到一位本·拉登极为信任的人物。中情局开始调查,发现这位人物是"9·11"恐怖袭击事件的主谋之一,全名叫谢赫·阿布·艾哈迈德,出生于科威特。他是唯一负责本·拉登与外界联络的人,也是唯一知道本·拉登住处的人。只要发现这个人的行踪,便能找到本·

拉登。于是,中情局开始监听"基地"恐怖分子的来往电话。2010年夏天,谢赫向外打了一个电话,立即被锁定位置,中情局向发出电话信号的位置直扑过去。

搜寻结果大大出乎美国情报人员意料。这个地点不在阿富汗境内,竟在美国反恐盟友巴基斯坦境内。具体位置就在巴基斯坦首都伊斯兰堡以北不远的小城阿伯塔巴德。他们在那里发现了一座奇异的住宅,造价高达一百万美元,户主是阿富汗人,围墙高达六米,住宅内没有安装电话线和网线,生活垃圾从不向外倾倒,就在院内焚烧。中情局断定:这就是本·拉登住处。

奥巴马先后九次召集国家安全委员会开会,讨论抓捕本·拉登的方案。最后决定,严密封锁消息,绕开巴基斯坦,派遣美国海军海豹突击队从阿富汗境内乘坐黑鹰直升机进入巴基斯坦,直接执行抓捕任务。军方根据预定方案,在秘密地点组织了模拟演练。

2011年5月1日下午,奥巴马下令,抓捕行动开始。直升机上和海豹突击队员头盔上都装有摄像头,将现场图像实时传回美国,奥巴马和希拉里都坐在作战室内观看抓捕过程。

美国媒体披露的大致过程是:海豹突击队员从阿富汗境内乘坐直升机进入巴基斯坦境内,直扑本·拉登住宅上空,用绳索坠降至屋顶,进入屋内。本·拉登守卫士兵与海豹突击队员展开激烈交火。本·拉登一度将妇女当做人肉盾牌,结果被海豹突击队员一枪打中头部毙命。被打死的另外四个人是:本·拉登的一位妻子、一个儿子、两个信差(其中包括谢赫)。

美国时间当晚午夜二十三点十五分,奥巴马在白宫东厅发表电视讲话,向全世界宣布本·拉登已被击毙,这是他上任以来美国在国家安全领域取得的最大胜利。

七

　　历史对本·拉登无法回避，他将作为一名反面人物载入史册。他对世界头号强国美国发动了一场"一个人的战争"，从他1996年重返阿富汗直接同美国对抗算起，到2011年5月1日被美军海豹突击队击毙，坚持了长达十五年之久。他策划的"9·11"恐怖袭击事件对美国造成的深刻影响已如前述。

　　现在留下的问题是：恐怖主义的泛滥提醒人们，世界在迈向现代化的进程中，始终伴随着诸多无法回避的尖锐矛盾，人类将如何唤醒良知，去化解这些矛盾？

　　我们正在迈向进步，但不是进入天堂。

　　本·拉登那句话仍在我们耳边回响："不公在这个世界上是多么严重啊！"

伊朗核危机:伊朗顽抗,美国棘手,死结难解

一

自从多事的2011年入冬以来,伊朗核危机越闹越凶,大有"美伊战争"一触即发之势。在目前欧美经济陷入困境、北非和中东乱局难平的形势下,美国正在拿伊朗核危机当成一张大牌来打。美国这次玩的是"战争边缘政策",准备利用这张大牌大捞一票。

伊朗虽然是中东大国,也以伊斯兰教为国教,但伊朗不是阿拉伯国家,伊朗国内主要是波斯人,不是阿拉伯人。伊朗核危机不属于所谓"阿拉伯之春"的范畴,两者有联系,但不同,它是另一出戏。

美国利用伊朗核危机博弈的对手不止是伊朗,它正在利用这张大牌把越来越多的国家裹挟进这副"牌局"。目前美伊双方都在不断"拉人入局"。伊朗对相关国家说:"请多帮忙,危难时刻拉兄弟一把!"美国则对它不顺眼的国家说:"这件事同你脱不了干系,你必须表态!"它逼着相关各国从口袋里往外掏钱,放到桌面上"下注"。

美国这次大打伊朗核危机这张牌,一可转移国内视线,平息美国民众因经济不景气普遍产生的怨恨情绪;二可对伊斯兰世界保持高压态势,以便巩固美国十多年来发动阿富汗战争、伊拉克战争、击毙

本·拉登、搞乱北非和中东一大批阿拉伯国家的"丰硕成果";三可通过制裁伊朗,搞石油禁运,迫使包括中国在内的一批经济起飞国家出现石油短缺,放慢经济发展速度,甚至出现经济衰退。美国则可通过控制石油和金融汇率等环节转嫁经济危机,摆脱国内困境,美国玩这一套是老手;四可为奥巴马争取连任下届总统造势得分。

美国在伊朗核危机这条狭路两边各挖一个深坑,你若不按它所指定的方向走,想往哪边躲避都不行,身子向左或向右一晃都将跌下深坑,喝几口脏水、弄一身污泥能爬上来算你有本事,爬不上来你就自认倒霉吧。

美国当着全球观众的面把这场"战争边缘游戏"玩得惊险万分,玩得让你心跳,悬念迭出,令全球观众引颈踮足,想看个究竟,"票房"不断看涨。

二

美国与伊朗交恶已经不是一两天的事了,事情要从1979年霍梅尼领导的"伊斯兰革命"说起。

在霍梅尼发动"伊斯兰革命"之前,伊朗巴列维国王是亲美的。他对美国奉行"一边倒"政策,1959年同美国签订了军事协定,缔结了军事同盟。但是,上世纪五十年代以后,由于伊朗石油国有化政策失败,经济发展受损,社会矛盾突出,乡村农民、城市平民和各种反对派势力不满情绪日益高涨,国内政局一直不稳。巴列维国王为了缓和社会矛盾,稳固自己的统治地位,指令王国政府发动了一场自上而下的"白色革命"(相对于自下而上的"红色革命"而言)。"白色革命"的主要内容包括:一、实行土地改革;二、森林、牧场、水力资源国有化;三、出售国有企业股票,工人分享工厂利润;四、修改选举法,实行普选,妇女享有选举权;五、进行教育改革,扫除文盲,实行部分义务教育;六、进行行政改革,反对官僚主义,提高行政效率;七、在城乡实行社会保险;八、建立农村医疗队、技术推广队,建立农村法庭,提高农村公平程度。初一看,这是一份相当不错的改革方案,如能全部付诸实施,伊朗国家面貌定将大为改观。

但是,巴列维国王显然把问题想得太简单了。

巴列维国王发动的"白色革命",首要一环是实行土地改革。因为当时伊朗大部分土地集中在地主和穆斯林寺院宗教主手里,大量无地农民只能奴隶般为地主和寺院宗教主去种地,受尽盘剥,无法忍受,反抗活动频发。为了缓和农村矛盾,伊朗从1962年开始分阶段实施土地改革。随着土地改革的进行,曾使百分之九十二的农户获得了土地,农业也取得短暂发展。但土地改革带来了两个突出问题:一是土地拥有者为自己留下了大部分好地,只将无水灌溉的贫瘠荒地通过政府赎买方式让出,分给农民。获得土地的农民因缺乏资金,水利灌溉、农具肥料等实际问题无从解决,很快陷入无力耕种的困境。二是由于伊朗是穆斯林国家,什叶派穆斯林达到全国总人口的百分之九十五。清真寺遍布全国城乡,处处都有伊斯兰教各种级别的圣职人员,他们既是一股强大的宗教势力,也是一股强大的政治势力。宗教上层集团除了政治上拥有许多特权,经济上还拥有大量"教产"(包括土地和其他资产),土地改革触动了他们的利益,激起了他们对巴列维国王的仇恨。

工业方面,从1962年至1975年,伊朗赶上了"大发石油财"的难得机遇。1970年后,伊朗的石油年产量达到两亿吨,居中东之首、世界第四。1973年伊朗将西方石油企业收归国有。巴列维国王利用大量石油利润,实施了两个"五年发展计划",大力发展本国工业,十年内国内生产总值年均增长百分之十一点五。巴列维国王被滚滚而来的"石油美元"冲昏了头脑,一再加大工业投资,宣称到二十世纪末要把伊朗建成世界"第五强国"。由此,"白色革命"开始向重工轻农的方向倾斜,使土地改革半途而废。

实际上,无论哪一个国家的发展,经济发展固然是基础,但经济发展并不能代表一切,更不能掩盖一切。社会发展是一个有机整体,经济之外还有大量别的社会矛盾;经济本身在发展过程中也会不断产生新的矛盾。正当巴列维国王雄心勃勃做着"强国梦"的时候,国内积累的各种矛盾开始越过临界点,接连激化爆发。大批破产农民拥入城市寻找出路。由于农业生产衰退,不得不从国外大量进口粮食,由此引发严重通货膨胀。王国政府为了平抑物价,开展"反暴利运动",严厉打击城市商人、店主,又树立了一大批新的敌人。另一方面,王室贵族、政府官员和富豪集团却乘机巧取豪夺,贪污腐败,激起广大平民的强烈不满,各种反对派势力乘机煽动,抗议活动接连不断。巴列维国王为了维护自己的专制统治,下令取缔"执政党"以外的一切政党,压制言论自由,动用军警残酷镇压抗议活动,杀害反对派人士,严厉打击反对王国政府的宗教上层势力,促使矛盾进一步激化。

另外,由于"白色革命"在文化方面采取对外开放政策,使西方文化尤其是美国文化大量涌入,色情、淫秽、凶杀内容的书刊和影视充斥市场,赌场、妓院、酒吧、夜总会随处可见,社会道德风尚败坏,毒害年轻一代。西方文化的泛滥,同伊斯兰文化传统发生了严重冲突,遭到伊斯兰教上层集团和广大穆斯林的强烈反对。

上述这一切,都被宗教领袖霍梅尼所利用,在伊朗国内煽动起一股声势浩大的宗教狂热,反对"白色革命"的抗议活动愈演愈烈,一发不可收拾。霍梅尼从1964年起公开发表反对"白色革命"、反对巴列维国王、反对美国的言论,多次被捕,直至被驱逐出境,先后在土耳其、伊拉克、法国流亡十四年,在国外遥控伊朗国内的反抗运动。

1978年底,美国发现巴列维国王已完全失去了对伊朗国内局势的控制能力,在最后时刻抛弃了他。

1979年1月,巴列维国王以"休假"的名义逃往国外。2月1日,霍梅尼从法国返回伊朗,受到二三百万人的狂热欢迎。2月11日,霍梅尼以宗教领袖的名义委任迈赫迪·巴札尔甘为临时政府总理,巴列维王朝被推翻。

1979年3月底,在霍梅尼操纵下进行公投,废止伊朗君主制,在伊朗建立政教合一的伊斯兰共和制。通过修改宪法,霍梅尼被推举为伊朗国家和宗教"最高领袖"。第二年选出的伊朗共和国第一任总统阿伯尔哈桑·巴尼萨德尔,也受霍梅尼领导。

1979年10月,流亡中的巴列维患了癌症,美国同意他前去接受治疗。伊朗国内立即掀起了一股强大的反美浪潮。霍梅尼和伊斯兰教极端派强烈谴责美国,要求遣返巴列维并将他处死,美国当然不会向霍梅尼"屈服"。伊朗的反美声浪越来越高,直接导致了,1991年美国惩罚它的。当年11月4日伊朗极端派冲击美国驻伊朗大使馆、劫持五十二名美国使馆人员长达四百四十四天的"人质事件"。这一事件使美伊两国成为不共戴天的敌人。

美国于1980年4月7日同伊朗断交,至今已过去三十二年,仍未复交。

巴列维1980年7月在流亡地埃及去世。

霍梅尼是狂热的反美斗士和泛伊斯兰主义者,既反对西方资本主义,也反对东方社会主义。他有一句"名言":"不要东方,不要西方,我们只要伊斯兰!"他还鼓吹输出伊斯兰革命,宣称"在世界各地建立伊斯兰国家是革命的伟大目标"。

霍梅尼已于1989年6月3日因胃癌去世,但他发动"伊斯兰革命"煽起的狂热宗教情绪,不仅至今深深影响着伊朗国家的政治生活和伊朗广大穆斯林的精神生活,而且影响着整个伊斯兰世界。

三

伊朗是很难对付的。回顾三十多年来美伊对抗过程,美国在战略上一再失算;伊朗则有得有失,得大于失。

美国在战略层面有过两次重大失算:

第一次战略失算,对巴列维王国政府没有支持到底。伊朗原先是君主立宪制国家,国王没有行政实权。上世纪五十年代,巴列维国王在美国支持下发动了一场政变,推翻了首相摩萨台政府,恢复了国王掌权地位。巴列维国王加强了对国会的直接控制,由他直接任命首相和各部大臣。并在美国中央情报局的帮助下,建立了国家安全情报组织(萨瓦克)和王家情报组织,加强对内控制。在伊斯兰世界,伊朗历来是一个重量级国家,拥有波斯帝国的深厚历史积淀。巴列维国王奉行亲美的"一边倒"政策,使美国在伊斯兰世界打开了一个重要突破口,获得了一个重要的立足点。可是,美国却在霍梅尼发动的"伊斯兰革命"面前退却了,最后时刻抛弃了巴列维国王,放弃了对伊朗王国政府的支持。此后,伊朗由美国在伊斯兰世界的一个重要突破口变成了一个高调反美的顽固堡垒。这无疑是美国中东战略的最大失算。与其现在口口声声要对伊朗"开战"、"制裁",当初为何不对巴列维国王的亲美政府支持到底?一进一出,这笔账并不难算。这是老美"自食其果",怪不得别人。

第二次战略失算,搞掉萨达姆,失去了制衡伊朗的一颗最大棋子。1979年霍梅尼领导"伊斯兰革命"后当上了伊朗政教"最高领袖",1980年就爆发了两伊战争。当时霍梅尼立足未稳,萨达姆向伊朗开战,形势对霍梅尼极为不利。海湾各国和埃及、约旦、摩洛哥、突尼斯等一大批阿拉伯国家都担心霍梅尼领导下的伊朗会向他们的国家输出"伊斯兰革命",把他们的国家搞乱,所以在两伊战争中都站在伊拉克一边。美国也在暗中支持萨达姆,这是"公开的秘密"。美国通过第三国转手向伊拉克出售武器,为伊拉克提供伊朗军事情报,等等。两伊战争一打打了八年,由于伊朗的综合国力强于伊拉克,伊拉克一口吞不下伊朗。伊拉克在战争初期占得上风,随着时间的推延,双方陷入僵持。经过联合国斡旋,两国同意停战,1988年8月28日两伊战争宣告结束。可是,美国对萨达姆采取过河拆桥的实用主义政策,两伊战争刚结束,美国就把萨达姆视为美国在中东最危险的敌人,布什父子先后对伊拉克发动了两场战争,直至把萨达姆送上绞刑架,为伊朗消灭了一位最强硬的劲敌。美国发动耗资巨大的伊拉克战争,最大的得益者不是美国,是伊朗。

虽然美国三十多年来一直对伊朗实施经济制裁,使伊朗蒙受了一定经济损失。但是,面对复杂形势和困难局面,伊朗一面硬抗美国,一面腾挪躲闪,得益远大于损失。

得益之一,伊朗在两伊战争打到最困难的时刻,霍梅尼授权当时的伊朗总统哈梅内伊致信联合国秘书长德奎利亚尔,表示接受安理会598号决议,同意停战。伊朗的这一表态,受到国际社会欢迎,使它在国际舆论面前变被动为主动,使得美国很难立即下手整它,从而获得喘息机会,稳定内部。

得益之二,美国在伊拉克战争中搞掉萨达姆政权,萨达姆被送上绞刑架处死,等于美国帮助伊朗报了血海深仇,霍梅尼的继承者在伊朗国内获得高分。

得益之三,伊朗利用美国难以从阿富汗战争和伊拉克战争中脱身的机会,获得了十多年宝贵的时间休养生息,发展经济,医治好两伊战争中遭受的创伤,在中东国家中坐大。并抓住机遇推进"核计划",赢得了向美国叫板的资本。

目前,伊朗研制核武器的进展情况尚未见底,但伊朗已经几次成功发射了自制人造卫星,这是一个重要信号。根据一般规律,一个国家要发展核武器,核弹头与运载工具都是同步研发的。如果光有核弹头,没有运载工具等于零。反言之,远程运载工具已经成熟,卫星都能送上天了,据此也可反推出该国研发核弹头的进展情况。

四

在美国眼里，伊朗的可怕，在于它可能以"伊斯兰宗教狂热＋核武器"来对付美国。

伊斯兰世界是美国的"天敌"。亨廷顿把伊斯兰文明同基督教文明作为"文明冲突论"的重点内容来论述，并不是没有一点"理由"的。进入新世纪以来，美国把主要精力用来对付伊斯兰世界，十多年来先后搞掉了阿富汗塔利班政权、伊拉克总统萨达姆、利比亚总统卡扎菲、射杀了基地恐怖组织头目本·拉登。2011年春天以来，又把中东和北非相连地区的一大批阿拉伯国家搞得一片狼藉，这些国家至少二三十年恢复不了元气，美国可以把兵力调往其他地区谋取新的战略利益。但是，中东还剩下伊朗这个"最顽固的堡垒"，成为美国的心腹大患。美国如果不能制服伊朗，它十多年来在伊斯兰世界收获的上述"成果"很可能化为乌有。因此，美国不把伊朗制服是不肯罢休的。

其实，伊朗的"核计划"由来已久。二十世纪五十年代后期，伊朗就开始实施核能发展计划，先后建成了一座核电站、六个核研究中心和五座铀处理设施。当时伊朗巴列维王朝奉行亲美的"一边倒"政策，伊朗核能发展计划的初始阶段曾得到美国等西方国家的支持。

美伊两国断交以来，"伊朗核问题"也已闹了三十多年。

1980年美国同伊朗断交后，伊朗感受到来自美国为首的西方军事威胁，开始实施新的"核计划"。不久，美国就指责伊朗试图"研发核武器"。伊朗将计就计，虽然核武器尚未搞出来，但可利用"研发核武器"这一招来反制美国和西方，有了同老美讨价还价的"资本"，对此可称之为"核武器研发效应"。

2003年2月9日，伊朗前总统哈塔米发表电视讲话宣布：伊朗已在本国雅兹德地区发现了铀矿,并成功提炼出了铀,伊朗将利用本国资源建设一个完整的核燃料循环系统。这一消息震动了美国和西方,美国和国际原子能机构向伊朗紧急施压。伊朗迫于外界压力,作出临时性"战术退却",同年12月18日签署了"核不扩散"附加议定书,同意暂时搁置"核计划"。

2004年,美国公布了七张伊朗核设施照片。同年4月,伊朗宣布暂停组装浓缩铀离心机,等于对围攻它的各个国家说,我们暂时不搞了,你们都请回去喝杯咖啡歇一会儿吧。大家一转身,四周静悄悄,伊朗可以抓紧时间在本国卡维尔盐漠或卢特荒漠深处干许多事情。世界上许多事情往往就是这样的,表面上它已是一盆"死灰",但只要里面还有一块暗燃的小木炭,小风一吹,它马上就能"复燃",引起大火。

2006年1月,伊朗突然宣布重新启动已经停止两年多的核燃料研究计划,国际舆论一片哗然。3月,联合国安理会要求伊朗在三十天内停止一切"核活动",伊朗不理。6月,安理会"五常"美、俄、中、英、法和德国(简称"5＋1")举行外长级会议,提出解决"伊朗核问题"的新方案,要求伊朗答复。伊朗知道这是一颗"橡皮子弹",不怕。它抛出一颗"棉花球"来回应道,六国外长会议文件中包含有某些"积极成分",但他们还得慢慢研究,过些日子再作答复。7月,"5＋1"外长发表声明,将"伊朗核问题"提交联合国安理会处理。同月底,安理会就伊朗核问题通过了1696号决议,限令伊朗于8月31日前暂停所有铀浓缩活动。安理会来硬的,伊朗也来硬的,回答说:"伊朗的铀浓缩活动只会继续和扩大,决不会中止!"12月,安理会又通过1737号决议,决定对伊朗实施"核计划"和弹道导弹项目实行制裁,伊朗置若罔闻。

2007年3月,安理会通过了制裁伊朗的1747号决议,伊朗无动于衷。

2008年3月,安理会通过了制裁伊朗的1803号决议,伊朗硬扛不答。同年7月19日,"5+1"外交代表在日内瓦参加了欧盟最高代表与伊朗最高国家安全委员会秘书长贾利利举行的会晤,商讨"伊朗核问题"的解决方案,但未取得实质性成果。

2010年6月,安理会通过了制裁伊朗的1929号决议,伊朗照干不误。联合国安理会通过了这么多制裁决议,都没有制止伊朗的"核步伐"。联合国受谁摆布,伊朗一清二楚,老子不听你的!

2010年2月16日,伊朗总统内贾德向外透露:伊朗最近完成了铀浓缩关键设备新一代离心机的试验,功率相当于老一代离心机的五倍,不久就将投入使用。

"伊朗核问题"终于到了爆发危机的临界点。

2011年11月初,国际原子能机构(IAEA)在维也纳发表了一份报告,详细透露了伊朗"核计划"中与军事用途相关的浓缩铀和运载工具研制、试验的进展情况。这一消息在西方世界掀起了一场轩然大波,成为引爆这次伊朗核危机的导火索。

英、美、法、加等西方国家先后宣布对伊朗实施新的金融制裁措施。2011年12月1日,美国参议院全票通过了对伊朗的制裁措施,切断伊朗中央银行与全球金融体系的联系。

伊朗总统内贾德立即对西方指责实施强硬反击,宣称伊朗决不会在西方的"无耻指责"面前退缩,将坚定不移地发展自己的核技术。伊朗国内则掀起了一股声势浩大的反西方浪潮。德黑兰数千名大学生和民众冲击英国驻伊朗大使馆,抗议英国带头对伊朗实施制裁。英国关闭了驻伊朗大使馆,撤回所有外交人员。德、法、荷、意等国也纷纷召回了驻伊朗大使。

美国知道,直接打着反对伊斯兰教的旗帜去搞垮一个穆斯林国家是愚蠢的,必须寻找别的理由。当初发动伊拉克战争,就是一口咬定伊拉克拥有"大规模杀伤性武器",尽管联合国派出大规模核查组前往伊拉克翻箱倒柜核查也没有查出任何证据。但美国连一声"莫须有"都没有说,突然下手,三下五除二,就把不可一世的萨达姆政权搞掉了。这次对付伊朗,美国的理由更"过硬":伊朗正在加快研制核武器,必须严厉制裁伊朗,迫使伊朗放弃"核计划"。

可是,美国对中东地区防核扩散搞双重标准,伊朗坚决不服。以色列早就拥有核武器,美国从来没有吭过一声,伊朗为何不能研制核武器?伊朗回敬美国说:"伊朗决不放弃核计划!"面对美国纠集国际势力对它气势汹汹的围逼,伊朗后退半步说,我们的"核计划"是研究核能和平利用,难道这个权利也要被剥夺吗?岂有此理!但研究核能和平利用与研制核武器是两间相通的屋子,美国不相信伊朗"不越雷池半步"。在美国看来,伊朗早已是一只钻进鸡窝里的黄鼠狼,不是偷鸡也是偷鸡,逮它宰它没商量!

接着发生了几件敏感事件:

事件一:2011年12月4日,伊朗对外宣布击落了一架美军高度机密的RQ—170隐形无人侦察机,令美国非常尴尬。这种隐形无人侦察机部署在阿富汗境内的美军基地,一般执行中央情报局赋予的秘密侦察任务。美军海豹突击队在巴基斯坦境内击毙本·拉登,就是由RQ—170完成的侦察定位任务。从伊朗对外公布的实物照片看,这架美军隐形无人侦察机完好无损,伊朗从中获取某些高技术机密是不言而喻的。美国向伊朗索要,伊朗不给;美国想派人去偷回,没有成功的把握;美国又想派遣特工潜入伊朗去炸毁它,又怕引出别的麻烦。美国很无奈,伊朗先赢了一分。

事件二:2011年12月中旬,伊朗海军在霍尔木兹海峡举行大规模军事演习,试射了多种型号的国产导弹,向美国示威。伊朗声称,美国一旦制裁伊朗,伊朗就要封锁霍尔木兹海峡,使海湾各国的石油都出不去,美国和欧洲都经不起石油断供的打击。12月28日,美国派遣斯坦尼斯号航母战斗群穿越霍尔木兹海峡伊朗海军演习区域,同时宣布卡尔文森号航母战斗群就部署在附近,林肯号航母战斗群也正在驶往海湾途中,对伊朗进行武力威慑。但双方并未发生直接冲突,并且都释放出愿意"谈判"的口风。显然,双方对开战都还没有做好充分准备。

事件三：2012年1月11日，伊朗首都德黑兰发生一起爆炸事件，一名伊朗核科学家被炸死。伊朗指责国际原子能机构（IAEA）向外泄露核查伊朗核问题材料，暴露了伊朗核科学家姓名，并认定这起谋杀事件是以色列干的。被害科学家的妻子则埋怨联合国对这类恐怖主义谋杀活动不作为。伊朗国内又掀起了一股新的仇美情绪。

事件四：2012年1月28日，美国媒体有意透露了一条消息：美军正在升级重达十三吨、可装两吨多炸药的巨型钻地弹，专门用来摧毁伊朗地下核设施。在改装升级原有巨型钻地弹的同时，又追加拨款再向制造商波音公司增购了二十枚升级后的巨型钻地弹。美国发布这条消息，不排除美军情报部门的另一个图谋：利用这条消息核实伊朗地下核设施的准确位置。因为它同时提到，据美国军方估计，伊朗福尔道铀浓缩工厂深入地下至少六十一米，打击效果取决于地面加固厚度和岩石种类等。如果伊朗获知这条消息后为了增强地下核设施的防护能力，动用机械设备或大量人力去加固地下核设施的地面防护层厚度，美军侦察卫星立刻就能发现，这等于为美军明确指示打击目标。与此同时，奥巴马总统指示美国军方准备一份对伊朗实施军事打击的应急方案。奥巴马说，为了阻止伊朗制造出核武器，不排除任何打击手段。使用巨型钻地弹摧毁伊朗地下核设施，就是美军方案中的打击手段之一。据有的媒体透露，伊朗地下核设施的深度要比美国军方估计的深度深得多，美军巨型钻地弹摧毁不了伊朗地下核设施。但如果美军真能击中目标，伊朗地下核设施遭到严重破坏也是难以避免的。

与此同时，美国方面又曝出消息，说是伊朗已经制定了到美国本土去发动袭击的计划。真真假假，连吓带蒙，此乃交兵之法也！

又有一条消息冒了出来：伊朗有一所训练"忍女"的学校，训练了三千五百名"忍女"，个个身手不凡，西方担忧这批伊朗"忍女"成为恐怖杀手。炒作这条消息的媒体记者，想来都是一些年轻人，缺少一点战争史常识。想当初,八国联军入侵中国,中国有许多义和拳高手也声称练就了"刀枪不入"的非凡功夫。可是同八国联军的洋枪洋炮一交手,被砍下的头颅拖着辫子在地上乱滚,国破家亡,不堪回首。在高技术战争高度发达的今天,所谓"神拳"、"忍女"之类,都创造不出神话,对决定战争胜负不起作用。

一时间,美伊对抗,剑拔弩张,箭在弦上,一触即发。

到目前为止,世界上一些试图跨过"核门槛"的国家,几乎都是"一盆压不灭的火"。外界压力一大,它可以暂时变成一盆"死灰";一有机会它就会"复燃"。伊朗一心要想搞出核武器,这是世人一眼就能看穿的事。但是,目前美国要想制服伊朗,并不是像它想逮住一只钻进鸡窝里的黄鼠狼那么容易。

美国这次想彻底解决"伊朗核问题",难。

五

但是,美国却要利用伊朗核危机做点文章,乘机敲打一下中国。

美国对付伊朗,除了军事威胁,另一手就是经济制裁,搞石油禁运,阻挠世界各国购买伊朗石油。欧盟首先响应,虽然也有个别欧盟成员国表示异议,但多数国家通过决议,口头表示"不买"伊朗石油,以此制裁伊朗。美国和欧盟还派人到处游说,要求中国、日本、韩国等亚洲国家也不要购买伊朗石油。

美国说,中国不是也反对"核扩散"吗?那么好,如今伊朗正在研制核武器,必须对它严厉制裁,请中国也不要购买伊朗石油!显然,这对中国是一个不大不小的难题。中国经济起飞,石油需求量与日俱增,伊朗是向中国供应石油的主要国家之一。中国的石油来源一旦出现重大缺口,经济肯定滑坡,美国岂不是可以大捞一票?

中国被推到了伊朗核危机的风口浪尖上。

伊朗核危机的复杂性在于,它把国际政治与国际经济搅和在一起,中国既要对处理伊朗核危机表明政治立场,又不能不考虑中国的经济利益,躲不掉,绕不开,必须面对世界公开表态。不过,什么问题都有两重性,都要从两方面去看。一方面,这次伊朗核危机既对中国出了一些难题;另一方面,也为中国在国际事务中亮明大国姿态提供了一次机遇。

2012年1月14日至19日,国务院总理温家宝出访沙特、阿联酋、卡塔尔海湾三国,并出席第五届"世界未来能源峰会"开幕式。回国前夕,温家宝总理在多哈举行记者招待会,对伊朗核危机表达了如下基本立场:第一,中国坚定地反对伊朗制造和拥有核武器,并主张中东地区建立无核区;第二,中国支持六国机制(即5+1)继续斡旋,争取尽早和平解决伊朗核问题;第三,中国同伊朗有正常的贸易关系,但绝不拿原则做交易,中国政府支持并遵守联合国关于伊朗核问题的决议;第四,中国反对封锁霍尔木兹海峡,中国和伊朗的石油正常贸易应当受到保护,否则世界经济秩序将会发生混乱。温家宝总理表明的立场清晰、明确、坚定。有理有节,柔中带刚。

可以把中国在处置伊朗核危机中的立场看成是一个标志性事件。什么叫全球化、经济一体化?国际经济和国际政治究竟是什么关系?中国这次品赏到一点味道了。中国的国际地位提高了,中国对解决国际政治问题、经济问题的影响力增强了,中国遇到的各种国际问题也越来越多、越来越复杂了。中国经济发展到今天这一步,面对国际政治经济中的种种难题,已经没有退路可走,回避不是办法,必须介入,发表意见,表明立场,主持正义,发挥作用,同时维护本国利益。中国永远不称霸,既不等于无所作为,也不等于容忍其他国家可以在世界上为所欲为地推行霸权主义。

中国在这次伊朗危机中遇到点小麻烦,这有利于促使中国政府重新审视进一步向前发展的全方位战略。这是难得的一课,必上的一课。眼下,伊朗核危机远未结束,这一课还得接着上,这是绝好的历练机会。

六

2012年2月16日,伊朗总统内贾德高调宣布该国最近在核研究方面取得的最新成果:伊朗核反应堆开始使用纯度为百分之二十的国产燃料棒,新装备了三千台国产第四代高效离心机,加上原有六千台老一代离心机,伊朗的离心机已经达到九千台。国际舆论普遍认为,伊朗公布这一消息的主要目的,是要在重启同"5+1"国家谈判时增加讨价还价的筹码。

现在要来回答举世关注的一个问题,在这种情况下,美国会不会对伊朗开战?如果开战,这一仗将会怎么打?这好比预测一场足球赛,要想测准很难,但大致上可以做些预期分析和判断。

预测一:美国目前对伊朗全面开战的可能性不大。美国称伊朗公布的最新核消息是"故弄玄虚",不屑一顾。更重要的原因是,美国前十年打了两场"反恐战"(阿富汗战争、伊拉克战争),这两场战争已把美国拖得筋疲力尽。奥巴马去年刚宣布从两国撤军,至今撤军计划尚未完成。虽然美国是"一年无战就发痒"的国家,但今年是美国选举年,一心想竞选连任的奥巴马总统,这时候再要他下决心去打一场新的"伊朗战争",这种可能性低于百分之五十。因此,国务卿希拉里·克林顿表态说,在伊朗问题上美国"不寻求冲突"。美国情报总监詹姆斯·克拉珀也说,"有机会以外交途径解决伊朗核问题"。美国抛出了"制裁+和谈"解决伊朗核问题的方案。联合国秘书长潘基文也表示:"伊朗核问题必须和平解决,没有其他选择。"伊朗也主动表示将致函"5+1"各国,愿意重启谈判。如果伊朗同"5+1"各国能够重启谈判,并经过谈判达成新的妥协,伊朗核问题也许会再一次被"冷冻"起来。何时再次"化冻"发酵,要看国际政治气候变化而定。

预测二：美国即使真要对伊朗动武，也不可能发动伊拉克模式的全面战争，极大可能是采用"外科手术式"的突袭行动摧毁伊朗核设施。它对原有巨型钻地弹改进升级，并追加拨款增购二十枚新弹，就是为这种打击方式做准备。而且，美国很有可能并不亲自动手，而是交给以色列去发动一场"外科手术式"的"代理人战争"。2012年2月7日，美国国防部长帕内塔放风说，以色列很可能在今年4—6月间"袭击伊朗核设施"，因为这个时间段正是"伊朗着手制造核弹"的时间。还有一个不可忽视的重要依据，以色列具有采用"外科手术式"摧毁他国核设施的几次成功经验。上世纪八十年代，不可一世的伊拉克总统萨达姆一心想发展核武器对抗以色列。1981年6月某日夜晚，以色列出动几架F—16战斗机，超低空进入伊拉克，以迅雷不及掩耳之势一举摧毁了伊拉克首都巴格达附近的奥西拉克核反应堆，使萨达姆的核计划化为泡影。进入二十一世纪后，叙利亚总统巴沙尔·阿萨德为了提高本国国防实力，与伊朗、朝鲜达成秘密协议，在叙利亚沙漠中秘密建造了一座制造核弹头的核工厂，计划与伊朗产的导弹配套。2007年9月5日晚，以色列空军经过周密侦察和反复演练，派出十架战斗机往地中海方向飞行，然后命令其中三架F—15返回，迷惑叙利亚海岸雷达，其余七架低空进入叙利亚境内，执行代号为"果园行动"的突袭计划，一举将叙利亚沙漠中的这座秘密核工厂摧毁。此事发生后，叙、以双方都保持沉默，低调处理。几年后，被德国《明镜》周刊揭秘。这一次，美国国防部长帕内塔有意透露以色列对伊朗出手的时间表，这既是对伊朗的一种威慑，也可能真是美国借助以色列出手的打击方案之一。如果真是这样，那就是美国要求以色列对它有所"报答"。美国默认和支持以色列拥有核武器，多年来引起伊斯兰世界一片责难。美国对以色列说："现在也该轮到你为制止伊朗获得核武器出点力了！"以色列早就在盼望再次一显身手的机会："Yes！看我的。"

预测三：如果美国"制裁伊朗"遇到重重阻力，或达不到预期目的,有可能利用部署在波斯湾和阿拉伯海的美军航母编队和设在沙特的美军基地,以巡航导弹和精确制导炸弹对伊朗发动一场空袭战,打击和摧垮伊朗的主要政治、经济和军事目标。以打促变,促使伊朗爆发内乱,迫使伊朗现政权下台或屈服。

预测四:最后一种可能是,在外界压力骤然增大的情况下,伊朗现政权内部发生分裂,导致伊朗内乱骤起。一旦出现这种情况,美军和北约军队将会不失时机地乘机而入,推翻伊朗现政权。伊朗能否避免这种情况出现,这要看伊朗各派政治势力的政治家们国家观念如何,以及他们对本民族前途命运作出何种选择来决定了。对此,并不是没有任何担心的理由。因为2011年以来被西方称之为"阿拉伯之春"的北非和中东一大批阿拉伯国家的动乱和政权更迭,不可能不对同处中东的伊朗产生影响;现任总统内贾德并不是没有人抓他辫子;当前伊朗各派政治势力之间也并不是没有一点杂音。例如:伊朗前总统拉夫桑贾尼就宣称:下届议会选举(就在2012年3月),他不会支持任何候选人。他的女儿法伊泽由于"参与反政府宣传活动",被判处徒刑六个月,并禁止她五年内不得参与任何政治、文化或媒体活动。拉夫桑贾尼的个人网站已遭屏蔽。更使外界关注的是,伊朗副议长巴霍纳尔2月7日宣布,伊朗议会将对内贾德总统进行质询。质询内容包括:伊朗目前混乱的经济形势;身为总统擅离职守十一天抵制最高领袖哈梅内伊命令的行为;总统办公室卷入二十六亿美元银行诈骗案,等等。这样,内贾德就成为"伊斯兰革命"三十三年来第一位被议会传唤接受质询的伊朗总统,这对伊朗可不是什么"福音"。假如伊朗内部一乱,伊朗核危机将急转直下,形势突变。

假如美伊双方僵持不下,拖成长期"冷战",拖成另一个"朝鲜式的核问题",也未可知。

至于伊朗危机最终究竟以什么样的方式收场,大家拭目以待吧。